僕は今すぐ前世の記憶を捨てたい。

～憧れの田舎は人外魔境でした～

3

星畑旭

Boku wa Imasugu Zense no Kioku wo Sutetai

3

illust■スズキイオリ
design■BEE-PEE

Contents

Character

•人物紹介•

杉山 空

前世の記憶を薄っすら持った三歳児。魔素欠乏症の療養のため魔砕村の祖父母のもとへやって来た。臆病な性格で田舎の魔境ぶりに翻弄されまくるが、美味しいもののためなら頑張れるかもと最近思っている。

フクちゃん

身化石から孵った空の守護鳥。使う魔力に応じて大きくなったりできるが、見た目はごく普通の鳥に近い。実は飛ぶより走る方が得意だったりする。名前は見た目から空が命名。

米田幸生

空の祖父。怖そうな外見で表情があまり動かないが、空を家に迎えてからはすっかり孫バカになりつつある。空とまだ上手におしゃべり出来なくて、時々こっそり落ち込んでいる。

米田雪乃

空の祖母。上品な初老の女性といった雰囲気だが、孫が可愛くて仕方がないため空にとても甘い。氷や雪を操る魔法が得意。

杉山紗雪

空の母。田舎で理想通りに強くなれず挫折して東京に出てきた。(通称:田舎落ち)四人の子の良き母だが実はちょっとうっかりさん。意外と脳筋で中身的には幸生によく似ている。

矢田明良

5歳。元気で優しい男の子。空のことをよく気にかけている。

野沢結衣

5歳。元気な女の子。ツインテールがトレードマーク。

野沢武志

7歳。やんちゃそうな雰囲気の男の子。面倒見が良い。

ヤナ(ヤナリヒメ)

米田家の守り神。本性はヤモリ。300年ほど前に米田家の当主と契約し守り神になった。子供が好きで面倒見が良く、空のお姉さん的存在。よく天井や梁に張り付いている。

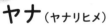

プロローグ　秋の黄昏

「日が落ちるのが早くなったな」

縁側に座ってヤナが呟いた言葉に、空もこくりと頷いた。

朝晩の気温がぐっと涼しくなり、時折ヒヤリと涼しい風が頬を撫でる。

あれだけうるさく鳴いていた蝉はいつの間にか姿を消し、もう秋の虫の声しか聞こえなくなった。

赤くなり始めた夕空を眺めて、空は急に寂しい気持ちに襲われた。

まだ甚平を着ていて格好は夏とあまり変わらないのだが、周りの空気は確実にもう秋なのだと空に教えてくる。

「あきって、なんかさみしいね」

空がそう呟くと、ヤナはそうだな、と頷いてそれからふと顔を上げた。

「そうだ、ちょっと待っているのだぞ。今日は良いものがあったのだ」

そう言って立ち上がると、ヤナは縁側に空を置いて家の中に入っていった。

一人残された空は、膝の上に乗って寛いでいる守護鳥で相棒のフクちゃんをもみもみして、寂しい気持ちを紛らわせる。

去年の秋は何をしていただろう。空はなんとなくそんな事を考えてみたが、具合が悪くて寝込んでいたことしか思い出せなかった。

「ぼく、げんきになったなぁ」

虚弱で、熱と咳を出して寝込んでばかりいた空はもうどこにもいない。

魔素に溢れた田舎で美味しい料理をお腹いっぱい食べ、毎日散歩をして体力をつけ、裏庭の畑で収穫の手伝いをして、友達と外で駆け回る。

そんな楽しい日々が、空をすっかり健康にしてくれたのだ。

「……みんな、げんきかなぁ」

黄昏のせいか、去年の自分について考えたせいだろうか、空は東京の家族のことを思い出した。きっと元気だろう。空以外の家族は、誰もが健康で元気だったのだ。

穏やかな父、明るく優しい母、元気な兄とおませな姉、そして大事な双子の弟の陸。

「りく……ぼく、おっきくなったから、りくもおんなじかなぁ」

この夏の間に、空はまた少し背が伸びた。ここに来て急激に成長してからと、夏の終わりに、雪乃が家の柱にそっと空の身長の印を付けて比べてくれたのだ。

その印は確かに空の成長を示していた。そういえばここに来た時に着てきた春の服も、もうすっかり小さくて入らなくなってしまった。

今ならきっと、サイズもぴったり同じ服を陸とお揃いで着られるのに、と思うと、何だか急に会いたくなる。

そんな気持ちで膝を抱えていると、ヤナがパタパタと戻ってきた。手にはお皿を持っていて、その上には何か紫色の物が載っていた。

「ほら、空！　いちじくだぞ」

「いちじく⁉︎」

空は瞬時に抱えた膝とその間にいたフクちゃんを放り出して食いついた。

「空が昼寝をしている間に、ご近所さんに貰ったのだぞ。さ、こうして皮を剥いて食べるのだ」

ヤナがペロリと柔らかな皮を剥くと、中からもっと柔らかな白い身が現れる。茎と反対側はパカリと割れていて、そこから見える中身は赤い色をしていた。

「ほら、あーん」

半分に割って差し出されたイチジクを、空は大きな口を開けて迎え入れた。

「んむ……おいひぃ！　なんか……ぷちぷちする！」

美味しいし面白い！　と空が目を輝かせると、ヤナがもう半分も口に入れてくれた。

優しい甘さで、香りが良くて、柔らかいのにプチプチとした食感が楽しい。空はイチジクがすぐに好きになった。

「美味いなら良かったのだぞ。もうすぐ、もっと色んな秋の味覚が楽しめるな」

「あきのみかく……！」

その言葉を聞くだけで、ジュルリとよだれが垂れそうだ。

ちなみにこの村のイチジクは、上手に素早く採らないと開いた口で噛みついてきて、中身の花や種を採ろうとした手になすりつけてくる。実が柔らかいので噛みつかれても痛くはないが、ベタベ夕になるので注意が必要だ。

そんな事を知らない空はイチジクをもう一つ口に運んでもらい、ふにゃりと笑み崩れた。

「秋も楽しみだなぁ、空」

「うん！」

さっきまでのメランコリックな気持ちは瞬時に食べ物に負けた、そんないつも通りの秋の始まりだった。

一　葡萄と卵と、小さな異変

「ぶどう！」

季節は夏から秋へと移りつつあるが、まだまだ残暑の続く、そんなある朝のこと。

空は高く叫ぶと、目の前にある葡萄畑に向かって駆けだした。

用心深い空は勝手に入るようなことはしないが、入り口とおぼしき場所の手前で止まってそわそわと畑の奥を覗き込む。

葡萄が生え、実っているところを、空は前世も含めて初めて目にして感動していた。木の下には沢山の葡萄の房がぶら下がっている。大きな黒い粒が綺麗に並んで、如何にも美味しそうだ。

空はその味を想像して、思わずよだれがこぼれそうになった。

「空、急がなくても葡萄は逃げない……わよ」

一緒に来ていた雪乃はそう言って笑ったが、一瞬溜めがあったのでもしかしたら逃げる事もあるのかもしれない。

「ぶどうのはたけ、はじめて！」

目を輝かせてそれらを見ていると、この畑の世話をしている人が入り口から空を手招いた。

「空くん、入ってもいいよ。ただ、地面に根っこが出ていることがあるから足下に気をつけてね」

「はーい！」

「オレもいく！　ほら、アキラたちもいこーぜ！」

そう言って駆け寄ってきたのは勇馬だった。

空を招いてくれた人は、先日米田家に謝罪に来た勇馬の父親の沢田圭人だ。ここは勇馬の家のすぐ側にある沢田家の果樹園だった。

今日は勇馬やその家族に誘われ、明良と美枝、結衣と武志で、南地区の沢田家に葡萄狩りに来ているのだ。

沢田家は南地区で色々な果樹の栽培と、卵用の鶏を育てる仕事をしている。

虫取り騒動のお詫びにと沢田家から届けられた山のような果物と卵に心奪われ、空は勇馬とすっかり和解し、今では明良達を交えてたまに一緒に遊ぶくらいの仲になった。

食べ物が絡むと空はことさらチョロい。

そんな勇馬に促され、空は明良たちと共に広い葡萄棚の下に足を踏み入れた。

「わぁ……すずしい！」

葡萄棚は大人が立ってすんなり歩けるかどうかという高さに造られている。空からすれば手が届かないくらい高いが、それでも思ったよりもずっと葡萄が近く見えた。

木々の間隔は広く取られているのに、無数の葉がみっしりと生い茂って薄暗い木陰を作り出している。そのおかげで残暑厳しい今日のような日でも、木陰はとても涼しく感じられた。

「そら、こっち！　こっちのやつ、すげーんだぜ！」

真っ先に奥に駆けていった勇馬がそう言って大きく手を振った。何がすごいのかはわからないが、明良たちも走り出したので、空も慌ててついて行く。

所々に出ている葡萄の木の根を避けながら奥に近づくと、そこには畑の手前とはまた違う種類の葡萄の房がぶら下がっていた。

「えー、なにこれすっごいきれい！」

葡萄を見た結衣がはしゃいだ声を上げた。

ぶら下がっている葡萄は入り口の方の木とは違い、皮が薄緑色の品種だった。けれどその実全体が半透明に透き通っているのだ。

薄緑の皮と実の間には白く細い筋が入っているのだがそれも透けて良く見え、木漏れ日を浴びて時々銀色に光っているようだった。そしてその実の奥に青い結晶のような小さな種が二つほど。

そんな粒が重なり合って実る葡萄の房は、まるで繊細なガラス細工のようだ。僅かな木漏れ日が実を通って乱反射し、小さな光がキラキラと遊ぶように周囲で揺れている。

「みけいしみたい……きれい」

「なんかきらきらしてるなー！」

「えー、これ食えるの？」

美味しそうというより美しいその姿に、空はすっかり見入ってしまった。

子供たちが葡萄を見つめていると、雪乃たちを案内してやってきた主人が品種の説明を聞かせてくれた。

「この辺のは、ここ数年でやっと木が育って収穫できるようになったマスカットっていう葡萄の仲間なんだけど……どうもこの村に適応して変化しちゃったみたいで、輸入した苗に付いてた見本写真と大分違うんだよね。でも味は美味しいよ」

「どれも美味しそうね。沢田さん、葡萄狩りに誘ってくださってありがとう」

「いえいえ、こちらこそ米田さんにはいつも勇馬がお世話になって。他の畑はまだ早いんですが、ここはそろそろ食べ頃なんです。どうぞ今日は沢山持って帰ってください」

そう言って、圭人は側にあった葡萄の房に手を伸ばした。

するとその手が房に触れる直前、どこかから伸びてきた細い蔓がシュッとしなり、ピシリと圭人の手を打ち払った。

「痛っ！」

「あ、とーちゃん！」

空が目を丸くしていると、圭人は打たれた手をさすりながらもう一度、今度は隣の房に手を伸ばす。そしてまたピシッ、ピシッと叩かれた。

「いった、痛いって！　いや、もう良いでしょこれ！　どう見ても君ら食べ頃だろ⁉」

主人はそう言って葡萄の木を説得するが、木も譲る気配がない。あちこちから蔓を伸ばして素振りのようにシュッシュッと振って威嚇してくる。

「ちょっとくらい、早くても、痛っ、美味しいだろ⁉　君らの基準じゃギリギリすぎて、うわっ、そんなんじゃ、いつまで経っても出荷できな、痛いって！　こら！」

主人が伸ばす手とそれを退けようとする蔓の攻防は段々と激しさを増していく。

「とーちゃん、がんばれ！　そこ、みぎからくるぞ！」

「ぶどう……ユウちゃん、ぶどうって、たべられるのやなの？」

「ううん、そうじゃなくて、えっと……ブドウはかんぺきすぎ？　なんだってさ！」

勇馬は叩かれる父を応援しながら、そう言って教えてくれた。

「かんぺきすぎ……？」

「ふふ、完璧主義ね。葡萄は完熟しないうちに収穫されるのを嫌がるんですってよ。だから熟れすぎるせいで遠くにはなかなか出荷できなくて、作ってる場所やそのお隣の町くらいでしか食べられないのよね」

「そうなんだ……」

（だから僕は今世ではまだ葡萄食べたことなかったのかな）

それは納得したが、しかし目の前にぶら下がっている葡萄を今食べられないのは納得できない。

葡萄狩り出来るのを楽しみにやって来て、鈴生りに実った粒はどれも綺麗に揃い、はち切れそうに大きくて良い匂いがしているのに。

「ぼく、ぶどうたべられないの……？」

この美しい葡萄は一体どんな味がするのかと楽しみにしていただけに落胆は大きい。

空がしょんぼりと悲しげに呟くと、圭人を叩いていた蔓の動きがピタリと止まった。

「ほ、ほら、こんなに小さい子達が君らの葡萄を食べるのを楽しみにしてくれてるんだよ⁉　少しくらい妥協してもいいと思わないかい？　な？」

圭人の言葉に、葡萄達はまるで木同士で会話するかのように蔓や葉を寄せ合ってざわざわと揺らす。

空がそれを見上げていると、不意にその肩がつん、とつつかれた。振り向くと、何故か目の前には大きな黒い葡萄の房がぶら下がっている。

「あ、ぶどう！」

それは手前の方に植えられていた皮の黒い大粒の葡萄だった。房の根元をみれば蔓が絡みつき、その蔓は手前の木が伸ばしているものらしい。葡萄の木自らが実を採り、空の前に差し出してくれたのだ。

「もらっていいの⁉」

キュウリの時にも同じように分けてもらった空は、大喜びで差し出された房に手を伸ばした。その手に黒い房がどさりと置かれ、空はそのずっしりとした重みに目を丸くする。

「わ、おっきい……おもい！　ありがとう！」

「良かったわね、空」

空が大喜びで葡萄を受け取ると、他の場所からも蔓が伸びてきて次々と子供たちに葡萄を分けてくれる。

「あ、おれにもくれるの？　やった、ありがとー！」

「わぁい、おいしそう！」

「良い匂いだな～！」

明良も結衣も武志も大喜びでそれを受け取り、口々にお礼を言った。

「そっかー、巨峰の方が子供に優しいのかー、いやあ偉いなぁ」

どこかわざとらしく主人が巨峰を褒め称えると、マスカット達がさらにざわめく。

マスカット達はしばし思案するように蔓を揺らした後、ぶら下がる房を吟味し、それからプチプチと自ら切り離し始めた。

「あ、きれいなぶどう！　ありがとう！」

空は目の前に美しいマスカット（？）の房を出され、大喜びで手を伸ばして受け取った。マスカットも大粒で、よく育っていてなかなか重い。

手に乗せられるとふわりと良い香りがして、空は思わず満面の笑みを浮かべた。

すると今度はまた巨峰が横から差し出されてきた。

「えっ、わ、あり、ありが、とう⁉」

空がそれも受け取るとまた張り合うように緑の房が細い腕に乗せられ、空はついに重さによろけてぺたりと尻餅をついた。

すると今度はその膝の上や、脇の地面にどさどさと新たな房が置かれていく。

「あらあら、空が埋もれちゃうわ。葡萄さんたち、ちょっと待って、こっちに渡してちょうだい」

「ちょっ、君ら極端すぎ！　ああ、地面に置くなって！　箱、箱持ってくるから！　あと態度変わりすぎ！」

大人たちが慌てて近くにあった収穫作業用の台から平たい箱を持ってくる。

いつの間にか、子供たちは全員が葡萄に埋もれるようにして、畑の草むらに座り込んでいた。


葡萄狩り……は叶わなかったが、その代わりに謎の接待競争をたっぷり受けた後。

「おいしーい！」

葡萄棚の下に広げた敷物の上で、空はそう叫んだ。両手にはマスカットと巨峰を一つずつ持ってご機嫌だ。

「おいしいだろ、うちのぶどう！」

「うん！」

勇馬が空の返事に嬉しそうに笑う。葡萄はどちらも本当に美味しかった。

マスカットは皮が薄いのでそのまま食べられるのだが、歯触りがシャリッとしていて瑞々しく、甘みの中に酸味もあってさっぱりしている。種も食べられると教えてもらったのでそのまま齧ったら、青い種は口の中でパチンと弾けてソーダのようにシュワッと消えていった。

巨峰は雪乃に皮を剥いてもらったが、香りや甘みが強くて濃厚な味わいだ。剥いた実は柔らかく、とろりととろけるように美味しい。こちらの種は噛むとカリカリした歯ごたえがあって、ナッツのように香ばしかった。

種の存在意義とは、とちょっと不思議な気持ちになるが、美味しいならいいかと空は気にせずそれもうっとりと味わう。

両方を交互に食べると、さっぱりしたものと濃厚なものの繰り返しで永遠に食べていられそうだった。

明良や結衣も手や口元を汁でベタベタにしながら葡萄を頬張り、皆一様に顔をほころばせた。

「あまぁい！　わたし、どっちもすき！」

「俺も！」

「すっげーあまい！　ばーちゃんおいしいよ！」

「すごいわねぇ。本当にとっても甘いわ。どっちも美味しいわねぇ」

明良と一緒に両方を味見した美枝が感心したように頷いた。

「矢田さんにそう言ってもらえると嬉しいですねぇ。植物に関しては矢田さんには全く敵わないですから」

「そんな事もないと思うわよ。これだけ大粒で甘いのは沢田さんが手を掛けてる証拠じゃない」

「いえ……実は葡萄は、大体自分たちでやるんですよ。僕なんて畑に顔を出す度に葡萄に叩かれて、やれ肥料を畑の脇に積んでおけだの、水桶を設置しろだの、下草を刈れだのとこき使われる日々で……本当になんでこいつらはこんなに偉そうなんでしょうね……」

ガラス細工のような実を一つ口に運んで、圭人が遠い目をする。しかし実った葡萄の美味しさを味わうと、やっぱり元気が出ると苦笑いを浮かべた。

「ここで育つ植物は皆個性的だから大変ね。でもこの葡萄とっても美味しいわ」

「ありがとうございます米田さん……すいません、箱に並べるのを皆さんにも手伝ってもらって」

敷物の脇には葡萄をいっぱいに並べた平たい箱が何段も積み重なっている。明らかに採りすぎ……というか、過剰な接待の結果だ。各家が一箱分ずつ貰って帰ることになったが、それを引いてもまだ大量にある。

「いえいえ、流石に貰うにしても量が多すぎるもの。出荷するのにちょうどいい頃合いの物が多いんでしょ？　外に売れそうね」

「ええ、村内で消費する分もありますが、完熟より少し早いので村の外にも多めに持って行けそうです。いやあ、子供たちには感謝です、本当に。葡萄は子供の泣き落としに弱いなんて……米田さん、時々空くんたちと遊びに来てくれませんかね？」

「あら、構いませんよ。空はよく食べるから喜ぶでしょうし」

空は葡萄で口の中をいっぱいにしながらうんうんと頷いた。こんなに美味しい葡萄が食べられるなら、ちょっと出かけてきて葡萄に可愛くお願いする事など何でもない。

美味しい物のためならプライドも精神年齢も放り投げる、それが空だ。

「俺らも来て良いの？　うちのかーちゃん、この黒いのが余るとジャムにしてくれるんだ」

「おいしーんだよ！」

武志と結衣の言葉に、雪乃と美枝が頷いた。

「結衣ちゃんたちのお母さんは料理上手だものね」

「麻衣さんって、ジャムとか、香辛料を色々入れた酢漬けとか、ちょっと洒落た保存食が上手よねぇ。葡萄のジャム、私も教えてもらおうかしら」

「ぶどうじゃむ……たべてみたい！」

「おれもー！」

「えー、オレちょっとあきたなー」

空と明良は食べてみたいと手を挙げたが、勇馬は少し嫌そうな顔をした。選別を漏れた果物やそれで作ったジャムは、勇馬はもう食べ飽きているのだ。

「そうだな……葡萄たちが完璧主義なばっかりに、出荷するのにギリギリ駄目なものは皆うちで加工してるもんな……」

圭人はそう言ってため息を吐いた。沢田家は生産農家ならではの悩みを抱えているらしい。

魔砕村の中で生産された物や野菜、狩った獲物などは、村の共有畑の物以外は近場で物々交換される事が多い。

自分たちが育てていない野菜や果物をお互い交換しあったり、婦人会で材料を持ち寄って皆で加工して分け合ったりするのだ。今日のように、収穫などの手伝いのお礼に作物を分けてもらう、という場合もある。

けれど沢田家のように大きな専業の畑を持っている場合は、村の店に卸して村人に買ってもらったり、村の外に出荷する必要があるのだ。

葡萄を始めとした果樹の栽培は、養鶏に才能がなかった圭人がその代わりに始めてもう十年以上取り組んでいるのだが、その難しさに毎年無駄になる分が幾らか出てしまうのが現状だった。

「じゃあぼく、ぶどうさんにちょっとはやくちょうだいって、いっぱいおねがいするね！　そんで、いっぱいとれたら、ばぁばにじゃむにしてもらうの！」

「ありがとう空くん……！　もう本当にお願いします！」

圭人はその言葉に空を拝まんばかりに喜んだ。

美味しい葡萄が食べられるなら、空は足繁く通うだろう。空の場合大半の葡萄を自分で食べてしまう可能性が高いため、幾らあっても困らないのだし。

葡萄が潤沢に食べられそうな予感に気分を良くし、空はもう一粒マスカットを枝からむしった。

あーん、と大きな口で齧り付こうとし——

「へぶっ⁉」

——ぶしゃっと葡萄を握りつぶし、その汁を顔中に浴びてしまった。

「あら、潰れちゃった？　はい、空こっちにお顔向けてちょうだい」

「あい……」

口元に流れてきた汁を未練がましくペロリと舐めて、雪乃にタオルで顔を拭いてもらう。

「ぶどう、つぶれちゃった……」

小さな手の中には僅かに実が残っているが、残りは弾け飛んでしまった。手に残った分を仕方なく口に運んで、ベタベタになった手もついでに拭いてもらう。

「大丈夫かい？　柔らかくなった実が交じってたかな？」

「そうかも？」

口ではそう言いつつ、別にそんな感じもしなかったけど……と空は首を傾げたのだが。

「はい、空。あーん」

皮を剥いた巨峰を口に運んでもらって、空はそんな僅かな疑問はすぐに忘れてしまったのだった。


全員が美味しい葡萄を心ゆくまで食べ、もらった分をリュックにしまい帰り支度をし始めた時。

空はハッと大事な事に気がついた。

「ばぁば、フクちゃんがいない！」

「え？　あら、そういえば……一緒に来てたはずよね？」

首を傾げる雪乃と一緒に、空は朝からここまでの事を思い返した。

朝家を出て亀バスに乗り、降りた時までは確かにフクちゃんは一緒だったと思う。

しかし葡萄畑に空が駆け込んだ時に、側にフクちゃんがいたかどうかは憶えていなかった。初めて葡萄が実っているところを見て夢中になり、その存在をすっかり忘れていたのだ。

「ど、どうしよう！」

自分の周りを見回しても白い小鳥の姿は見えない。空は急いで立ち上がって畑の外へと向かおうとした。

「そら、どしたの？」

「え、フクちゃんどこかいっちゃったの？」

慌てる空に明良たちもついて行く。雪乃たちも慌てて後を追い、全員が畑の入り口から外に出て、辺りを見回した。

「フクちゃん、フクちゃーん！」

空が呼ぶが、姿も見えないし声も聞こえない。皆も植え込みを覗いたり、木の上を見上げたりしてくれたが、フクちゃんは見つからなかった。

肩を落とす空を見て、一緒に捜してくれていた圭人が少し考えてから口を開いた。

「確か、小さな鳥だったよね？　ここにいないとなると、もしかしたら裏かもしれないな」

「うら？」

「あっ、ニワトリのとこ？　じゃあじーちゃんならしってるかも！」

「うん。空くん、うちは裏でニワトリを飼ってるんだよ。もしかしたらそこのニワトリが連れてったのかもしれないから、見に行ってみる？」

「うん！」

連れて行った、というのがよくわからないが空は大きく頷いた。とりあえず周囲をもっと捜さなければいけないのは確かなのだ。

「じゃあ、皆で行こうか。こっちだよ」

圭人と勇馬に先導され、畑や作業小屋の脇を通って沢田家の裏手へと向かう。

空は逸る気持ちを抑えながら、精一杯の速さで後を追った。


「わぁ……とり、いっぱい……」

沢田家の裏手は、所々地面の見える広い草地になっていた。敷地の奥に大きな平屋の建物があって、それが鶏舎らしい。敷地の外側はしっかりとした塀で区切ってある。

その敷地内を沢山の平飼いの鶏たちが自由に闊歩し、地面を突いたり走り回ったり、木陰でのんびりしたりと思い思いに過ごしている。

空はその鶏たちを珍しく思いながらも、その中に小さな鳥が交じっていないかとキョロキョロと一生懸命見回した。

「空くんの鳥はいないかな？　そしたら……父さーん、いるー？」

フクちゃんの姿がないのを見て取って、圭人は小屋に向かって大声で呼びかけた。すると、おう、とどこからか大きな声が返ってきた。

「じーちゃん！」

奥の建物から誰かがのっそりと姿を現し、それを見た勇馬が声を上げる。

出てきたのは、圭人の父であり勇馬の祖父であり、この鶏たちの管理をしているらしき人物だった。空はその人を見てぽかんと口を開いた。

「そら、あれオレのじーちゃん！」

紹介されたのは幸生と同じくらい大きく逞しい人だった。じーちゃん、という割に年寄りにはちっとも見えない。幸生もそう年寄りっぽくもないが、勇馬の祖父はもっとすごい。何しろその頭が何だかすごいのだ。

「ユウマのじーちゃん、かっこいいあたまだなー！」

「すっごいたってるね……」

「すげー真っ赤！」

子供たちが口々に感想を述べる。

「と……とさか？」

そう、勇馬の祖父は、まるで雄鶏のトサカのような派手な赤いモヒカンという髪型だったのだ。ソフトなそれではなく、バリバリにハードな方だ。頭の中央に真っ赤な髪を逆立て、その両脇はつるりと剃り上げている。

服装も派手な柄のTシャツと迷彩柄のハーフパンツで、非常に若々しい。しかしその格好の全てが霞むくらいモヒカンのインパクトが強かった。

「こんにちは、佳鶏《かけい》さん、お邪魔してますね」

「おう、いらっしゃい雪乃さん、美枝さん」

カケイ、と呼ばれた勇馬の祖父は雪乃に挨拶をされ、その見た目とは裏腹ににこやかに手を上げて軽く返した。

そしてぞろぞろと連れ立ってきた一行を見回し、足下に駆けて来た勇馬に視線を落とす。

「どうした勇馬。なんかあったか」

「じーちゃん、あんね、そらのとりがいなくなっちゃったんだ！　ちっさいしろいの！　じーちゃんみなかった？」

「ちっさい白いの……どんくらいだ？」

「こ、このくらい！　このくらいで、まるくて、しろいとり、です！」

空が小さな両手を丸め、少し広げてフクちゃんの大きさを示す。その大きさを見た佳鶏は少し考え、見なかったな、と呟いた。

「フクちゃん……」

空がしゅんと肩を落とすと、佳鶏は慌てて手を横に振った。

「いやいや、坊主、がっかりすんな！　俺が見てねぇだけで、うちでいなくなったなら多分あそこにいるから！」

そう言って太い指が指し示したのは、鶏舎のすぐ横にくっつくようにして建つ小さな小屋だった。

「あそこはヒヨコとかが居る場所なんだよ」

佳鶏に手招かれ、皆でその小屋の前に移動する。

低い位置にある戸を開けてもらって空が覗き込むと、そこには何羽かの雌鶏と、沢山のヒヨコが入っていた。孵化したてのような小さいヒヨコもいれば、もう少し大きくなってしっかりしたヒヨコもいるようだ。

奥に穴が開いて鶏舎と繋がっていて、大きめのヒヨコはそこを出入りして駆け回っている。まだ小さいヒヨコは親鳥の側に群がり、積み重なって団子のようになってピヨピヨと鳴いていた。

「わぁ、かわいい！」

可愛いものが好きな結衣が真っ先に声を上げる。

しかしヒヨコの中にフクちゃんの姿は見えず、空はまた肩を落とす。しかしヒヨコたちをじっと見ていた佳鶏が不意にヒヨコ団子の中に手を伸ばした。

「よ、っと……これか？」

ピヨピヨと抗議の声を上げるヒヨコたちの中をごそごそと探り、奥から何か掴んだ大きな手が戻ってきて、空の前に差し出される。

「ピェ……」

その手に掴まれていたのは、突然大きな手でがっしり捕らえられて仰向けにされ、もう死ぬかも、みたいな色々諦めた顔をしたフクちゃんだった。

「フクちゃん!!」

「ピッ!? ピュルルルル！」

空の声を聞き、その顔を見たフクちゃんが大喜びで囀《さえず》る。佳鶏が手を開くと大急ぎで飛び出し、空の手の中に戻ってきて嬉しそうに羽ばたいた。

「よかったぁ……フクちゃん、おいてってごめんね！」

「ピピッ、ピピピッ！」

優しく抱き寄せ謝る空の頬に、フクちゃんも身をすり寄せる。そんな一人と一羽を見て、周りの皆もホッとして顔を綻ばせた。

「ユウちゃんのおじいちゃん、どうもありがとう！」

空がお礼を言うと、佳鶏は笑って首を横に振った。

「気にすんな。多分そいつがここにいたのはうちの鶏のせいだから……おっと、来たか」

佳鶏がそう言って顔を上げた次の瞬間、コケコッコー！　という高い鳴き声が辺りに響き渡った。声の方を皆が振り向けば、広場の端に雄鶏が一羽立っていた。立派な赤いトサカをした、白く肉付きの良い雄鶏だ。しかも、かなり大きい。

「あ、ボスがきた！」

勇馬がそう叫ぶと、ボスと呼ばれた雄鶏は走り出し、凄まじい速度でこちらへ近づいてくる。そしてその勢いのまま僅かに羽を広げて地を蹴り、ふわりと飛んだ。

ヒヨコの小屋を開けて中からヒナをさらおうとしている不埒者共に自慢の蹴爪で襲いかかろうと、鶏とは思えぬ巨体が軽やかに宙を舞う。

しかしその爪が誰かに届く前に佳鶏が前に出た。佳鶏はすれ違いざまに僅かに身をずらして蹴爪を躱すと、その白い首に腕を回し、反対側の手で羽の根元をむんずと掴んで、あっという間にボスを押さえ込んだ。

押さえ込まれたボスがクケー！　と抗議するような声を上げる。

「よーしよし、落ち着けボス。ありゃあ敵じゃねぇ。お前の子は皆無事だ、よく見ろ」

空は手の中のフクちゃんに視線を落とし、それからその手をボスによく見えるように前に出した。

「このこ、ぼくのフクちゃん！　ひよこじゃないよ！」

「ピッ！」

「コケ……？」

フクちゃんを見たボスが首を傾げる。しばらくキョロキョロしていたが、やがて納得したらしくボスは暴れるのを止め、大人しくなった。

「悪かったな、坊主。こいつは縄張りの巡回に熱心なうえ、こう見えて子煩悩でな……他人が来てる日なんかはヒヨコがうろうろしてると心配して回収して来ちまうのさ。そのくせあんまり細かい事には頓着しねぇもんだから、その小鳥も間違えて捕まえてきちまったんだろう」

「ピピッ！」

フクちゃんはその通りだというように身を揺すった。

フクちゃんは空を追いかけようとした時に通りすがったこのボスに突然咥えられ、しかし敵意がなかったためどうしていいかわからず小屋まで連れてこられてしまった。

なまじ賢いために、自分のテリトリーじゃない場所で敵意のない相手と戦うことを躊躇ったのだ。

その後は何故かヒヨコらに集られ、団子に埋まって動けなくなっていたのだった。

「そっか……えっと、フクちゃんのこと、しんぱいしてくれてありがとう！」

空がそう礼を言うと、離してもらったボスがゆっくりと近寄ってくる。地面に降りて近くに来ると、何とボスは空よりも背が高かった。目つきも鋭く如何にも気が強そうだ。

「お、おおきいね……」

自分より頭一つ分ほど大きな鶏に間近で見られ、空は何となく一歩後ろに下がった。襲っては来ないだろうと思いつつ、鋭い嘴や蹴爪を見ると腰が引けてしまう。

「大丈夫だぞ。ボスはそりゃあ凶暴だが、納得すりゃ危害は加えねぇ。この群れの真のボスは俺だしな！」

佳鶏がボスの頭を撫でると、ボスは目をパチパチさせて佳鶏を見上げ、ふいと後ろを向いてまた歩き去っていった。

「……ユウちゃんのおじいちゃん、とりのぼすなの？」

「そうだぞ！　じーちゃんはつえーからな！　あとトサカもりっぱだし！」

その言葉に空の視線が思わず上に向かう。

赤いトサカは確かに立派だ。

「オレもすげーつよくなって、おっきくなったらとーちゃんのかわりにじーちゃんのあとつぐんだ！」

そう誇らしげに胸を張る勇馬の頭は、虫取り騒動の時に丸刈りにされたせいでまだ五分刈りというところだ。

「ユウマもかみあかくするの？」

「おう！」

「えー、にわとりさんとたたかうの？」

「もちろん！　たたかって、ぜってーかつ！」

「面白そうだなー！」

子供たちはわいわいと勇馬を囲んで、彼の将来の夢について語りあった。空はそれにうんうんと頷きながら、佳鶏と圭人を見比べ何かに納得していた。

子供たちの輪の外では、息子の夢を聞いた圭人が瞳を潤ませている。

「すまない、勇馬……僕が全く強くないばっかりに……」

勇馬と佳鶏は見比べてみると何となく顔や雰囲気がよく似ている。反対に、圭人とはあまり似ていない。圭人の見た目はひょろっとして気弱そうな青年だ。間違ってもモヒカンにするようなタイプではないだろう。

（養鶏の才能は……物理だったのか）

あとは単純に見た目が舐められそうか否かというのもありそうだ。

尻（？）に敷かれていても、確かに圭人は葡萄などの果樹との方が相性は良さそうだった。


「おう、そうだ。良かったら詫びに卵も貰ってってくれ」

子供たちの話が一段落付いた頃、佳鶏が雪乃たちにそう言って鶏小屋の方を指さした。

「お詫びだなんて、気にしないでちょうだい。もう葡萄も沢山いただいたんだから」

「いや、遠慮しないでくれ。勇馬の友達だしな。自分で卵集めるのも楽しいぞ？」

最後の言葉は側にいた空に向けたものだった。空は佳鶏を見上げ、それから小屋の方を見る。

「とりさん……たまごもらっても、つつかない？」

「俺が言い聞かせてるから大丈夫だ」

それなら安心できそうだ。

（産みたて卵を集めるって……まだやったことない、スローライフ的なイベント！）

そう考えると俄然ワクワクしてくる。

空は雪乃に駆け寄るとキラキラした目でその顔を見上げた。

「ばぁば、やってみたい！」

「あらあら……じゃあ、お願いできるかしら佳鶏さん」

「ああ。こっちだ」

佳鶏に連れられ、子供たちを先頭に全員で鶏舎の入り口に回る。大きな鶏舎の戸は開け放たれ、鶏たちがひょこひょこと自由に出入りしていた。

鶏舎にはいると、中は風通しが良く明るい雰囲気だった。大きな窓は目の細かい網が張られ、その外側の木戸が開け放たれているので風通しが良い。

幾つもの餌入れや止まり木のような木組みがあちこちに用意され、奥の方には四角い箱が幾つも並んでいる。隅々まで手入れや掃除が行き届いているらしく、動物の嫌な臭いもほとんどしない。

小屋の中には外より中が好きらしい沢山の雌鶏が思い思いにうろつき、寛いでいた。

「みんな、こっち！　ここでたまごうむんだぜ！」

勇馬が奥にある四角い箱の所まで行って手を振った。

産卵箱は、幅が二十センチくらいの木の板を枠にした平たい箱に、上にもう少し高さのある箱をかぶせて鳥が通る隙間を空けたような形をしている。

子供たちが近づくと、佳鶏が上箱の前面の板をそっと外して中を見せてくれた。

「わぁ……いっぱいある！」

箱の中にはおがくずが敷き詰められ、その上にころころと白や茶色の卵が沢山転がっている。中に鶏はおらず、卵だけが転がっている様が、空には何だか不思議だった。

「なんかかわいいねー！」

「そうか？　おいしそうじゃない？」

結衣と明良も箱を覗き込み感想を言い合う。

「ほら、籠だ。卵を拾って、ここにそっと入れてくれ」

箱を覗き込む子供たちの頭の上から、にゅっと籠が差し出された。竹を編んで作られた深めの籠だ。それぞれが籠を受け取り、隣にあった産卵箱も開けてもらう。

「たまご、けっこーじょうぶだけど、やさしくつかむんだぞ！」

勇馬がちょっと得意そうにそう言って、慣れた手つきでひょいひょいと卵を籠に入れた。空もそっと手を伸ばし、一つ取ってみる。

手に取った卵は、空が知る鶏の卵よりも一回り大きい気がした。雄鶏ほどではないが、雌鶏も結構大きいからそんなものなのかもしれない。空の手にはまだ卵は大きくて、片手だと上手に掴めず落としそうだ。

適当に選んだ卵は産んでから時間が経っているらしくそんなに温かくはなかった。けれどひやりともしておらず、不思議な温度に空は首を傾げた。

「たまご……つめたくないね？」

「そらちゃん、つめたかったらへんじゃない？」

結衣が首を傾げるので、空も何となく首を傾げる。すると頭の上で様子を見ていた雪乃がくすりと笑った。

「空は、卵は冷蔵庫に入ってるのしか知らないのね？」

「あっ、そうかも！」

言われてみれば、空にとって卵とはパックに並んで冷蔵庫にしまわれているものなのだ。産みたてのほんのり温かい卵や、常温の卵というものには馴染みが薄い。

「うみたてって……なんか、すごいね！」

手に持った卵をそーっと籠に移し、空はほっと息を吐く。

もう一つ、二つ、と両手で丁寧に拾ってはゆっくり籠に移しながら、この卵は何になるだろうと空は想像してみた。

(卵焼き……オムレツ？　親子……はまた今度……うーん、プリンとか)

コケケ、と声を上げながらすぐ横を親が歩いて行くのを見て、空は候補の一つをそっと却下した。

「ぷりんと、あと、めだまにまよ？　んー、ゆでたまいっぱいのさらだもすき……」

卵を拾いながら、ついぶつぶつと独り言を言っていることに空は気付かない。

それが聞こえている明良たちは顔を見合わせ、何だかお腹が空いたような気分を味わった。

「おれたまごやきがいいなー」

「俺は親子丼かな！」

ぷりぷりと尻を振りながら歩いて行く雌鶏を見ながら、武志が元気よく言い放つ。

「わたしプリンがいい！」

「オレたまごかけごはん！」

「はっ、たまごかけごは……へぶっ⁉」

それを忘れていた！　と顔を上げた瞬間、空は手に持っていた卵をぐしゃりと握りつぶし、その中身を顔いっぱいに浴びてしまった。

「うえ……ばぁば～」

「あらあら、ちょっと待ってね」

生温かくずるずるする卵が顔を流れ落ちて気持ちが悪い。雪乃は水を呼び出し、空の顔を綺麗に洗ってからタオルで拭いてくれた。

顔が綺麗になったところで、手の中に残った砕けた殻も流してもらう。

「ごめんなさい……たまご、わっちゃった」

「ああ、気にすんな。ヒビでも入ってたんだろ。たまにあるんだ」

佳鶏は気にした様子も無くそう言って笑ってくれた。

しかしさっきは葡萄も潰れてしまったし、今日は何だかちょっと運が悪い。

空はその時は、そんな風に思っていた。

「ありがとうございましたー！」

子供たち全員で元気よく沢田家の家族にお礼を言う。

皆のリュックには、分けてもらった葡萄と卵がいっぱいだ。

「今度お礼にお野菜沢山持ってくるわね」

「あまり気にしないでください。けど、ありがとうございます」

幸生の作る野菜は村でも評判が高い。遠慮しつつも主人は嬉しそうに頷いた。

「また遊びに来いよ」

足下をちょろちょろする子供たちに、佳鶏が朗らかに笑う。

空はそんな佳鶏を見上げていたが、ふと気になってその足下に歩み寄った。

「ね、ユウちゃんのおじいちゃん」

「おう、何だ？」

「そのかみのけ、どうやってそうしてるの？」

この村にそんなファンキーな色に染めてモヒカンにカットしてくれる美容院があるのだろうか、とふと気になって問いかけたのだが。

「これか？　こりゃあ家が鶏農家になってから代々伝わる髪型でな。跡を継ぐってご先祖様に宣言すると、勝手にこの髪型になるのさ」

「えっ⁉」

「すげぇだろ？　いわば、鶏農家の証だな。ただし、ご先祖様に認められる為にはボスと戦って余裕で勝つだけの強さがいるんだがな」

「す、すごぉい……」

ご先祖に認められたということがすごいのか、養鶏農家の宿命がすごいのか。どこに突っ込めば良いのかわからないまま、空はとりあえず笑顔で頷いておいた。

何故その髪型に勝手になるのかは本人にもわからないらしいが、とりあえず養鶏農家に髪型を選ぶ自由は無いらしい。

「みんな、ばいばーい、またなー！」

「またねー！」

勇馬に手を振って、空たちは沢田家を後にした。

空は手を振りながら、卵は好きだが、養鶏農家にはならないでおこうと心に決めたのだった。

（モヒカンは……ユウちゃんに任せよう！）


そんな楽しい葡萄と卵狩りの日から数日経った、とある日の朝。

朝食を終えた空は、朝だというのに縁側で一人黄昏れていた。

膝の上にはフクちゃんが乗っているが、今日はもみもみする気分にならない。ならないというか、怖くて出来ないのだ。

フクちゃんは元気のない空を心配そうに見上げてピ、ピ、と小さな声で鳴いている。

「フクちゃん……ぼく、もうフクちゃんをもみもみできないかも……」

「ピッ、ピピッ！」

空がしょんぼりした声で小さく呟くと、フクちゃんが励ますようにその手にフワフワした体を擦り付ける。その温かさに思わず空の手が上がるが、しかしそれはしばし迷ったあとやはり引っ込められてしまった。

「空、元気を出すのだぞ。大丈夫だ、すぐに慣れる」

「うん……」

座り込んで背を丸める空に、やって来たヤナが優しく声をかけた。

「ほら、おやつだ。今日は芋の入った蒸しまんじゅうだぞ」

ヤナが持ってきた大皿には、白と黄色の固まりが幾つも載っていた。ふかふかに蒸された白い生地に四角く切られたサツマイモがゴロゴロ入っている饅頭だ。漂う甘い香りに空はすんすんと鼻を動かし顔を上げた。

「早生の芋をご近所から貰ったそうだ。食べるだろう？」

「うん！」

大人の拳くらいありそうな大きな饅頭を見て空は目を輝かせ、頷いて両手を差し出した。ヤナがその手に饅頭を一つ載せてくれる。

空は両手で饅頭を持って、あーんと大きく口を開き――次の瞬間、饅頭はぐしゃりと手の中で潰れて千切れた。空はバラバラになってこぼれた饅頭を見て悲鳴を上げた。

「あーっ!!」

「……手づかみもダメだったか」

「ぼ、ぼくのおまんじゅう……ううう、うわぁああん!」

朝食の席で三組の箸をへし折り、二本のスプーンをダメにした空は、ぐしゃぐしゃになった饅頭を前についに泣き出した。

空の精神年齢は実年齢よりは高いはずだが、食べ物に関してだけはいつも著しく低下してしまう。ここ数日で溜まった不安やそれによるストレス、そして四散した饅頭への悲しみで、空はボロボロと大粒の涙をこぼした。

そもそもの始まりは葡萄狩りから二日ほど後のことだった。

空はその日の朝、特にいつもと変わりの無い目覚めを迎え、ヤナに声を掛けられて起き上がった。朝ご飯の香りにお腹を鳴らしながら布団から出て、洗面所へ向かおうと廊下に通じる障子戸に何気なく手をかけ――そして、その縦の枠木を、バキリとへし折った。

「……え?」

空が手をかけた部分の木が何故か内側にひしゃげるように折れ、障子紙も破けてしまっている。

何が起こったかよくわからなかったが、空はとりあえず慌ててヤナや雪乃に声を掛けて見てもらい、戸が傷んでいたのかもという話でその時は収まった。その日はそれ以降特に何も問題は出なかったからだ。

しかしその次の日。

空はいつものように朝ご飯を食べようとうきうきと箸を握り、そしてその箸をバキリとへし折った。木製の子供用の箸は真ん中から真っ二つになり、空は口に運ぼうとしていたご飯をポロリと落とし、呆気にとられて自分の手を見つめた。

「……えええ？」

それ以降。

空は僅か二、三日の間に毎食箸を一本は必ずへし折り、木で出来ていたスプーンもへし折り、トイレのドアノブや障子戸も一つずつダメにした。

替えの箸は雪乃が割り箸を短く切りそろえてすぐに用意してくれたのだが、スプーンやドアノブはそうもいかない。

しかもその替えの箸もちょっと油断するとすぐにへし折ってしまう。スプーンも金属製の物を用意してもらったが、そちらもぐにゃりと曲げてしまう結果になった。

驚くやら申し訳ないやらで、空はすっかり家の中で何か持つのも歩き回るのも怖くなって、縁側で小さくなっていた、という訳なのだ。

そしてついには大事な十時のおやつまで四散させてしまった。

家族は別に気にしていない様子なのだが空にとっては一大事だ。美味しそうな饅頭が食べる直前にバラバラになった事はとても悲しかった。

「空、そう泣くな。柔らかい饅頭だったのだ、仕方なかろう」

「うえっく、ふえぇ……」

「ほら、空、あーん」

膝にこぼれた饅頭の欠片をヤナはひょいひょいと拾い、その一つを空の口の中にむぎゅっと押し込む。

「んむ……」

「ほら、多少崩れても味は変わらぬだろう？　美味しいか？」

「おいひい……」

サツマイモの優しい甘みが口の中に広がり、こぼれていた涙がそれにつられて引っ込んだ。ヤナは手ぬぐいを出して空の涙を優しく拭ってくれた。

「ヤナちゃん……ぼく、どうしちゃったの？」

「ほら、もう一つあーん。ふむ、どうしたかと言えば……空はな、この田舎で過ごす事で、すっかり年相応に元気になってきたのだぞ。今まで全く足りていなかった魔力が十分体に回るようになって、それによって体自体も丈夫になってきて……それで、多分ちと余りが出るようになったのだ」

「あむ……あまり……」

「はい、あーん。その余りをどこに回してどんな風に使うか。まだ空の体はそれを自分で上手に操ることができておらぬのだな」

「あーん……そういうの、みんなできるの？」

「普通はな。明良や結衣と手を繋いでも、空の手が痛いなんてことはなかったろう？」

「うん」

「空のは、器が大きく魔力が多い子供に出やすい症状だ。特に空は今まで全然足りてなかったものが急に満たされたからな。空が順調に回復し、成長している証のようなものなのだぞ」

空はその話に少しだけ安堵した。ヤナも幸生たちも空が何を壊してても怒らずニコニコしていた理由が少しわかった気がして息を吐く。

今思えば、少し前に沢田家に出かけた時、葡萄や卵を握りつぶしてしまったのもその始まりだったのかもしれない。

「……ぼくも、できるようになる？」

自信なさげに空が呟くと、ヤナは空の口に新しい芋饅頭を千切って放り込んだ。

「うむ。心配するな、空。何もせずとも、そのうち体の方が勝手に調整するようになるのだぞ。多少物を壊しても、直したり取り替えたりすれば良いのだから気にするな」

「そうよ、空」

不意に雪乃に声を掛けられて空は顔を上げた。

朝食の後に出かけていた幸生と、台所にいたはずの雪乃がいつの間にか目の前に立っていた。縁側にいる空を見つけてそのまま庭に回ってきたらしい。

雪乃は空の頭を撫でると幸生が手に持っていた紙包みを受け取り、空の膝に載せてそっと開いた。

「……おはし？」

紙に包まれていたのは、子供用の箸とスプーン、フォークだった。

「そう、スプーンとフォークもね。これなら壊れないから、もう安心よ」

しかし空はそれを手に取らなかった。どう見ても素材が木に見えたからだ。すでに何本もへし折った身としては、さほど変わりなく見える箸を手に取る勇気が出ない。

「ぼく……またこわしちゃう」

空がそう言うと、今度は大きな手が伸びてきて空の頭をそっと撫でた。

「それは善三が作ったやつだ。折れたりはせん」

「ぜんぞうさんの……おれないの？」

「ああ。善三はそんなもん一本で熊も倒す」

「く、くま……？」

「ああ」

「そうよ、空。善三さんに細い竹でもうんと丈夫になるように魔法を掛けてもらったから、ぎゅっと握っても大丈夫よ」

空は二人に励まされ、恐る恐る箸を手に取った。小さな手にしっかり持って、ぎゅっと握ってみる。竹製らしい箸は空の手にきちんと収まり、どれだけしっかり握っても折れる様子はなかった。

「……おれない！」

「うむ」

「良かったな、空。これで安心してご飯が食べられるぞ」

「うん！」

「お家のあちこちも、今度村の大工さんに直してもらって、ちょっと丈夫にしてもらうわね」

雪乃の言葉に空の顔にやっと笑顔が戻る。

新しい箸とスプーンとフォークを嬉しげに見つめ、安心した空は自分のすぐ横に置いてあった皿の上に半ば無意識で手を伸ばした。

「あ、空、待て！」

ヤナがあげた制止の声は残念ながら間に合わなかった。口を開けた空の眼前で、芋饅頭がもう一つぐしゃりと形を変え――

「ふっ、ふえええぇ……」

――結局この日、芋饅頭をひな鳥のごとく口に運んでもらい、空は鼻を啜りながらそれを食べる羽目になったのだった。

二　稲刈りの日

空の力が不安定になってしまってから数日。

秋晴れの美しい青空の下、憂鬱そうにそれを見上げる幼児が一人。

「はぁ……」

空はどんよりした顔で年と天気に似合わぬため息を吐いた。

「空、ため息を吐くと幸せが逃げるぞ」

「ピッ！」

横に立つヤナが宥めるように空の頭を撫で、肩の上のフクちゃんも同意するように高く鳴く。

「だって……またおさら、わっちゃった……」

今日の朝食の席で、空は可愛い花柄の小鉢を一つ割ってしまった。

箸やスプーンを丈夫なものにしてもらってこれで一安心かと思いきや、そんな事は全く無かった。

空はまだ手が小さくて、箸で食べ物を上手に摘まむことができない。なので煮物などは箸やフォークで刺したり、スプーンで掬ったりして食べている。

朝食の献立は納豆ご飯とナスと揚げの味噌汁、青菜を混ぜた卵焼きにジャガイモの煮っ転がし、それに色々な野菜のお漬物。

機嫌良くそれらを食べている途中で、空は小鉢に盛られた芋の煮っ転がしを箸で刺そうとして、勢い余って小鉢の底を突いてしまった。

それにより、善三作の箸はびくともしなかったが、付与の無い普通の器はパカリと三つに割れてしまったのだ。

バラバラになった花模様、破片があったら危ないからと捨てられた煮っ転がし。空はそのどちらも悲しく見送った。

「気にするなと言うのに。物を大事に思うのは良いことだが、わざとでは無いのだからそう気に病むな」

「うん……」

そう言われて頷いたものの、皿やどんぶりをもう何枚も壊しているので、どうしても申し訳なさが先に立つ。つい先日も、葉っぱ柄の小鉢を二つにしたのだ。このままでは米田家から食器がなくなってしまいそうだ。

「近いうちに善三が竹で簡単な器を作ってくれるそうだぞ。幸生が自分も手伝うからと押しかけてうっかりやらかしたらしいから、すぐ届くだろう」

「やらかす……？」

ヤナの言葉に空が顔を上げると、ちょうど玄関からその噂の本人が顔を出した。

その幸生の姿を見て、空は不思議そうに首を傾げた。

出てきた幸生が今日はいつもの作務衣や着流しと大分違う格好をしていたのだ。朝食の時は普通に着物姿だったので、それから着替えたらしい。

今着ているのも着物には変わりないのだが袖が邪魔にならないようたすき掛けをし、下にはすねの辺りがきゅっとすぼまったような形の袴を穿いている。その上から草鞋をしっかりと履き、腕には金属と革で出来た手甲を着け、額には金属板の付いた鉢巻きのような物を巻いていた。

「じぃじ……なんか、いつもとちがう？」

（かっこいいけど、時代劇に出てくる人みたい）

見慣れない祖父の姿に首を傾げる空に、ヤナが頷く。

「今日は稲刈りだからな！　幸生も気合いを入れたのだぞ！」

「いねかり」

（……もしかしてまた刈りじゃなくて狩りなの⁉）

今日は皆でおでかけだとしか聞いていなかった空は、その言葉にぽかんと口を開いた。すると玄関の向こうから、お待たせ、と声が掛かる。

「ごめんなさいね、用意に手間取っちゃって」

「大丈夫だぞ。空とお喋りしていたからの。今日は天気も良いし、稲刈り日よりだな」

「本当ね。空、じぃじったらすっごく張り切ってるのよ。一緒に応援しましょうね！」

「う、うん……」

まるで旅に出るかちょっとした戦（そんなものがあるのかは知らないが）にでも行く武士のような時代がかった幸生の格好に、空はちょっと怯えつつも頷いた。

雪乃の方は至っていつも通りのお出かけ時の軽装だったので、そこだけは少し安心できる。

「空、行くぞ」

幸生はそう声を掛けるといつもの通りさっと空を高く持ち上げ、肩車をしてくれた。しかしそれに慌てたのは空の方だった。

「じ、じぃじ！　ぼく、ぎゅってしちゃうよ！」

力が不安定な自分がいつものように掴まったら、うっかり幸生の髪をむしったりしてしまうかもしれない。そう思って空は慌てたのだが、幸生は全く気にせず空の足をしっかりと抱えた。

「俺はそんなに柔じゃない。しっかり掴まっていろ」

「そうよ、空。心配ならじぃじのしてる鉢金を掴んでたらいいわ」

「でも……じぃじ、いたくない？」

「ああ」

強く頷かれ、空はおずおずと手を伸ばして、できるだけそっと鉢金を掴んだ。

そんな遠慮がちな孫の足をとんとんと宥めるように叩き、幸生はゆっくりと歩き出す。

「痛ければ、そう言う。それだけの話だ」

「そうね。それに、じぃじは丈夫だから空がちょっと掴んだくらいじゃ毛も抜けないわよ」

優しい二人の言葉に、空の顔にもようやく笑顔が戻る。

空は嬉しそうに頷くと、幸生の頭にきゅっと抱きついた。

「ありがと、じぃじ！」

「ああ……む、お前もか」

「ピピッ」

ぽすりと頭に降ってきた軽い感触と、高い鳴き声に幸生が僅かに眉を上げた。空が持ち上げられた時にさっと避難していたフクちゃんが、バサバサと羽ばたいて幸生の頭の上に飛び乗ったのだ。

「フクちゃんもいっしょにいくの？」

「ピッ！」

さっと片羽を挙げてフクちゃんがそれに答える。

幸生は急に賑やかになった自分の頭の上に、僅かに口の端を上げた。

「じゃあヤナ、お留守番お願いね」

「ああ、任せるが良いぞ。いってらっしゃい」

「いってきまーす！」

空は振り向いてヤナにパタパタと手を振る。ヤナも手を振り返し、三人と一羽を見送って、それから眩しそうに天を仰いだ。

「今日は本当に良い天気だな」

その言葉の通り、高い空はまさに稲刈りのために用意されたような晴天だった。

「ねぇ、じぃじ、ばぁば……いねかりって、どんなことするの？」

田んぼの間を真っ直ぐ通る道を眺めながら、空は心の準備をしておこうと二人に問いかけた。

村の平地の多くを占める田んぼはすっかりその色を黄金色に変えている。重たそうな稲穂が並んで頭を垂れているその様は、空が前世で憧れた田舎の美しい実りの季節を象徴するような景色だ。今幸生たちが歩いている道は、村の神社を中心に十字を描くように縦横に延びている。高い背の上から見回せば、その道を空たちと同じような家族連れが歩いている様子が見えた。

しかしどの家族も同じ方向を目指していて、稲刈りというわりに道の両脇に広がる田んぼで作業する人の姿はまだないのだ。

広場で何かしてから始めるのかな、と空は何となく予想していた。

「またおまつり？」

「そうねぇ、お祭りって言えばお祭りなんだけど……今日はね、まずはヌシを倒すのよ」

「……ぬ、し？」

さっそく出てきた聞き慣れぬ言葉に、空はぽつりと呟いたあと静かに天を見上げた。大好きな空色を見ていると心が少し落ち着く。

それから一つ深呼吸をし、もう一度雪乃を見下ろした。

「ばぁば、ぬしって、なぁに？」

可愛く聞くと雪乃も微笑み、けれど首を傾げた。

「ヌシは……ヌシよねぇ。何かしらね、あれは？」

「さあ……ヌシだからな」

駄目だ。全然わからない。

「ばぁばたちにもよくわからないのよね。ただ、サノカミ様からの試練だとか、贈り物だとか、昔から言われてるんだけど……」

「ど、どんなのなの？」

具体性の無い話に空の頭は疑問符でいっぱいだ。雪乃はそうねぇと呟くと、道の両脇を彩る黄金色の田んぼを指さした。

「田んぼに稲が植えられて……それで、こんな風に秋になるとお米が実って、一面黄色くなるでしょ？」

「うん」

「その田んぼの中にね、どうしてか毎年一反分……田んぼ一枚の中の稲が全部合体して、大きなお化けみたいになる所があるのよ」

「お、おばけ⁉」

空はビックリして辺りを見回す。しかし見えるのは普通の田んぼと稲穂の海だ。お化けのような姿はどこにもない。

「大丈夫よ、空。この近くにはいないわ。出る場所は毎年違うんだけど、今年は神社の向こう側の、北西の田んぼらしいわ」

「そ、そうなの……そのぬし、どうするの？」

いつもと違う幸生の格好から何となく話の先が読めた気がしたが、空は一応問いかける。

「じぃじみたいな村の強い人が、何人かで一緒に戦って倒してくれるのよ。大体、田植え祭りの時に優勝した人なんかが挑戦するの。今年はじぃじと和義さんと、あと伊山さんとこの良夫くんも出るんだったかしら？」

「ああ。あとは大和が援護だ」

「あら、田植えの二番手は？」

「田島のとこのは相性が悪いと辞退だそうだ」

「そうなの？　若い子二人と、全部で四人で大丈夫？」

「余裕だ」

別に一人でも構わんしな、と幸生は静かに呟く。その声には自負も驕りもなく、ただ端的に事実を述べただけという響きだ。

「じぃじ……かっこいい！」

「む……」

空が興奮して頭をぽふぽふ叩くと、幸生の肩が揺れる。空からは見えない幸生の顔を見上げ、雪乃がふふ、と楽しそうな笑い声をこぼした。

「す、少し急ぐぞ」

「はいはい。空、しっかり掴まっていてね」

「あい！」

幸生が早歩きしだしたので、景色がどんどんと流れて行く。揺れないように気遣って歩いてくれているので、空は酔うこともなくその景色を楽しげに眺めた。

隣を行く雪乃も早歩きだが、一見するとそんなにスピードを出しているようには見えない。

しかし顔に当たる風からすると多分自転車かそれより少し速いくらいの速度は出ているだろう。

(田舎の人の早歩きすごい……)

大分近づいていた神社の前の広場がぐんぐんと近くなる。

その森の向こうに一体何が待っているのか。

空はまだ見ぬヌシを思って、幸生の頭にきゅっとしがみついた。


人の流れは神社の前の広場にゆるりと集まり、それからさらに西に向かって、役場や商店が立ち並ぶ村のメインストリート(?)へと向かっている。

幸生に運ばれるまま、空は小さな雑貨屋や床屋、服屋らしき店を物珍しく見下ろした。少し離れた場所には幼稚園や学校らしき建物も見える。それらの建物が並ぶ通りの向こうにはまた田んぼや畑が広がっているようだ。

途中で北へ向かう細い道に入ると視界が開け、道の先に人だかりが出来ているのが見えた。

そして、開けた視界の先に見えたのは人だかりだけでは無かった。

「……? じぃじ、ばぁば、なんかへんなのがあるよ?」

「そうねぇ。今年のヌシも大きいわね」

「そうだな」

「ぬ……」

空はその変なものを目を見開いて見つめ、それからまたそっと青空を見つめた。

(何だろうアレ……少なくとも、稲じゃない。絶対稲じゃないと思う)

それを何と形容して良いのか、空にはよくわからない。わかるのは、まだ距離が結構あるのにここからでもはっきりわかるくらい大きい何かということだけだ。

空はそれをじっと見て、何度も首を傾げた。

「おっきい……き?」

東京で暮らしていた頃、兄の樹が持っていた恐竜図鑑を時々見せてくれた。そこに描かれていた太古の巨大な植物に少し似ているかもしれない……と空は思ったが、よく見ればやはり似ていない気もした。


それは、遠目から見れば木の束のように見える何かだった。太い木を何本も集めて束ね、一つの巨木にしたような見た目をしている。

高さは十メートルくらいか、もう少しあるだろうか。空には目算では見当がつかないが、直径も高さの半分くらいはありそうに見える。

見上げた先端には青空に突き刺さるような剣のように尖った葉……というには一枚一枚が大きすぎるが、それがわさっと木の上にカツラを載せたように不自然に広がって生えている。

その葉と幹の境目辺りからは、穂とおぼしき枝が無数にぶら下がっていた。その穂に実った籾も、遠目でわかるほど一粒一粒が大きい。多分大人の顔くらいはありそうだ。

植物かどうかすらすでに疑わしい姿の中で、稲っぽいところはもはやその色だけだった。

「ばくはつしたえのきたけに、ぶどうがいっぱいさがってるみたい……？」

空が呆然と呟くと、それを聞いた雪乃がくすくすと笑う。

「空の表現は面白いわねぇ。でも、ちょっと似てるわね」

（笑うとこなんだ……でもばぁばが笑ってるなら、大丈夫かな）

得体の知れないヌシの姿に怯えていた空は、少し安心して息を吐いた。


頭の上の孫の動揺も知らず、幸生はそのままスタスタと人だかりに近寄った。

混んでいる場所の少し手前で立ち止まり、周囲を見回す。すると人だかりの中から見知った顔が出てきて手を挙げた。

「おせーぞ幸生！　お前抜きで始めるとこだったぞ！」

「やっと来たのか、幸生。和義がうるせえからもっと早く来いよ」

不機嫌そうに怒鳴ったのは幸生の幼馴染みで春の田起し大会の準優勝者の田村和義だ。

その隣で呆れたようにため息を吐いたのは同じく幼馴染みの善三だった。

「まだ時間じゃないだろう」

「段取りとか、打ち合わせとかあるだろうがよ！　早めに来いっての！」

「適当でいいだろうが」

「いいわけあるか！」

幸生をライバルと目する和義は声を荒げたが、そう言いつつもどことなく嬉しそうな雰囲気だ。格好も幸生と同じような気合いの入った姿で、やる気は十分のようだった。

「お前らは適当で良くても、若ぇのが可哀想だろうがよ。段取りくらいちゃんと組んでやれ」

善三もそう言って難しい顔をしているが、結局のところ二人を心配しているのだろう。

（……じぃじのお友達は皆ツンデレだなぁ）

そんな事を思いながら空が二人を見下ろしていると、その視線に気付いた和義が顔を上げ空を見る。

和義はよく善三と共に米田家に遊びに来て幸生と三人で酒を飲んだりしているので、空ともすっかり顔見知りだ。空はぶんぶんと手を振って元気よく挨拶をした。

「ぜんぞーさん、かずおじちゃん、おはよーございます！」

「ピッ！」

「おう、空。元気そうだな」

「おはよう、空……幸生、お前の頭、何か愉快なことになってんぞ」

頭の上に小鳥と幼児を乗せた幸生は、鳥にうろうろされても孫に髪を掻き回されても特に気にしていない。しかし確かに見た目はかなり愉快だった。

「良いだろう」

「いや、良いのかそれ……？」

愉快な見た目なのに得意そうな幸生に和義が首を傾げていると、人混みの中から声が掛かった。

「おはようございます。米田さん、田村さん、そろそろ始めますか？」

「おはよう」

「おう、大和。そろそろやっか」

現れたのは神社の神主の孫、龍花大和だ。今日もきちんと禰宜《ねぎ》の正装姿で、片手には神主がお祓いの時に使う大幣《おおぬさ》を持っている。どうやら彼はその格好で参加するらしい。

「あっちに良夫もいると思いますから、行きましょう」

大和に促され、一行はぞろぞろと人混みに分け入り、隙間を縫うようにして奥へと向かう。

空は背の高い幸生の上から、ヌシとその周辺をキョロキョロと見回した。

ヌシが生えている田んぼは、今歩いている細い道が北の大きな道とぶつかる場所のすぐ脇の角地にあった。

見物らしい村人が細い道と大きな道に分散して少し距離を取って人だかりを作っている。

皆思い思いにのんびりとお喋りしたりしていて、やはり誰も田んぼに入って稲刈りを始める様子はない。空は村人を眺め、それからまたヌシに視線を戻した。

「ねぇ、じぃじ。なんで、ぬしたおすの？　いっしょにいねかりじゃだめなの？」

「ああ……それはな、ヌシを倒さないと他の稲は刈れないからだ」

「そうなの？」

空がビックリして声を上げると、側を歩いていた善三や和義が頷いた。

「空は知らなかったか。稲はな、ヌシを倒さないうちに他のを刈ろうとすると、せっかくの籾をバシバシ飛ばして抵抗しやがるんだ」

「そうそう、それで米が無駄になっちまったらもったいねぇだろ？　ヌシを倒してからなら諦めて大人しく刈られるから、そっちが先なのさ」

「おこめ、とばす……」

（それは確かに勿体ない！）

たわわに実る黄金の粒が無駄に撒かれる事を想像して空はブルブルと首を横に振った。空の大好きなお米がそんな事になったらきっと泣いてしまう。そうならないために幸生たちが戦うというなら、全力で応援しようと空は心に決めた。

「じぃじ……がんばってね！」

「……うむ」

応援の意味を込めて、空は小さな手で幸生の頭をもしゃもしゃとかき回した。そこにフクちゃんがちょんと座ると完全に巣にしか見えないのだが、側にいた面々は優しく見ないフリをしたのだった。


さて、一行は細い道を抜け、大きな道へと出た。左手にヌシの生えた田んぼを見ながら少し進むと、道の脇にはどこから運んできたのか大きな太鼓が据えられている。そしてその周囲には、手に手に大きな網を持った子供や若者たちが集って談笑していた。

（また……また網！　また何か飛んでくるの⁉）

カニにトウモロコシに、次は何が飛ぶのだ、と空は内心で恐れおののく。

「ね、ねえばぁば……みんな、なんであみもってるの？」

「あみ？　ああ、あれ。あれはほら、ヌシに籾が……お米が、いっぱいぶら下がってるでしょう？」

「う、うん」

空が葡萄が下がってるようだと表現した、巨大な籾を雪乃が指さす。近くに来るとその大きさがよくわかって、まるで沢山のラグビーボールがぶら下がってるみたいだ、と空は思っていた。

「戦ってる途中でヌシがアレを飛ばしてきたりするから、皆それを取るために網を持ってるのよ」

「あれ、たべられるの？」

空が聞くと、雪乃は笑顔で頷いた。

「ええ。アレはもち米なのよ。蒸してつくとお餅になるの。去年の暮れに東京のお家にも送ったけど、空は食べなかった？」

「お、おもち!?」

空は衝撃を受けた。今年の正月に、空は確かに初めて餅を食べさせてもらった覚えがある。焼いたお餅を小さめに千切って雑煮に入れた物を紗雪が出してくれたのだが、空はその美味しさに夢中になった記憶があった。

小さな欠片なのにいつまでも口に入れていたいような美味しさがあって、空は遠慮しつつも我慢出来ず、お代わりを強請って食べたのだ。

今思えば、その美味しさは含まれた魔素の多さによるものだったのだろう。

「おもち、ぼく、たべたよ！　すごく、すごーくおいしかった！」

「良かったわ。そのお餅のもとが、アレなのよ」

「おもちのもと！」

そう聞けばたちまち空の中から恐れなど吹っ飛び、俄然わくわくソワソワしてしまう。謎めいたヌシの姿はもはやお化けではなく、単なる餅まきの台座に見えてきた。

そういえば都会のマンション育ちの空は、前世も含めて餅まきというものも経験したことが無かった。

まだ餅になる前で、一粒がバカでかくて、まるで鏡餅が降ってくるようなものだとしてもそう考えるとさらにわくわくしてくる。

「おもちのもと、ぼくもほしい！　ばぁば、あみちょうだい！」

「あら……うーん、網はあるけど空にはちょっとアレは早いんじゃないかしら。一粒が結構大きくて重いから、直接受けるのは年長の子供たちが挑戦するのよ。危ないから、ばぁばが魔法で落とすから空はそれを拾いましょうね」

「うん！」

元気よく頷き、頭の上でもぞもぞ動く孫の姿に、幸生は眉間にぐっと皺を寄せた。

「……空は、餅が好きか」

「うん！　ぼく、おもちだいすき！　いっぱいたべたい！」

「そうか……」

空の言葉に頷く幸生の顔が、僅かに綻ぶ。

暮れに送ったというその餅は、幸生がついた物だった。それを孫が喜んで食べ、好きだと言ってくれる事は、何よりも嬉しく感じられた。

幸生はソワソワする孫に和みながらも、珍しくちゃんと色々考えた。空が餅を沢山食べたいというのなら、それを用意するのが祖父である幸生の役割だ。

「和義……今日の道具は？」

「今日か？　俺は鎌だぜ」

「そうか。なら……斧にするか」

腰に着けた魔法の竹籠に入れっぱなしの道具を思い出し、幸生は頷く。

「珍しいな、お前が素手じゃねぇなんて」

「素手だといつもやり過ぎるからな……うっかり消し飛ばしたら、空が食べる餅が減る」

「お、おう……」

じじバカとしか言いようのない発言に、和義はちょっと引いた顔で頷いた。頷くだけに留めたのは、せっかく加減する気になってくれたのだから水を差さないようにと思った為だ。

幸生は今までに何度もヌシ退治に、それこそ毎年のように参加している。しかしやる気が出ず面倒くさがって加減を忘れ、うっかりやり過ぎてヌシの三分の一ほどを消し飛ばした年もあるのだ。

紗雪が村を出て行った年だ。

その年は新年の餅が減ったと不評だったから、自ら加減してくれるというのなら有り難い話だった。

あとはもう一人の参加者と話をしなければ、と幸生が考えた時、行く先の人混みが割れて一人の老婆と若者が現れた。

「あ、良夫」

前を歩いていた大和が足を止め、老婆にぐいぐいと襟元を引っ張られている若者に声を掛けた。

引っ張られている若者は、春の田植え部門の優勝者である伊山良夫だった。

田植えの時はやる気の無いTシャツ姿だった彼も、今日は黒が主体の着物に動きやすい袴、軽めの防具といった、ちょっとした戦にお呼ばれしても安心のスタイルだ。

「お待たせ、良夫。準備できた？」

「げっ、ヤマにい……！」

「大和さんおはようさん。待たせて悪かったねぇ」

大和を見て良夫は逃げ出したそうに顔を歪め、反対に老婆の方はにこやかな笑顔を見せる。

「おはようございます、トワさん。こちらこそ待たせてすみません。今集まったところです」

「そりゃ良かった。今日は良夫を頼むよ。ほら、頑張ってきな！」

トワさん、と呼ばれたのは良夫の祖母で、年の頃は八十近い。しかし腰も曲がらずシャキッとして、孫をぐいぐい引っ張ってくるパワフルな老婆だ。

良夫は丸まった背中をトワにバンと叩かれ、居並ぶ大和や幸生たちを見てがっくりと肩を落とした。

「うう、なんで俺が……優勝する予定じゃ無かったのに……」

どうやら彼はそもそも田植えで優勝する気はなかったらしい。優勝候補がぎっくり腰などの理由で脱落してしまったのと、意外と自身も腕が上がっていたため図らずも優勝してしまったようだ。

「まだ言ってんのかい！　せっかく優勝したんだからいい加減覚悟決めな！　若いのにだらしない！」

「ヤマにいはともかく、こんなアホみたいに強いじいさんたちに交じって戦えとか、ただの罰ゲームだろ！　むしろ俺いらねぇだろ⁉」

叫ぶように言った良夫に、空は内心でうんうんと頷いた。

田起しや田植えの様子を見る限り、幸生と和義は多分村の中でもぶっちぎりに強いんじゃないかと思う。援護が必要かどうかも大いに怪しい気がする。

しかしそんな孫の主張に、トワは頷かなかった。

「バカだねアンタは。だったら尚更、このジジイ共が現役のうちに上手いこと利用して経験積まないでどうするんだい？　何したって死にゃしないようなのがいるんだから、素直に頭下げて盾でも囮でもやってもらえばいいんだよ！」

気持ちいいほどの正論だ。思惑を隠しもしない潔い言い分に、和義が思わず苦笑した。

「相変わらずトワさんは口が悪ぃな」

「アンタほどじゃないさね。それよりアンタたち、うちの孫を頼むよ！」

「……ああ」

幸生はトワに頷くと、手を伸ばして空を抱え、ゆっくりと肩から下ろした。空が下ろされると、フクちゃんもパタパタと羽ばたいて降りてくる。

空はフクちゃんを肩に乗せて雪乃の隣に並び、キラキラした目で幸生を見上げた。

「じぃじ、がんばって！」

「うむ」

幸生の体から謎オーラが一瞬立ちこめる。孫パワーでやる気は十分のようだ。

幸生は少し空から離れると腰の籠の蓋を開け、そこからにゅっと長い柄を引っ張り出した。物理的にちょっとおかしい感じで出てきたのは大きな片刃の斧だった。軽く指で触れて刃の調子を確かめ、一つ頷くと和義や大和たちの顔を見回して口を開いた。

「俺が前に出る」

その言葉に、和義も頷く。

「じゃあ危ねぇから、俺は距離を空けて側面でも刈るか。そうすっと、大和は後ろ、良夫は適当で」

「任せてください」

「いや、適当って⁉」

至極いい加減なその指示に良夫が頭を抱えたが、幸生は首を横に振った。

「いや、良夫には重要な役目を任せたい」

「それも遠慮したいんスけど⁉」

良夫の言葉を無視して、幸生はヌシの上部を指さす。

「お前は遊撃だ。下を叩いて気を逸らしている間に、穂を落とせ」

今年のヌシは村の北に近い場所に出た。今いる大きな道の反対側は土手と川原だ。土手の上にも人がいるが、上手くやらないとヌシが飛ばした籾が川まで飛んでいって、無駄になる物が出る可能性が高い。

それ故に、先に穂ごと落とすことを幸生は提案したのだ。

だが、幸生は何でも無いことのように言ったが、穂の根元まではかなりの高さがある。抵抗してくる稲の攻撃をかいくぐり、登り切ってそれをなすにはそれなりの技量が要ることは一目瞭然だった。

「無茶ぶり来たし！　いや、そんなの……」

「出来るだろう」

当たり前のように言い切られ、良夫はぐっと言葉に詰まった。

出来るか出来ないかで言えば、多分出来る。しかし自信があるわけではないのでしたくない、というのが良夫の本音だ。

悩んでいると、不意に足下にトン、と軽い何かがぶつかった。不思議に思って下を見ると、そこには澄んだ目で見上げてくる幼児が一人。

「おにいちゃん、あんね、はるのたうえ、かっこよかった！」

「お、おう……？」

「ぴょんってとんで、しゅぱぱってするの、すごかったよ！」

「そうか……？　ええと、ありがとな」

空は身振りを交えて一生懸命良夫がかっこよかったと主張した。真正面からこうも素直に褒められると、斜に構えたいお年頃の若者であっても悪い気はしない。

「あとね、ぼくいっとうだったんだよ！　おにくありがとー！」

「え、俺に賭けてたのかよ……そりゃあ良かったなぁ」

「うん！　おにいちゃん、いねかりも、がんばってね！　ぼく、いっしょうけんめいおうえんするね！」

「ぐっ……う、うう……が、頑張る……」

幼児に輝くような笑顔で応援され、しばらく唸っていた良夫は、やがてがくりと頷いた。

自分の口に入る餅のためなら、空はあざとい攻撃も容易く使いこなしてみせる。

ヌシに向かって歩き出した四人の背に向かい、空は一生懸命手を振って見送った。

しかしその頭の中は、何味で餅を食べようか、ということで最早いっぱいだ。

「おぞうにと、のりとおしょうゆ！　それから、あんこときなこ……あ、あとばたーと、なっとうも！　それからそれから……」

「ふふ、空ったら気が早いわ。いくつ食べるの？」

「いっぱい！　おもちは、のみもの！」

「……喉に詰まったら怖いから、よく噛んで食べてちょうだいね？」

幸生たち四人が連れ立ってヌシのいる田んぼに降り立つと、道の端に据えられていた太鼓がドォンと打ち鳴らされた。それを機に、人々が並んだり距離を取ったりと思い思いに見物の準備を始める。

空も雪乃に連れられて、側にいた善三と共に田んぼが見やすい土手に上がり、危険がないよう二人の間に立ってピタリと寄り添い幸生たちを見つめた。

「さて、ではまず祝詞をあげますね」

四人がヌシから十メートルくらいのところまで近づいた時、大和がそう言って手にした大幣を一旦帯に差し、姿勢を正した。

稲刈りの初めは、神主による祝詞と決まっている。去年までは祖父である辰巳があげていたが、今年は大和がヌシとの戦いに参加するとあって、ついでとばかりにその役目を譲られていた。

大和はヌシに向かって丁寧に礼をし、柏手《かしわで》を打つ。そして大幣をまた手に取り、厳かに祝詞をあげはじめた。

「タカマガハラニカムヅマリマス――」

その少し後ろに立った三人も、神妙な顔でその祝詞に耳を澄ませる。

短い祝詞はやがて終わり、大和は大幣を何度か大きく振ると、顔を上げ、高らかに声を張り上げた。

「サノカミ様、我らが武勇をご照覧あれ！」

通りの良い大和の声は、周囲に良く響いた。

最後の言葉を述べた大和はさっと振り向き、後ろに並ぶ幸生たちに向かって大幣を大きく振る。

すると三人の体が微かに光を帯びた。

「ヤマにい！　それ俺だけでいいから倍増しで！」

防御力を上げる祈りを受け取った良夫が自分を指さしてそう要請したが、大和は首を横に振った。

「残念ながら、最初のは平等です」

「えー！」

良夫が不満げに声を上げた途端、斧を肩に担いだ幸生が大きく一歩前に出た。それを見た和義が、腰に着けていた小さな竹籠から長い棒を取り出す。棒の途中には持ち手が付き、その先には折りたたまれた巨大な鎌の刃が付いている。刈払い用の大鎌だ。

ジャキン、と音を立てて鎌を広げれば、それはまるで物語の中の死神の持ち物のようになった。

「……来るぞ」

「おう。じゃあ、俺はこっちな」

「では下がってますね」

「うう、やりたくねぇ」

幸生がもう一歩、二歩と前に出る。大和はその後ろに隠れるようにゆっくりと下がり、和義は幸生の攻撃範囲に入らぬよう、距離を取って斜めに位置どる。

良夫は先達二人の動向を見守るように、少し後ろに下がった。

一瞬の静寂の後、ドォン、と太鼓がもう一つ鳴らされ、それを合図にしたかのように突然地面が揺れ始めた。

土手から見守っていた空は、地面の揺れに驚いて雪乃の足に縋り付く。

「大丈夫よ、空。ヌシが動き出すだけだから」

「う、うん」

それのどこが大丈夫なのか空にはさっぱりわからないが、とりあえず頷いておく。

空は怯えつつも、幸生たちをじっと見つめた。


幸生がヌシに徐々に近づくにつれ、揺れはさらにひどくなった。

その揺れによって地面が徐々にボコボコと盛り上がり、そこから木の根のような物が姿を現す。

足場が悪くなる事も気にせず、幸生は斧を片手で持ち、ブン、と右に大きく振った。

次の瞬間、ゴッと鈍い音が響き、何かが宙を飛んだ。

「ひゃっ!?」

遠目で見ていた空が、ビックリして跳び上がる。

幸生の振った斧にぶつかり、断ち切られて宙を舞ったのは長く巨大なヌシの茎のうちの一本だった。

幸生を試すように鋭く振り下ろされたその茎は斧の一撃で半ばから真っ二つにされて高く打ち上げられ、それからゆっくりと田んぼの端に重たそうな音を立てて落ちた。

それを合図にしたように、エノキタケのように茎が密集していた稲がバラバラとほどけて姿を変える。

密集していた茎は根元を起点に斜めに大きく広がり、その隙間から刃物のように鋭く長い葉が現れた。

最初の姿より随分と稲らしくなったそれには顔や目があるわけではないが、どうやってか足下にいる幸生たちを感知し、自分に近づく者を威嚇するように長い葉を振り上げ、大きく揺らす。

空は姿を変えたヌシが何となく怖くなって、雪乃の後ろ側にススス、と隠れた。

「んな怯えんな。どうせすぐに怖くなくなる」

空の様子を見た善三がそう言って笑いをこぼし、手を伸ばして頭を撫でる。

「こわく、なくなる……？」

どういう意味かと空が首を傾げると、善三はすぐわかる、と言って視線をヌシに戻した。

ヌシは先ほどまでの倍くらいにその横幅を広げ、ブルブルと茎や葉を震わせ、それらを高く振り上げ――


「ほぴょるるるるうるぅ!!」

――とてもとても可愛い声で、甲高く鳴いた。


「え……？」

空は思わず顔を回し、自分の肩に乗るフクちゃんを見た。フクちゃんはきょるんと首を傾げ、ピッと小さく鳴いたが、さっき聞こえたあの変な声とは似ていない。

「フクちゃん……じゃない、ね？」

「ピッ！」

空が聞き間違いかと思い雪乃と善三を見上げると、二人ともどこか困ったような笑いを浮かべていた。

「相変わらず気の抜ける声ねぇ」

「全くだ」

どうやら聞き間違いでは無かったらしい。

（……普通こういうボスって、キシャーとかシャゲーとかもっと強そうに鳴くものなんじゃないの？）

そんな疑問を抱く間にも、ヌシはまた可愛い奇声を上げていて何だか和む。すぐに怖くなくなる、というのは、確かに当たっていた。シリアスさんの気配は一瞬で死んだらしい。

周囲の村人たちも笑いを浮かべたり、太鼓係に声を掛けたりしている。

「やる気が失せらぁ！　太鼓叩けぇ！」

その声に応え、太鼓がドォンドォンと勢い良く何度も打ち鳴らされる。小さい太鼓もテンポ良く加わって、それに合わせて声援が上がって周囲はたちまち賑やかになった。

「ぽぽぴゅりりりりり！」

一体どこから出しているのか、またおかしな声がして稲がバサリバサリと羽ばたくように揺れた。

その真正面に立った幸生が、もう一歩前に出る。

「あっ、じぃじっ⁉」

幸生の最後の一歩は、空には見えないほど速く、そして大きかった。

空の目には幸生が不意に姿を消したように見えたほどだ。消えた姿を捜そうと空が視線を移動する間もなく幸生はヌシのすぐ根元に現れ、斧を振りかぶってそれを叩きつけた。

ドンッ、と重い音が響き、幸生に向かおうとしていた茎と葉が何本も断ち切られ、吹っ飛んで離れた場所に落ちる。

ヌシは怒ったようにさらに葉を増やし、その鋭い切っ先を幸生へと殺到させ――しかし、それは横合いから振られた大鎌の一閃によって、たちまち右半分がバラバラと地に落ちた。残り半分も、幸生の振るう斧によって断ち切られている。

「あー！　やりたくねぇぇぇ！」

バラバラと降ってくる葉や茎を器用に避けつつ、良夫が叫びながら身を低くして駆け出した。やる気のない叫びとは裏腹にその動きは極めて速い。

良夫はヌシの少し手前で地面を蹴って高く跳び上がった。稲の茎を足場にし、左右にテンポ良く蹴ってどんどん高く登って行く。身軽で素早い動きはそれこそ物語の中の忍者のようだ。

それを撃ち落とそうと今度は周囲の穂が揺れ、ラグビーボールのような籾が砲弾のように良夫の方に向けられた。しかしそれが投げつけられる事は無かった。

様子を見ていた大和が着物の襟元から白い紙の束を出し、それを高く放り投げる。

大幣と同じ白い和紙で作られた幣紙《へいし》はバラバラになって宙を舞い、ひらひらと周囲に降りそそぐ。

「かしこみ、もうす！」

パン、と高く拍手が打たれた次の瞬間、白い紙は地へと向かっていた動きをピタリと止め、今度はその真逆を目指して飛び立った。

紙たちはまるでそれぞれに意思があるかのように稲穂に向かってヒュンヒュンと飛んで行く。そして良夫に狙いを定めていた穂や葉に次々張り付き、どうやったのかその動きをたちまち封じてしまった。

動きを止めた葉を足場に、良夫は巨大な籾がぶら下がる穂の間を縫うようにすり抜け、その根元を手にした鎌で次々に断ち切った。

ドサドサと重い音を立てて切られた穂が下に落ちて行く。合間に飛ばされる籾もあったが、それらは良夫に上手く避けられたり幸生の斧や和義の鎌で弾き飛ばされたりして、見当違いの方向に飛んでは子供たちに網でキャッチされていった。


「すごい……かっこいい！　おもちおちた！」

空は四人の戦いに目を丸くして驚き、そしてそのかっこよさに興奮した。最後に少し欲望が漏れたが、そこは許されたい。

「じぃじー、がんばってー！」

太鼓の音に負けないように声を張り上げると、幸生がちらりと空を見た。

すかさず振り下ろされる葉を手甲を着けた片手で軽くいなし、また斧を振るう。時折上から切り落とされた稲穂がどさどさと落ちてくるが、幸生は軽く避けるだけで特に気にした様子もない。

「ふぅんっ！」

掛け声と共に振るわれた斧の一撃がヌシの茎を何本かまとめて切り飛ばす。

「ぱきゅるるるぅるうう！」

　ヌシがまた甲高い可愛い声で叫んだ。すると今度は地面のあちこちから顔を出していた根っこが次々立ち上がり、幸生たちを捕らえようと動き出した。

「幸生、大和、適当に避けろ！」

　和義が叫び、大鎌を横にして大きく振るう。幸生はそれを見るや、斧をひょいと手放してしゃがみ込み、自分の足下の地面を拳で軽く打った。

　次の瞬間、ドンッという音と共に、幸生の周りで地面が爆ぜた。

「あっ、じぃじいなくなった⁉」

　舞い上がった土が地に落ちた時には幸生の姿はすでにそこにない。

　幸生が居たはずの場所を、投げられた大鎌がブーメランのように根を切り飛ばして飛んで行き、くるくるとターンしてまた戻ってくる。

　その範囲内にいたはずの大和はといえば、大幣を眼前に構えて謎の力で宙に浮き、器用に鎌を避けていた。

「ぴゅぴろろろぴろろん！」

　根を切られたヌシが怒ったように再び茎を振り回す。しかし根を切られた影響か、端の方が支えきれずぐらりと傾いた。

　幸生がさっきまで立っていた場所にも茎が何本も倒れかかる、と空が息を呑んだ途端、その茎がバラバラに千切れて弾け飛んだ。

「ふんっ」

あまり気合いの入っていない掛け声と共に地面から幸生が飛び出し、その拳で茎を細切れにしたのだ。

下の方がなくなったおかげで、まだ残っていた稲穂が上からバサリと落ちてくる。

幸生はそれらをひょいと受け止めると、戦闘の邪魔にならないよう田んぼの端目がけて放り投げた。


「じぃじ……じめんにもぐってた？」

「そんな感じね。じぃじは一瞬で落とし穴みたいに穴を掘って、そこに自分が入ったのよ」

「跳ぶよりそっちのが楽なんだろ。上じゃなく下に逃げるのはアイツぐらいだな」

「すごぉい……」

空が感心している間にも、幸生は穴の開いた場所から少しずれてまた戦い始めた。

すでに稲穂の茎はその三分の一以上が削れている。幸生と和義はお互いの攻撃の邪魔にならないように少しずつ移動しながら戦い、その頭上を良夫がぶつぶつと愚痴りながら器用に跳ねて行く。

「くっそ、あーもう！　嫌すぎる！　邪魔！　危ねっ」

足をかけた場所がたまに下から断ち切られたりするため、足場に気をつけながら跳び回らなければならない。常に動いていなければ的にされてしまう危険もある。そんな葉や籾の攻撃を掻い潜り、時には鎌で断ち切り、良夫は確実に稲穂を下に落としていった。

「急々如律令！」

下に落とされ足下に溜まってきた稲穂を回収しているのは大和だった。袂《たもと》からだした何枚もの人形の符を宙に投げると、それらが大きくなってパタパタと動き出す。大和の式神たちは下に溜まった稲穂をどうやっているのか器用に持ち上げ、それを次々田んぼの端目がけて放っていく。戦闘の邪魔になったり、余波で砕かれたりしないよう配慮しているのだ。

合間に良夫を援護し、自分に向かう籾の攻撃は符を投げて障壁を張って弾いたりしているのだ。大和もなかなか忙しかった。

「……そろそろ半分か。もう少し良夫を待つか？」

暴れる稲をバッサバッサと景気よく切り倒していくことしばし。

幸生は大分茎を減らしたヌシを見上げ、和義に声を掛けた。

「いや、そろそろ良いだろ。籾拾いもガキ共の楽しみだしな。網持って待ってんのに、全部落としちまったら可哀想だろう、よっと！」

幸生は斧を振るいながら上を見る。良夫の働きによって、ぶら下がっていた穂はすでに三分の二くらい切り落とされている。

ヌシの挙動は大体毎年同じで、残る茎の数が半分を切ったところで残った籾を一斉に周囲にばら撒き飛ばすという攻撃をしてくるのだ。

切り落とされたり、倒れた茎についている穂は村で保管し分け合うが、撒かれた籾は拾った人のものと決まっている。

それを網で受け止めたり拾ったりするのが、周りで待つ子供たちや見物の大人たちの楽しみなのだ。

幸生は少し悩んだが、和義の意見に頷いた。川の方に飛んで行く籾もあるだろうが、土手に雪乃がいるのである程度は回収するだろうと予想もできる。

「良夫！　あとは子供らに拾わすから、その辺で良いぞ！」

「うえっ⁉　いきなり、んなこと、言われても！」

下から和義に声を掛けられ、また何本か穂を落とした良夫が慌てて声を上げた。

「あ、半分切るのはちょっと待ってください、落ちた穂の退避がもうちょっとなので！」

式神たちをせっせと働かせながら、大和が待ったをかける。

その声に幸生と和義は少し攻撃の手を緩め、襲ってくる茎や葉をそれ以上減らさないよう避けたり弾き飛ばす事に専念し始めた。

大和に指示された良夫も下りてきて、稲の足下から穂を集める作業に加わる。

「手加減が面倒だな」

「全くだ！」

幸生は斧を足下に落とし、自身に掛けている身体強化を少しばかり強める。うっすらと光を帯びたその手で、振り下ろされた葉先をさっと捕まえた。刃のように鋭い葉なのだが、素手で掴んでも強化された肌を傷つける事は出来ない。

「よっ、と」

もう一枚、さらにもう一枚と、手で葉を捕まえ、暴れるそれらをひとまとめにして片手で引っ張る。

合間にやってくる茎も幸生は器用に捕まえて、最後にはその葉でぐるぐると巻いてまとめてしまった。それを片足で踏んで押さえ込み、また新たな葉や茎を捕まえる。

それを見て和義も真似をし始めた。その脇でせっせと稲の穂を拾っている若者二人は、年寄り二人の行動に呆れたようにため息を吐いた。

「米田さん、意外と器用ですね」

「俺マジでいらな過ぎて辛い」


一方、それを見物していた空は、突然斧を振るうのを止めて稲を束にし始めた幸生の姿に首を傾げていた。

「ばぁば、じぃじ、なにしてるの？」

「そうねぇ、大和君と良夫君が落ちた穂を拾ってるでしょ？　多分、あれが終わるのを待ってるのね」

「なんでまつの？」

一気に倒しても良いのではないかと空が首を傾げると、雪乃は上の方に残った稲穂を指さした。

「残った茎が少なくなると、あそこに残った籾をヌシがバーンって一度に周りに飛ばすのよ。多分それを拾おうと待ってる皆のために、ちょっと調整してるのね」

「ばーん……あれ、ひろったら、もらえる？」

「ええ。こっちに飛んで来たら、ばぁばが落としてあげるから一緒に拾いましょうね」

「うん……」

空は三分の一ほど残った穂を見ながら頷いた。しかし、頭の中では別のことを考えていた。

（拾ったらもらえるなら……ちょっとだけ多めに欲しいな！）

自分で手に入れたなら心ゆくまで食べられるのではないかと空は思った。普段から出された大体の食べ物を心ゆくまで食べている事実はこの際ちょっと棚に上げておく。

空は少し考え、自分の肩の上で小さくピッピッと楽しそうに囀る可愛い小鳥をちらりと見た。

「ピッ？」

その動きに気付いたフクちゃんが空を見る。空はそっと声を潜めて、フクちゃんに内緒話を持ちかけた。

「ね、フクちゃん……あんね、フクちゃん、あのおっきいおこめ、ちょっととってこれる？」

「ピ……？」

「ぼくのね、あまってるっていうまりょく？　そういうの、あまってるなら、ちょっとだけつかってもいいとおもんだけど、どうかなぁ」

「ピキュ？」

「ぼく、おもちすきだし……フクちゃんのかっこいいとこ、みてみたいな！」

「ピッ⁉　ホピピピピ！」

フクちゃんは空の口車に乗り、簡単にやる気を出した。

ぶわりと羽を逆立てて体を膨らませ、武者震いのようにぶるぶると身を震わせる。

「ピキュルッ！」

任せておけ、というように空の頬にフクちゃんが膨らんだ羽を押しつけると、空はくすぐったくて思わず笑い声を上げた。フクちゃんの体を何度か撫でると、小さな体が気付けば鳩くらいになっている。

「じぃじがね、またおので、ずばーんってやるとおもうんだよ。そしたら、フクちゃんのでばん！」

「ピルルッ！」

「おもちいっぱいとれたら、はんぶんこしよーね！」

「……ホピッ」

空の食べる量をよく知るフクちゃんは、そこだけはふるふると首を横に振った。

こそこそと内緒話をする一人と一羽の頭の上で、その全てを素知らぬ顔で聞いていた雪乃と善三は何となく顔を見合わせ小さく話し合う。

「雪乃さん、良いのか？」

「そうねぇ……フクちゃんがちょっとこっちに多く飛ばすくらいなら、良いんじゃないかしら」

「まあこの体だしな……」

「もし沢山採ってきたら、私が受け止めるわ」

孫に甘い雪乃にそう言われると、何だかんだで空には甘い善三もつい頷いてしまう。

さてどうなるやら、と善三が視線を戦いに戻すと、ちょうど再び斧を手に取った幸生が、それを大きく振りかぶったところだった。

田んぼではそろそろまた戦いが動こうとしていた。

良夫が落とした稲穂はあらかた拾って端に避けられ、若者二人が少し後ろに下がる。

残る茎はそろそろ半分を割りそうなくらいに数を減らし、ぶら下がる穂も三分の一ほどになっていた。

幸生と和義はそれぞれの武器を再び拾い、お互いに少し距離を取る。和義は幸生に頷くと、観客に向かって大きな声を上げた。

「籾が行くぞー！」

その声に合わせて太鼓が一際大きく打ち鳴らされ、子供や若者が網を構えてはしゃいだ声を上げる。

それを横目に確かめ、幸生は力一杯斧を振りかぶった。

「ふうぅんっ!!」

ドゴォンッと大きな音を立てて斧が打ち付けられ、束にしたものも含めた太い茎が、何本も一度に切り飛ばされる。

ヌシは衝撃で大きく揺れ、そして身の半分以上を削られた怒りを吐き出すように、大きく叫んで身を震わせた。

「ぽきゅるるうるるぅっ!!」

籾の重みでぶら下がっていた穂が一度に持ち上がり、砲弾のような籾が天を向く。

それらが一斉に弾けるその瞬間、そこに一条の白い光が割り込んだ。

「ん？」

上を見ていた良夫は目を見開いて視線を彷徨わせた。白い何かが視界をヒュッと横切った気がしたのだが、あまりに一瞬だったため気のせいかと思ったのだ。

目の前の景色には何も変わりがなく、持ち上げられた穂がブルリと大きく震えて、籾が弾けて──

「はぁっ⁉」

──良夫を含めた多くの村人が見守る中、弾けて飛んだのは、籾だけではなかった。

籾が発射される直前、逆方向から再び戻ってきた白い光がその穂のうちの数本の根元にぶつかったのだ。

キュン、と高い音が響いてぶつかった光に穂が切り取られた。そしてその穂はそのままふわりと高く浮き、それに少し遅れてパパパパパン、と破裂音と共に残っていた籾が弾け飛ぶ。

籾は人のいる方向に飛ぶため、その多くが向かうのは人垣がある道の方だ。

それらに交じって飛んだ穂は、大きく弧を描いて土手の一角へと向かって落ちていく。

「やべっ、危ねぇっ！」

良夫が焦るがここからではもはやどうしようもない。

幸生や和義たちも飛んでゆく穂を目で追ったが、追いつけるわけもなく見送ってしまった。

そしてその穂が向かった先では、幼児が一人大慌てしていた。

幸生が斧を振りかぶると同時に、フクちゃんはいつものののんびりさが嘘のような動きで空の肩から一瞬で飛び立った。

空が呆気にとられている間にその姿は白い筋を描いて見えなくなってしまったのだ。

どこへ行ったのか、と捜す間もなく、幸生の斧がヌシの体を削る。ヌシが怒ったように叫んだ一瞬の後、フクちゃんはまた戻ってきた。しかしそれは、空にはよく見えなかった。

空に見えたのは、ヌシが放った沢山の籾と一緒に宙を飛び、自分のいる場所を目がけて飛んでくる巨大な稲穂の姿だ。

それはまるで無数のラグビーボールを太い木の枝に吊したように、規格外に大きい。

遠目で見ている時も大きく感じたが、近づいてくるとその大きさは目を見張るほどだった。

空の動体視力がもう少し良ければ、その枝の端に白い小鳥が突き刺さっているのが見えたかもしれない。

（ふ、フクちゃんっ、これは大きすぎー!!）

空は採ってきてとは言ったが、そういえば採ってくる具体的な量や方法、採ってきてもらった後の事までは考えるのを忘れていた。

何となく、フクちゃんがトウモロコシ狩りの時のようにもう少し穏便な方法で、ちょっと余分にこちらに籾を飛ばしてくれるんじゃないかと思い込んでいたのだ。

失敗したと思ったがもう遅い。みるみる近づいてくる穂は、あまりにも大きかった。

「ふひゃあぁっ！」

空は思わぬ事態に雪乃の足にしがみついて身をすくめた。

「あらあら、フクちゃんたら……」

「大物狙いだな」

身をすくめた空とは対照的に、大人二人は呆れたような声を上げる。

フクちゃんが刈り取った勢いのままに土手まで落ちてくる穂は二本ほど。雪乃は静かに両手を天に向けて広げ、善三は腰に着けた竹かごから片手におさまるような小さな網を出して、さっと振った。

「ぃよいしょおっ！」

掛け声と共に善三の持つ網が瞬時に、これまたありえないくらい巨大化し、フクちゃんが刺さった稲穂を、落ちてくる寸前でバサリとからめ捕る。

「えいっと。あら、結構重いわ……今年は豊作ねぇ」

雪乃はお得意の結界の魔法をキン、と投網のように張り巡らせ、もう一本の稲穂をしっかりと受け止めた。ついでにこちらに飛んで来た籾まで幾つかからめ捕っている。

「空、もう大丈夫よ」

足にしがみついてぎゅっと目を瞑っている空に、雪乃が優しく声を掛ける。

「ふぇ……ばぁば……ぜんぞーさん？」

「おう。ちゃんと受け止めたぞ。ったく、ちっと欲張りすぎだろ」

「ふふ、ちょっと大きすぎたわね」

雪乃がそう言って笑いながら、受け止めた稲穂をどさりと空の目の前に下ろす。

空は間近で見た穂や籾のその大きさに目を丸く見開いた。

「お、おおきい……あっ、フクちゃんは⁉」

「おら、ここに刺さってるぞ」

善三も網から稲穂を取り出し、その茎に刺さって抜けなくなっている小鳥を空の目の前に差し出した。

「フクちゃん！」

「ホピッ、ピッ、ピー‼」

大きめの鳩くらいのサイズになったフクちゃんが、稲穂の茎に嘴を突き刺して抜けなくなり、ジタバタともがいている。空が慌てて手を伸ばすと、それを止めた善三が茎をメキッと割いてフクちゃんの嘴を外してくれた。

「ったく、お前も後先ちゃんと考えとけ！　間抜けすぎるっての！」

ブツブツ言いながらも、善三はフクちゃんを優しく空の手の中に戻してくれた。

「フクちゃん……よかったぁ」

「ホピピ……」

フクちゃんは小さく鳴くと、ちょっと失敗したことを誤魔化すように可愛らしく首を傾げた。

本当は茎にぶつかって切り取った後、もっと大きくなってそれを空中で咥え、ふわりと飛んでかっこよく下りてくるつもりでいたのだ。

しかし空からの頼まれ事にフクちゃんはつい張り切ってしまい、勢いを付けすぎて茎に突き刺さった挙げ句パニックになってしまったのだった。後先考えないところは鳥らしいといえば鳥らしい。

「フクちゃん、ちょっとおっきかったね……でも、いっぱいありがとー！」

「ピルルッ！」

フクちゃんは空の言葉に体を膨らませて、任務完了とばかりに胸を張った。ちょっと失敗したが、空が喜んでくれたなら成功だ。

そんな懲りない小鳥の姿に、雪乃が困ったように微笑んだ。

「空、体は平気？　魔力は大丈夫かしら？」

「んー、だいじょうぶ！」

空はフクちゃんを肩に戻し、小さな手をにぎにぎしながら雪乃に頷く。体には特に変化は無いようだ。

雪乃は良かったと頷き、そして自分が受け止めた巨大な稲穂と空とを交互に見やった。

「ねぇ、空。ちょっとこれは大きすぎたと思うのよ？」

「うん……フクちゃん、はりきってくれたみたい？」

煽った自覚のある空がばつの悪そうな顔を浮かべる。

目の前に置かれた二本の穂には沢山の大きな籾がぶら下がっていて、一穂分でもかなりの量だ。

空は知らないが、この一穂におおよそ七十粒くらいの籾がついているのだ。その一粒一粒が空の顔と同じくらいかそれよりも大きいのだから、積み重なれば空を覆い隠してなお余るような山となってしまう。これがもし空の上に落ちてきていたら、草鞋の効果で傷つかなくても、小さな空はすっかり埋もれてしまったことだろう。

「ばぁばもこんなに大きなのを採ってくると思わなかったから止めなかったけど……フクちゃんにお願いすることは、もう少し小さいことからにしたらどうかしら?」

「そうだぞ。俺らがいなけりゃ、これがお前の上に落ちてきてたぞ」

「はぁい……ごめんなさい」

素直に謝る空の頭を、雪乃が優しく撫でる。

「フクちゃんがする事の多くは、空が決めるのよ。だから、ちょうどいいお願いができるように、少しずつ練習しましょうね」

「うん……」

空は反省した様子で頷き、それから雪乃と善三をキリッとした表情で見上げた。

「ぼく、つぎはちゃんと、このはんぶんでっていうね!」

「……ええ、そうね」

「いや、半分でもまだ多いだろ!」

餅の前に、善三のツッコミは無力だった。

飛んでいった稲穂を目で追っていた幸生は、何事もなく無事だった空の姿にホッと息を吐いた。側に雪乃と善三がいる限り心配ないとわかってはいたが、それでも稲穂が土手の方へと向かった時は焦ってしまった。

そちらに気を取られて動きを止めた幸生の頭を、葉っぱと茎がさっきからずっとバシバシ叩いているがそんなものは何事でもない。

「お前の孫、何かすげぇな」

幸生と同じ方向を見ていた和義が、ヌシの攻撃を躱しながら近づいて話しかけてきた。

「うむ……空は可愛い」

「いや違うだろ」

和義のツッコミを聞き流しながら幸生がなお土手を見上げていると、それに気付いた雪乃が大丈夫だというように手を振った。

それを見た空も幸生の方を見て、ピョンピョンと跳びはねながらパタパタと手を振ってくれた。

「じぃじー！　おもちのおこめ、とれたよ！」

空の嬉しそうな声が田んぼまで微かに届き、幸生は僅かに嬉しそうに微笑んで頷いた。

「採れたどころじゃねぇだろ……」

フクちゃんがかっ攫っていった巨大な稲穂はどう考えてもかなり欲張りすぎだ。土手の斜面に置いていなかったら、空の姿は籾の山に隠れ完全に見えなくなっていただろう。

呆れたように呟く和義に返事はせず、幸生は自身の頭を叩く茎を鬱陶しそうにはね除けると斧を持つ手にぐっと力を入れた。

「和義」

「あん？」

「残りは一気に片付ける」

「はぁ⁉」

そう告げた幸生の体が徐々に光を帯び始める。和義はそれを見て慌てて止めようとした。

「お前、いきなり何だよ⁉　ちょっと待てって！」

「早く終わらせて、空に餅をついてやらねば」

「また孫か！　あーもう、おーい、大和！」

空の為にと力を漲らせる幸生の背に、和義は後ろで休んでいた大和と良夫の方へ手を振った。

「なんですかー？」

「幸生が後は一気に終わらせるってんだよ！　お前、周囲に結界！　良夫は向こう側に落とした穂の残りがないか確認と回収！」

「いきなりですね？　ちょっと待ってください」

「向こう側……まだちょっと残ってるかもだけど、俺がいる間は止めといてくださいよ⁉」

和義の指示で良夫が慌てて走り出す。身軽な良夫の足は速い。しかし向こう側に回り込んで、まだ半分残った稲の攻撃を掻い潜りながら、拾い残した重い穂を集めるのはなかなか大変だ。

とりあえず幸生の攻撃範囲から退避させれば良いだろうと、良夫は穂を拾っては引きずるように運んで、田んぼの外に向かって必死で投げる。

大和はとっておきの符を構えて祝詞をあげ、それを使って今いる田んぼをぐるりと囲むように、できるだけ強固な結界を張った。

「張れました！　けど、米田さん相手じゃちょっと不安かな……」

気弱な大和の言葉に和義も頷き、力を溜めている幸生に声を掛けた。

「幸生、ちゃんと加減しろよ⁉　周りの田んぼを巻き込むなよ！　聞いてんのかおい！」

「餅は……何個食べるだろう」

「聞けよおい！」

上の空の幸生に和義は頭を抱えた。このままでは幸生がやり過ぎてしまうのは明白だ。和義はしばし考え、それからハッと顔を上げて持っていた大鎌を放り出すと、雪乃たちの方に向き直って必死で両手を大きく振った。

「あら？」

「和義がなんかやってんな」

「かずおじちゃん、て、ふってるね」

何となく空も手を振り返すと、和義はブルブルと首を横に振る。そして徐々に光を増している幸生の背中を何度も指さした。

何か叫んでいるので雪乃が耳を澄ますと、再び盛り上がってきた太鼓の音や賑やかな周囲の声に交じって、止めてくれ！　と言っているのがどうにか聞き取れた。

「幸生さんを止めてほしいみたい」

「あー、張り切り過ぎてんのか……ったく、鳥と同類かよ」

善三は空の肩に止まる小鳥を見てため息を吐き、仕方ねぇと呟く。それから、暢気に手を振る空の脇に手を入れひょいと持ち上げた。

「わ、なーに？」

「空、ちっと幸生に手を振って、ほどほどにしろって呼びかけてくれ。お前の声なら届くだろ」

善三に肩車された空はその言葉に頷き、幸生に向かって大きな声をあげた。

「じぃじー！」

可愛い孫の声に光り輝く幸生がさっと振り向く。

「あんねー、ほどほどだってー！　ぼくねー、おこめ、いっぱいたべたーい！」

その言葉に幸生は動きを止め、少し考え込んだかと思うと持っていた斧をぽいと放り投げた。そして斧の代わりにすぐ近くに落ちていた和義の大鎌を手に取る。

和義が大慌てでそれを止めようとするが、それを無視して横に構えた。すると幸生の体を覆っていた光が大鎌へと移って行く。

和義は何事か怒鳴っていたがそれを見てがくりと肩を落とし、諦めたように後ろに下がった。

「和義の大鎌は臨終か……」

「あとで和義さんに弁償しなくちゃね」

そう言って大人二人が困ったように笑う。

「じぃじ、かま、こわしちゃう？」

「ええ、多分壊しちゃうわね」

「幸生が道具を持つと加減が利くってのは、全力を出せねぇからなんだよ。その前に道具の方が壊れちまうからな。和義の鎌なら自分のじゃねぇ分、さらに力が制限されるんだろ」

「じぃじ、すごいね……」

（素手の方が強いって、何かの主人公かラスボスみたいだなぁ）

心の中でそう思いながら、空は和義の大鎌に向かってなむなむと遠くから手を合わせた。人の物を壊すのは良くないことだが、ヌシの周りの田んぼのお米が駄目になるのはもっと良くない。空もきっと泣いてしまう。

「おおがまは、とーといぎせいになった……！」

「まぁ、空は難しい言葉を知ってるのねぇ」

「いや、まだギリギリなってねぇからな？」

善三がそう呟いて首を横に振った直後、幸生と大鎌が強く輝いた。

太鼓や人々の歓声が一瞬途絶え、静寂が辺りに満ちる。

その静寂を切り裂くように、振り抜かれた鎌が風を切る音がブン、と響いた。

音と共に幸生も鎌も一際強く輝き、そしてその輝きが瞬時に稲全体を包み込むように大きく広がった。

「ぴゅるるぃいるぅっ……！」

稲は瞬く間に天辺まで光に包まれ、中から可愛らしいが力を失ってゆく声が高く響き渡る。

やがて断末魔が途切れ、稲を包み込んでいた光がパンと弾けた。

光を失って再び現れた稲は僅かに身を震わせ、そして次の瞬間上下二つに断ち切られ、バサバサと大地に落ちて行った。

次いで、カシャン、という何かが粉々になったような音がした。

「結界が……」

大和の手の中の符が煙を上げて、上の方からじわじわと焦げるように燃え尽きる。

「危なかった……」

間一髪で幸生の攻撃範囲から逃れた良夫もまた、燃え尽きたように大和の隣でへたり込んだ。

「俺の鎌が！　鎌江！」

嘆く和義に、幸生はさすがに少し申し訳なさそうな顔を浮かべた。

光を失った和義の大鎌はまだかろうじてその形を保っているが、パキンパキンと甲高い音を立てて刃にも柄にもヒビが入っていく。幸生がそれをそっと和義の前に置くと、その途端耐えきれなかったようにバラバラになってしまった。

「ああ……鎌江！」

「すまん。買って返す」

「ったりめぇだ！　いや、材料採りに行くの手伝え！」

「わかった。というか、お前まだ道具に名前を付けているのか」

「うるせえ、ほっとけ！　俺は道具を我が子のように大事にする主義なんだよ！」

鎌の残骸を集めて涙ぐむその姿に、周囲からどことなく温かな視線が向けられた。

ヌシが倒され、すっかり緩んだそんな空気の中。

大和がため息と共にゆっくりと立ち上がり、疲れた様子でヌシの残骸へと近寄っていった。神主には、戦いの終わりにもう一度祝詞を捧げる役目があるのだ。

腰の後ろに差していた大幣を手に取り、大和は姿勢を正して声を張り上げる。

ヌシとの戦いの終わりに歓声を上げていた村人たちも再び静まり、皆軽く頭を下げて粛々と祝詞に耳を傾けた。

「――キコシメセト、カシコミ、カシコミモウス」

やがて厳かな祝詞は終わり、大和は田んぼに残った巨大な切り株のような稲の根元や、山になった茎や葉に向かって大幣を何度も振る。そして最後に拍手を打って深々と頭を下げた。

「サノカミ様……今年の我らの武勇は、お気に召しましょうや――」

その問いが静まりかえった田んぼに落ちた途端、それを遠くから見ていた空はパッと上を見て息を呑んだ。

天から、キラキラとした光が下りてきたのが見えたのだ。

晴れた空からキラキラと金粉が降るように光が舞い降り、それと同時にシャラシャラと何かが擦れて鳴る音と、クスクスと楽しげな笑い声が風に交じって聞こえてくる。

微かな音のようなのに不思議とはっきりと聞こえるその音に耳を澄ませ、空は光の先を目で追った。

金色の光はヌシの残骸へと降り注ぎ、それらを包むように広がって行く。

やがてそれは空の目には眩しくて直視出来ないほどの強さに変わって行く。空は思わず目を眇め、顔の前に手を翳した。


『――天晴！』


その言葉は、音とは違うもののように空には聞こえた。耳に聞こえたというよりも、意思を帯びた波がふわりと打ち寄せ、胸の奥に届いたような。誰かに優しく微笑まれたような温かな気持ちが波に乗って打ち寄せ、空の胸に広がる。

ほぅ、とため息を吐いて空が目を開けると、もうそこには光はなかった。

それどころか、千切られた稲の茎も葉も、切り株も存在しない。あるのは稲刈り後のような何もなくなった田んぼと――

「こめだわら？」

――ヌシの居た場所に大きな山を造っている、沢山の米俵だけだった。

「お、今年もお気に召してもらえたらしいな」

「ええ。良かったわ、今年も豊作ね」

「来年も美味い酒が飲めるな！」

米俵を見た大人たちから快哉の声が上がる。皆一様に上機嫌だ。

そして突然群衆の中から見慣れた巫女がぴょんと飛び出し、「酒米！　酒米！」と叫んで謎の踊りを踊り出した。空はそれを見て、米俵の中身を知ることが出来た。

（この村では……もち米はヌシの武器として飛んで来て、酒米は神様がご褒美にくれるのかぁ）

美味しい物を手に入れるハードルが全体的にどうも高すぎやしないだろうかと、空は今更ながらちょっと思った。

酒米の俵を前にぐったりとへたり込んでいる良夫を見て、自分もいつかあそこに並ぶ事があるんだろうか、と考え……。

（お餅を沢山食べて大きくなってから考えようっと！）

とりあえず、全ては遠い未来の自分に託すことにしたのだった。

「せいっ、せいっ、せいっ！」

「ほっ、よっ、ほっ！」

軽快な掛け声と共にどすどすと高速で杵《きね》が振り下ろされ、そこに同じくらい高速の合いの手が入る。

空にはそのどちらもぶれてよく見えないが、餅をついている事はわかっている。なので、少し離れたところでウキウキしながら見守っていた。

そのキラキラした視線を受けてさらに杵の速度が上がり、それにつられて合いの手も速度を上げる。

「ふんっ、ふんっふんふんふんふふふぅっ！」

「お、ちょ、ま、はや、おま、お、おおおおおいぃ⁉」

杵を振り下ろす幸生はいつも通りの無表情だが、合いの手の和義はかなり必死な顔だ。

しかしそれ以上に必死なのは、二人の側でしゃがみ込んで杵と臼《うす》に向かって両手をかざし、魔法をかけ続けているらしい善三だった。

「お前ら、もっと加減しろ！　臼と杵が壊れるだろうが！　村のもんなんだぞ！　聞いてんのかおい⁉」

幸生の振る杵の風圧で、十分な距離を取っているはずの空の前髪がそよそよと揺れる。目に見えない速度で杵が臼に叩きつけられても壊れないのは、善三がその両者を強化し続けているからだ。

「ふんぬうぅぅぅ！」

「うおぉぉぉぉ！」

「だあぁぁぁっ！」

三人の発する暑苦しい雄叫びが晴天の下でよく響く。もはや杵と臼は光っている。餅も光り出しそうな勢いだ。

「いつもより張り切って、困った人達ねぇ」

「じぃじたち、がんばってー！」

その状態で餅が粉々に散ってしまわないのが不思議だが、その辺は空の横で三人の姿を見て笑っている雪乃が何かしているらしい。

とりあえず空は餅が食べられれば何でも良いので、大人げない幸生を全力で応援していた。

「……空、出来たぞ」

「もう!?　じぃじ、すごい！」

雪乃が巨大なもち米を魔法で乾燥させ、細かく砕いて浸水させせて蒸しあげて、それを臼に移してから僅か五分。

文字通り、目にも留まらぬ超高速餅つきだった。

合いの手の和義と道具を守っていた善三は、息も絶え絶えといった様子でぐったりとその場に座り込んでいる。

空は幸生に手招かれ、走って近づき臼を覗き込んだ。

「わぁ……おいしそう！　じぃじ、ありがとう！」

臼の中には真っ白くてツヤツヤのお餅が出来上がっている。ほのかに湯気が立っていて、まだ温かそうだ。

よだれを垂らしそうな顔で餅を見ていると雪乃がやって来て、出来上がった餅を魔法でふわりと浮かすと、濡らした木桶の中に移してくれた。

「今日はお外だからあんまり色々用意していないんだけど……もしかしたらその場で餅つきになるかと思って一応餡子ときなこは持ってきたのよ。空、最初はどっちが良い？」

「えっ、ど、どっち!?」

そんな究極の選択を突きつけられ空は困った。どっちも食べるとしても、一番最初の、期待感が高まって最高に美味しい餅をどちらで食べたものか。

空はうんうん唸ってしばらく考え、それから雪乃を見上げて自分の口の脇に手を添えて内緒話をするような仕草で少しだけ声も潜めた。

「ばぁば……ね、どっちもかけちゃ、だめ？」

「もちろん良いわよ！」

ちょっと恥ずかしそうな空のその姿は、雪乃の心に刺さったらしい。

雪乃はものすごい笑顔でどこからともなく大きなお椀を取り出すと、片手に木桶を持ったままパパパッと餅を千切って入れ、そこにたっぷりときなこと餡子をかけてくれた。

大きな木桶を抱えていて手が空いていないのに、全てを魔法で浮かせて補っての行動だ。可愛い孫を前に桶を置く時間も惜しい、と言わんばかりだった。

その姿をへたり込んだまま眺めていた和義と善三は、隣でやりきった空気を出しながら天を仰ぐ幸生を見て、ため息を吐いた。

「……似た者夫婦だぁな」

「ああ……全くだ」

そんな会話も、餅を受け取った空には聞こえていない。空は敷物の上に座り込むと満面の笑みで手を合わせた。

「いただきまっす！」

自宅から持ってきたらしい空用の箸で、餅を刺して引っかけるように伸ばす。

つきたての餅は柔らかくぐんぐん伸びた。空はその端っこに餡子やきなこを擦り付け、まとめて口に運んだ。

「んん……おいひい……！」

つきたての餅は米特有の甘い香りがして、ほのかに温かい。水分が多くてしっとりしているのに、もちっとした弾力もあった。

きなこの香ばしさや餡子の甘みがよく絡み、もぎゅもぎゅとよく噛んでいると餅自体の甘さが出てくる。

空はほっぺたをぷっくりと膨らませながら、幸せそうに笑みを浮かべた。

喉に詰まらせないようによく噛んで、けれど口の中からなくなるのが残念で、つい次を掻き込むように口に運んでしまう。

お椀に三つも入れられていた餅はあっという間になくなり、それがなくなってからようやく空は顔を上げた。

「じぃじ、すごいおいしーよ！」

「うむ」

「かずおじちゃんも、ぜんぞうさんも、ありがとー！」

「おう、良かったぜ……」

「ああ……たんと食え」

疲れ切った様子の二人も、空の笑顔を見て少し生気を取り戻し微笑んだ。

「空、お代わりする？　しょっぱい味だと、バターとお醤油を持ってきてるのよ」

「ば、ばたー⁉　ぼく、いまのにばたーもほしい！」

餡子とバターは絶対に合うのだ。だがしかしバター醤油も捨てがたい……甘いものの次はしょっぱいものにするのが永久機関の鉄則だ。

空は熟考の末、二杯目にバター醤油、三杯目に餡バターきなこという欲張りセットを選択した。


「たんぼ……はげになっちゃうねぇ」

三杯目の欲張りセットを食べながら、空は目の前に広がる田んぼを見て呟いた。餅に対する欲求がある程度満たされ、他所に視線を向ける余裕をようやく取り戻したのだ。

空が今いるのはヌシ退治を観戦していた土手の上だ。朝から稲狩りを見物してお腹が空いたと訴えた空の為に急遽餅つきが開催されたのだが、土手の下に広がる田んぼでは村人が稲刈りの真っ最中だった。

とは言っても田植えの時のように統制が取れているわけではなく、割と皆自由に動いているように見える。

ヌシさえ狩ってしまえば、他の田んぼの普通の稲はもう抵抗してこない。それを村人たちが手分けして思い思いに刈り取っていく。もちろん全て人力だ。

老若男女が家族やご近所くらいの単位であちこちの田んぼに散り、多分機械より手際よく稲を刈っている。

一部の人は道路や土手などの上で机を出したり敷物を敷いたりして、そこに村人が作業の合間に休憩出来るよう、おにぎりや味噌汁などの軽食や冷たいお茶などを用意していた。

「田んぼはハゲになっちゃうけど、刈った稲は皆美味しいお米になるわよ」

「うん……でも、なんか、なくなっちゃうとちょっとさみしい」

「そうねぇ」

空が見下ろす先で、大鎌を持った老婆が楽しげに笑いながらすごい速さであぜ道を駆けて行く。今が昼間だから良いが、夜に会ったらホラーかと思うような姿と速度だ。

その横の畑では、同じ年くらいの老人が五人に分身してあっという間に一反の田んぼを丸刈りにしていた。

刈られた稲を老人の孫らしい子供たちが束にして集めて回り、息子夫婦らしき大人たちが田んぼに設置した乾燥用の木組みに掛けている。

(この村のお爺さんお婆さん、元気だなぁ……)

空が見たことがある中で一番年を取ってそうな感じの人は、神社の神主で大和の祖父である辰巳だったが、やはり若々しい印象だった。何せ孫の弥生と元気に怒鳴り合いをするくらいだ。

お椀に残った最後の一口を口に運びながら、空は同じ敷物に座って餅を食べている祖父母やその友人、そして戦いの労をねぎらうために招かれた大和や良夫を見た。

「どうしたの、空。お代わり?」

「うん!　あ、えっと、それじゃなくて……」

うっかり頷いてお椀を差し出してから、空は首を横に振った。

「じぃじたちは、いねかりいかないの？」

餅に負けた問いを投げると、雪乃が新しい餅を千切って盛ってくれる。

「しょっぱいのと甘いの、どっちにする？」

「しょっぱいの！」

四杯目はまたバター醤油。まさに永久機関だ。

質問したことすら一瞬で忘れて四杯目の餅を食べていると、同じくバター醤油餅を食べ終わった善三が顔を上げて空の方を見た。

「稲刈りは地区で割り振られてて、時期の間ならいつやったっていいんだよ。今日じゃなくても、どうせすぐ終わるからな」

「ここは西の地内だから、ここら辺にいるのは西地区と北地区の連中だな。俺は北地区だが、ヌシ退治に出たから今日は好きにしてていいのさ」

善三がそう語り、和義が補足してくれた言葉に空はなるほど、と頷いた。

確かに見える範囲の田んぼだけでもどんどんと刈られている。すぐ終わる、というのは全く誇張ではなさそうだ。

そんな事を思いながら見ていると、餡子をかけた餅を食べていた良夫が顔を上げ、そんな田んぼの一角を指さした。

「あっこにいるの、うちのばあさん。さっき会ったろ？　ばあさん、稲刈りがめちゃくちゃ好きなんだよ……三日前くらいからすげえ気合いで、もううぜえのなんのって」

指の先に視線を向ければ、朝に良夫を叱り飛ばしていた老婆が、振った大鎌から何か飛ばして並んだ稲を根元から切り裂いてなぎ倒している。ちなみに先ほど大鎌を持って走って行った人とはまた別の老婆だ。

「……ああいうのが他にもいっぱいいるから、多少サボる奴がいたって田んぼなんかすぐ丸刈りだよ」

「そっか……えっと……たのもしー？　ね！」

「そうだな……」

空の言葉に良夫はフッと笑うと、遠い目で己の祖母を見て、それからまた餅を口に運んだ。

空もまた、四杯目のバター醤油餅を平らげ、お椀を雪乃に渡す。

「まだお代わりする？」

「んー……」

お腹の具合は落ち着いたが、餅はまだ沢山ある。欲しいと言えば雪乃はどんどん盛ってくれるだろうし、足りなければまた幸生たちが新しくついてくれるだろう。

空は少し考えて、やがて首を横に振った。

「あとでにする！　ぼくもなんかおてつだいして、あとでアキちゃんたちとか、ヤナちゃんとたべる！」

「お手伝いの後で皆で食べるの？」

「うん！　ぼくもおてつだいしてみたいし、そのほうがおいしいもん！」

元気よく頷いた空に雪乃は微笑み、口元についたバターや餡子を優しく拭ってくれた。

空の後ろにいた幸生も手を伸ばして、その頭を優しく撫でる。

「……家の側に行って刈るか」

「じゃあぼく、はこぶのおてつだいするね！」

健気な孫の言葉に、幸生の体からまた一瞬やる気に満ちたオーラが立ち上った。

「あら、じゃあ幸生さんは空と一緒に束にして運んで吊す係ね。今度はばぁばが頑張っちゃうわ」

夫の操縦法をよくわかっている雪乃が微笑み、それを聞いた和義や善三がホッと息を吐いた。

「じゃあ俺らもそろそろ地区の手伝いに戻るか……雪乃さん、ご馳走さん」

「どういたしまして。もとは和義さんたちが頑張って狩って、ついてくれたお餅なんだから、こちらこそご馳走様ね」

それぞれが食べ終えたお椀を雪乃に返し、片付けをしていく。

「雪乃さん、餡子が美味しかったです。さて……俺はそろそろアレを止めてこないとかな」

立ち上がった大和の視線の先には、ヌシのいた田んぼとそこに山になっている酒米の俵、そしてその米の前でヒップホップに似た謎の踊りを踊る巫女の姿があった。

そのすぐ側には太鼓を持ち出して、踊りに合わせて楽しそうに叩いている龍神の姿もある。

「アレやると酒の味が良くなるんだって言って止めないんですよ……はぁ」

「やよいおねーちゃん、おどりうまいね」

「ありがとね……」

空の慰めを受けて微笑み、大和は良夫と連れだって皆に挨拶すると土手を下りていった。

「さて、私達も行きましょうか」

「うん！　フクちゃん、たべおえた……フクちゃん？」

空は自分の横を見て首を傾げた。そこで小皿に餅を貰って食べていたはずのフクちゃんは、ほとんど減っていない餅を前に、羽を広げて地面に張り付くようにして倒れていたのだ。

「フクちゃん⁉　おもち、のどにつまっちゃった⁉」

「ビビ……」

空が慌ててフクちゃんを手のひらで掬うと、弱々しく起き上がったフクちゃんが首を横に振る。

「ちがうの？　だいじょぶ？」

大丈夫かという問いにも、フクちゃんは首を横に振った。

ならば一体どうしたのかと空がフクちゃんをよく観察すると、その嘴に餅がへばりついてベタベタになっているのが見て取れた。

「もしかして……おもちがくっついて、とれなくなっちゃった？」

「ビィ……」

空が膝にフクちゃんを乗せると、フクちゃんは空のズボンに嘴をなするような動作をする。しかしベタベタしている上に半ば乾きかけた餅は手強く、なかなか落ちる気配がない。

嘴が気持ち悪いのか、しょぼんとしょげた様子で座り込んだフクちゃんを雪乃が受け取り、濡れた布巾で嘴を丁寧に拭ってくれた。

「フクちゃんにお餅は向いてなかったみたいね？」

「そっか……フクちゃん、ごめんね？」

「ホピピ……」

フクちゃんが残した餅の皿を雪乃が片付け、荷物をしまって皆で帰路につく。

空はまた幸生の肩に乗せてもらい、頭に乗ったフクちゃんを優しく撫でた。

「フクちゃんは、ぱらぱらしたごはんがいいのかな」

「ピピッ！」

頷くフクちゃんに、空もまた笑顔で頷く。

「じゃあ、フクちゃんのおもちはぼくがたべるね！」

「ホピ……」

餅に未練はないし、空が喜んでくれるのはフクちゃんも嬉しい。しかし空のその笑顔に、倍食べられる！　と書いてある気がする。フクちゃんは少しばかり複雑そうに、小さな鳴き声と共に空の頬を軽く突っついた。

とりあえず、フクちゃんが獲ってきた大量のもち米は半分こにされる事はなさそうだ。

秋晴れの青空の下、外で食べる餅はいつもよりさらに美味しかったように思えて、空は満足そうにお腹をさすり頷いた。

「やっぱり、おもちは、のみもの！」

三　秋のおかしな実り

秋晴れのある朝。

空が朝食に三杯目の卵かけご飯をどんぶりで掻き込んでいると、その様子をじっと見ていた幸生がぽつりと声を発した。

「空……」

「うん？　じぃじ、よんだ？」

「うむ……今日、サツマイモを掘るのだが。その、空も一緒にどうだ」

不器用なお誘いに空は目をぱちくりと瞬かせ、それからパッと笑顔になった。

「おいも!?　いく！」

食べ物が絡むことで空が断る事はほぼない。早生のサツマイモ饅頭を四散させたことで涙まで流したくらいだ。芋掘りと聞いて食いつかないわけはなかった。

「どこいくの？　うらのはたけ？」

「いや、少し離れた場所に空き地を借りている。そこに今年はサツマイモを植えた」

「いっぱいある？」

目を輝かせて空が問えば、幸生はうむと頷いた。

そこに、ちょっと席を外していた雪乃が戻ってきた。

「あら、幸生さん、空に話したの？」

「うむ……」

「じゃあ、ヤナも連れて行ってね。空と二人じゃ無理……じゃないけど、やり方は色々見せた方が良いと思うし」

「わかった」

よくわからないやり取りに空は首を傾げつつ、実際に行けばわかるだろうと今聞くのは止めてご飯の残りを口に運ぶ。

「空、お代わりは？」

「いる！」

三杯目はふりかけを掛けてもらって、空は上機嫌でご飯を平らげた。


「いってきまーす！」

「いってらっしゃい」

雪乃に見送られ、ヤナと手を繋いで、空はスキップをするように歩いた。肩の上のフクちゃんがその度に一緒に跳ねて慌てふためく。二人の後ろには幸生がついて歩いていた。

「おいも、おいも！」

「ピッ、ピピッ！」

「楽しそうだな、空」

「うん！　ぼく、おいもだいすき！」

空は大抵の食べ物が好きだが、芋類は特に好きだ。

「空は芋がおやつだと嬉しそうだものな。よく育っているらしいから、きっと沢山採れるぞ」

ヤナの言葉に空の足取りはますます軽くなる。

しかししばらく跳ねるように歩いたところで、空は大事な事を確認するのを忘れていたことにハッと気がつき、足を止めた。

「どうした、空？」

「ヤナちゃん……おいも、びっくりする？」

スイカの時のように驚かされやしないかと、空はちょっと緊張した顔でヤナを見上げる。ヤナはそれに思わず噴き出し、首を横に振った。

「大丈夫だぞ、空。サツマイモは爆発しないからな！」

「ほんと？　よかったぁ」

もう泣くほどビックリしたくない空は、ヤナの言葉にホッと息を吐いた。

今日の空は東京から持ってきた、樹のお下がりのトレーナーを着ている。出かける前に、汚れても良い服にしましょうね、と言って雪乃が着替えさせてくれたのだ。

それを思い出し、もしかしてまたべしゃべしゃになるような事があるのかと怯えたのだが、ヤナは大丈夫だと笑って言ってくれた。

「多少は汚れるから着替えさせたのだろ。だが、濡れるような事は無いから大丈夫だぞ」

そう約束されて、空はまた安心してスキップしながら歩く。

そして何歩か歩いたところで、ふともう一つ聞くべき事があったことを思いだし、後ろを歩く幸生の方を振り返った。

「ねぇ、じぃじ……あのね、それ、なぁに？」

幸生は肩に大きな荷物を担いで歩いている。

それは家から出る直前に、倉庫の奥から幸生が出してきたものだ。細長く大きなそれが何か、空は前世の知識で多分知っている。しかし実物を見るのは初めての物だった。

「……これは、カカシだ」

空はやはり、と頷いた。記憶にある知識は間違っていなかったらしい。

確かにそれは、十字に組んだ竹を支柱にして藁を巻き、縄で結んで頭や手を作り、胴体にはボロ服を着せてある、典型的なカカシだった。

「かかし……なにするの？」

カカシというのは害獣や鳥避けの為の物だと思うのだが、普通は実る前に使う物だと空は思っていた。幸生は少し考えたが、口下手なので説明が面倒になったらしく、空の疑問には答えずただ歩くように促した。

「すぐわかる」

「……うん」

一体それを何に使うのか。

空は跳ねるのを止め、何となくちょっとだけ早足でサツマイモの畑を目指した。

「わぁ……ここが、おいものはたけ？」

「そうだぞ」

着いた場所は米田家からさほど遠くない、東地区の町内だった。塀で囲まれてもおらず、緑色の蔓に覆われたそこそこの広さの畑が広がっている。家族が減って自家用の畑を減らした知り合いから借り受けたらしい。

「これ全部おいも？」

畑には畝はあるようだが、それを無視して地面いっぱいに蔓が広がり、絡まり、どこまでが一株かもよくわからないくらいになっていた。葉っぱはスイカやキュウリよりもずっと小さく、艶があって形が可愛いと空は思った。

空がふらりと近寄ろうとすると、ヤナが手をきゅっと引っ張ってその動きを止める。

「空、ちょっと待て。サツマイモを掘るには、ちと作法がいるのだ」

「さほう？」

うむ、とヤナは頷くと、芋畑の一番手前の畝を指さした。

「あそこの端から行くぞ。まずはこうして腹ばいになるのだぞ。ああ、フクはちとその辺で待っているが良いぞ。遊んでても良いな」

「ホピッ！」

そう言ってヤナはその場にさっとしゃがみ込み、着物が汚れるのも気にせず、地面にぺたりと伏せる。空はいきなりの事に目を丸くした。

「次に、このまま少しずつ近づくのだ。この時、声を立てては駄目だぞ」

「う、うん……」

フクちゃんが肩から下りるのを待って空も真似をして腹ばいになり、じり、と少しだけ前に出る。ヤナは行く方向を指さし、声を潜めて空に話しかけた。

「良いぞ。そのまま少しずつ近づいて、ヤナが止まったら止まるのだぞ。そうしたらあのちと先に、幸生がカカシを投げる。それを合図に、芋に走り寄って引き抜くのだぞ！」

「かかし……なげる？」

「まぁやってみよう。失敗しても鬱陶しいだけで害はないからの」

「……うん」

その言葉を若干疑いつつ、空は頷いてまた少しずつ匍匐前進《ほふくぜんしん》をし始める。ずりずりと地面を這いながら、服が汚れるだろうな、とふと思った。

（このために汚れても良い服ってことだったのか……そういうの、先に言ってほしい……）

いつもながら、村の作物は謎すぎる。

空は半ば無の境地に達しつつ、匍匐前進でヤナの隣を一生懸命進んだ。

フクちゃんはそんな二人をしばらく側で眺めていたが、危険がないと見ると、ひょこひょこと地面をつきながら近くの草むらへと入っていった。

二人はしばらくそのまま進み、サツマイモの畝まで一メートル半ほどの場所までやってきた。

そこでヤナが手をひらひらさせて空を止め、それから後ろの幸生にも見えるようにそっと手を振る。

幸生はそれに頷くと、横に立ててあったカカシを持ち上げ、狙いを定めて振りかぶった。

ブン、と風を切ってカカシが宙を飛ぶ。

空は顔を上げてそれを見送った。カカシは空とヤナの頭上を高く飛び越え、二人が近づいていた畝の向こう側にドスンと落ちて地面に勢い良く突き刺さる。

その途端、畑の蔓がざわりと動き、ヤナが声をあげた。

「空、起きて走れ！」

「えっ、う、うん！」

ヤナに手を引かれて起き上がり、空はダッと走り出す。一メートル半の距離を一気に縮め、ヤナは畝の端のサツマイモの株の根元に手を掛けた。

「空、一緒に引くぞ、せーの！」

「せ、せーの！」

しっかりした緑の茎に手を掛け、ヤナと一緒に強く引っ張る。

空はまだ力を上手くコントロール出来ていないが、蔓は千切れるような事も無くぐいと引っ張られてくれた。

「よいしょー！」

元気の良いヤナの声と共に、ズボッと蔓が引き抜かれる。土の下から赤く大きなサツマイモがゴロゴロと顔を出し、空はパッと顔を輝かせた。

「おいも！」

「うむ、大きいな！　良き芋だぞ！」

初めての芋掘りに空が感動していると、ヤナはそれをその場にどさりと置いてすぐに動いた。

「さっ、次だぞ空！　時間はあまりないから急ぐのだぞ！」

「えっ、えっ？」

呼ばれるままにすぐ隣の株に空も駆けより、また一緒に引き抜く。

次の株も立派なサツマイモが沢山ぶら下がっていて空を喜ばせた。けれどのんびり喜ぶ暇もなく、すぐにヤナに次へと誘われる。

「ヤナちゃん、おいも、なんでいそぐの？」

次々に芋を引き抜いては置き去りにしながら、空はヤナに問いかけた。その問いに、次の芋を引き抜いていたヤナがくすりと笑う。

「空、気付いてなかったか？　ほら、あのカカシを見ろ」

そう言って指で示され、空は今いる畝の側に落ちたはずのカカシの事をようやく思い出した。ヤナに急かされ大急ぎで芋を引き抜くことにすっかり夢中になって、周りの様子はちっとも空の目に入っていなかったのだ。

「ぴぇっ⁉」

振り向いた空は思わず一歩後退った。

そこにはさっき見たカカシの姿はなく、代わりにうっすらとカカシの形をした、緑色の塊が立っていた。カカシを覆い尽くした緑の物は全て芋の蔓や葉っぱで、それらは近くの畝から伸び、しっかりと絡みついているのだ。

「アレは囮なのだぞ。サツマイモは侵入者にああやって絡みつく習性があるのだ。一度絡めばほどけるのにそれなりの時間がかかるから、それまでに近くの芋を全部引き抜いてしまうのが良いのだ。これは小さい子供や、収穫に向いた魔法が苦手な者向けのやり方なのだぞ」

「からむ……い、いたくない？」

「痛くは無いが鬱陶しいし重たいから、ヤナは好かぬのだぞ。空のように小さいと埋もれてしまうから、大人が側にいない時に近づいてはいかんぞ？」

「ぼく、ぜったいちかづかない」

空はそう言って力強く頷いた。絡みつかれて怖い思いをするのはこごみの時で既に懲りている。あんな小さな草にきゅっと絡まれただけでも怖かったのに、こんなずるずるした蔓に覆われたくはなかった。

「さ、あやつらがほどける前に、この端の一畝とその隣を全部抜いてしまうぞ！」

「うん！」

空は急いでヤナと共に芋掘りに戻った。

芋を引っこ抜く作業が終わったあと、今度はその芋をヤナと一緒に集めて回る。空が芋掘りをしている間に、幸生が置いてあった芋と蔓を切り離しておいてくれたのだ。

「わ、これおっきい！　ほら！」

「うむ、良く育ってるな。きっと美味しいぞ」

「うん！」

大きく育ったサツマイモは、空が持つと一つで両腕が塞がるようなものもあったりして、その度に空は目を輝かせて喜んだ。もちろん、小さな芋も大事に拾って残したりはしない。全て丁寧に集めて簡単に泥を落とすと、用意してきた大きな麻袋に詰めていく。

一通り芋を拾い集めたあと、空はまだ立ったままのカカシと、残りの畝をふと見比べた。

畝と畝の間に落ちたカカシには、その両側の二畝分の芋が蔓を伸ばしていた。

それらを皆抜いてしまって、後には諦めたように動かなくなった芋の蔓と、緑色の十字架のようになったカカシだけが残されている。

その向こう側にもまだ幾つも畝はあるのだが、そちらは手つかずだ。畝は全部で八つほどあるので、まだ四分の一が終わっただけなのだ。

「ねぇ、ヤナちゃん。のこったのはどうするの？　かかし、ぬく？」

またカカシを囮に使うには、絡みついた蔓を切り離して解かなければいけない。結構大変そうだな、と思いながら聞いてみると、ヤナは首を横に振った。

「本当ならそうするのだがな。今日は幸生に残りを任せればいいのだぞ。幸生が引っこ抜いたあとで、芋を集めるのだけ手伝おうな」

「じぃじに？　じぃじ、どうやるの？」

「うむ……見ていろ」

幸生は己を見上げる空に頷くと、特に何も準備せず、芋畑に向かって歩き出した。

まだ蔓が生い茂る畑に幸生が近づくと、たちまち芋たちがざわざわと騒ぎ出す。うごめく蔓が不気味で、空はそっとヤナに寄り添った。

「大丈夫だぞ。離れていればこちらには来ないからな」

そうは言っても気味が悪いのにはあまり変わりがない。しかし幸生は気にする様子も見せず、自身に向けて蔓を伸ばす芋たちのど真ん中に向けて、歩みも止めずズンズンと進んで行く。

芋たちは自分たちのテリトリーへの侵入者を足止めしようと必死で蔓を伸ばす。伸びた蔓はどんどんと幸生に絡まり、その姿を厚く覆い隠そうとしていた。

「じ、じぃじっ、だいじょぶ!?」

「大丈夫大丈夫。見てるときっと面白いぞ。幸生は力業派なのだぞ」

「えぇぇ……」

空がハラハラしながら見ている間も、サツマイモの蔓はどんどんと幸生に絡みついて行く。幸生は二メートルほどもある長身で、体つきも逞しい。その全身が完全に緑に覆われ、蔓の厚みで膨れ上がり、まるで緑色の巨人になってしまったかのように見えた。

「ひえ……」

空が怯えつつ見守っていると、幸生は畑の真ん中まで行ってようやく歩みを止めた。

これからどうするのか、と見ていると、おもむろに幸生だったものがもぞりと動く。下に向けて蔓に絡まれるままにしてあった幸生の両腕がぐぐっと持ち上がる。

幸生の動きを止めようと必死で絡みついてピンと張っていた蔓たちは、その動きでギチギチと音を立てて引っ張られた。

「うぬ……ぬおおおぉぉぉお！」

幸生がぐわっと力を込めて一気に腕を真上に上げた。

辺りにドッと土をまき散らしながら、蔓に繋がっていた芋が一度に地上に引き出される。大量の土と赤い芋が混じり合いながら宙を舞った。

空はその不思議な光景に目を丸くして口をぽかんと開けた。

やがてドサドサと芋が地に落ち、蔓も動きを止めてしんなりとその場に横たわった。

幸生は両足も交互に持ち上げ、胴体に絡んだ蔓も引っ張り、自分に絡んだ芋を残らず土から引っ張り出した。それが終わってから自分の体の前面の蔓に手を掛け、ぶちぶちと蔓を引きちぎり、まるで着ぐるみでも脱ぐかのようにずるりと抜け出した。

緑の巨人の中から幸生が出てきて、空は心底ホッとした。

「ほら、空。芋を切り離すから、拾ってくれ」

「うん……じぃじ、えっと、おつかれさま！」

「ああ。その……どうだった？」

幸生はちょっと躊躇うように空を見下ろし、そう問いかける。

空は一瞬その問いの意味を考え、それから幸生にパッと笑顔を見せた。

「じぃじ、すごかった！　かっこよかった！」

「そ、そうか……うむ」

怖い顔がぎゅっと引き結ばれ、さらに怖くなる。しかしこれは照れや嬉しさを隠す為の顔だともう知っている空は、にこにこしながら幸生と一緒に芋を集めた。

（緑のお化けみたいでちょっと怖いと思ったことは、内緒にしておこう……）

空は危うくちびりかけた事を忘れようと、笑顔のまま大きな芋を一生懸命拾う。

途中でフクちゃんが草むらから出てきて、何を食べたのか満足そうに体を膨らませていたのも追及しないことにした。

嘴から虫っぽい足がちょろっとはみ出ていたのも、見ていないったらいないのだ。

初めての芋掘りは楽しく、ちょっと怖く、そして見ないフリをするスキルを空に与えてくれた。

空とヤナ、幸生で収穫したサツマイモは、麻袋にたっぷりと詰められ家に持ち帰られた。

口を縛った大きな袋を一つ幸生が肩に担ぎ、残りは魔法の竹籠の中にしまってある。空はその麻袋をキラキラした瞳で見つめながら、幸生の後ろをちょこちょこ歩いて家路を辿る。

「やきいも、やきいも」

小さな声でウキウキと呟き、足取りはスキップを踏むように軽い。

その姿にヤナが頬を緩ませ、幸生が時折天を仰ぎながらも、三人はやがて家に帰り着いた。

「ただいまー！」

「ただいま」

「雪乃、帰ったのだぞ」

玄関を開けて空が元気良く声を掛けると、奥から雪乃がパタパタとスリッパを鳴らして出てきた。

「おかえりなさい。沢山採れた？」

「うん！　おいもいっぱい！」

満面の笑みで報告する空に、雪乃も釣られて笑顔になる。

「良かったわ。今年も美味しいお芋が食べられるわね」

「ばぁば、ぼく、やきいもたべたい！」

空は帰り道でずっと考えていた事をさっそくお願いした。

雪乃は少し考え、幸生が下ろした麻袋を覗き込み、細いものや小さいものを何本か手に取る。

「お芋は少し干した方が美味しいんだけど、今食べたい？」

「うん！　いつも美味しいから大丈夫！」

むしろ、今少し甘みの薄い芋を食べても、後からもっと甘くなった芋と比べることが出来て二度美味しいのではないかと空は思う。

「じゃあ細いのや小さいのを焼きましょうか。幸生さん、外の窯に火を入れておいてくれる？」

「ああ」

幸生は頷くと、袋をそこに置いたまま裏庭の方に向かっていった。米田家の庭の片隅、作業小屋の前には、レンガで出来た小さな窯があるのだ。量の多い作物や生臭さの強い肉類の下ゆでなどの時に使うものらしい。薪窯なので、芋を焼くと美味しいのだと聞いて空は目を輝かせた。

雪乃はその間に笊を持ってきて、ヤナと一緒に細くて小さい芋をより分けていく。

「空、幾つ食べるのだ？」

「いっぱい！」

「いっぱいね。じゃあ、こんなものかしら」

笊に山盛りになった芋を見て空は頷いた。雪乃は玄関脇の水道でそれを手早く洗い、その間にヤナが倉庫から何かの道具を持ってきた。

ヤナが持ってきたのは、丸太を五センチくらいの薄切りにしたものとアイスピックのような道具だった。

「ヤナちゃん、それなぁに？」

「これか？　これは芋を締める道具だぞ」

「……しめる？」

「そう、こうするのよ」

雪乃は手に持った細い芋をくるりと回して一つ頷くとそれを丸太の上に置いた。そしてアイスピックをヤナから受け取ると、その芋の肌のくぼみの一つをブスリと突き刺す。

芋は無反応だったがそれで良いらしい。雪乃はその芋を笊に戻すと、また新しい芋を手に取って同じようにくるりと回して場所を確かめ突き刺した。

締めるというのは、魚にとどめを刺すのと同じような事らしいと空は悟った。そう思うと美味しそうだった芋がちょっとばかり不気味に思えてくる。

「それ……しないとどうなるの？」

恐る恐る問いかけると、雪乃が微笑む。

「ジャガイモの時も水から茹でたけど、それと同じでサツマイモも、新鮮なうちに急に熱い窯に入れたりすると暴れて飛び出てきたりするのよ。危ないから焼き芋をする時はこうして先に締めて動きを止めておくの」

「おいも……げんきなんだね」

どんな感想を返して良いのか悩み、空はとりあえずそう言って笑顔を見せておいた。


そんな一幕を経て、締められた芋は無事に窯に放り込まれた。

空が裏庭で遊びつつしばらく待っていると、やがてふわりと甘い良い香りがしてくる。

「いいにおい……」

「もうすぐなのだぞ。小さい芋ばかりだから早いだろう」

その言葉通り、間もなく幸生がやって来て窯を開けて中を見る。細い串を芋に刺して焼け具合を確かめると、幸生は雪乃を呼んだ。

「焼けたぞ」

「じゃあここに入れてちょうだい」

雪乃が差し出した笊に取り出された芋がどんどんと積まれていく。

空も傍に駆け寄りうずうずしながら見上げていると、雪乃が一本手に取って風を当て、少し冷ましてから差し出してくれた。

「はい、どうぞ。中はまだ少し熱いだろうから、ふーふーしながら食べてね。綺麗に洗ってあるから皮ごと食べられるわよ」

「うん！　ありがとう、ばぁば！」

焼きたての芋は空の柔らかい手にはまだ少し熱い。ヤナがそれを代わりに受け取って半分に割り、懐から出した手ぬぐいをさっと巻いてくれた。

空はそれを潰してしまわないように注意しながら、できるだけそうっと受け取った。

「うわぁ……きんいろ！」

二つになった芋の中身は、鮮やかな黄色をしていた。窯でじっくり蒸し焼きにされたせいか、しっとりして艶があり、黄金色にも見える。

空は思わず口を開けかけたがハッと思いとどまり、慌ててフーフーと息を吹きかけた。それを見た大人たちが笑いを堪えるような顔をしていることには気付かず、懸命に芋を冷ます。

しばらくそうして息を吹きかけたものの、すぐに空は我慢出来なくなった。

「いたっきます！」

そう言ってがぶりと芋に噛みついて、空はピタリと動きを止めた。

空の口の中に入った芋は、ほくりとほどけてたちまち舌に柔らかく纏わり付いた。そしてすぐに思いのほか強い甘みが口いっぱいに広がる。噛まなくても舌の上でとろけてしまいそうだ。

もう一口、今度は皮ごと大きく齧ると、そこにはまた違った旨味があった。中身とは違う、かみ応えのある食感とちょっと焦げた部分が香ばしさを足し、甘みを引き立てている。

空は気付けば夢中で芋に齧り付いていた。焼きたての芋というものの美味しさを初めて知った気がする。

「おいひい……」

ふにゃりと顔を崩して呟くと、それを聞いた幸生が僅かに口の端を上げた。

「……いっぱい食え」

「うん！」

あっという間に手の中にあった芋は消え去り、また一つ、もう一つと雪乃が冷まして渡してくれる。空はまるでわんこそばのように焼き芋を気が済むまで味わった。

満足そうな孫の顔を見て、その顔のために芋を育てた幸生も嬉しそうな雰囲気を醸し出す。

そんな二人を見て、雪乃もヤナも楽しそうな笑顔を見せた。

「おいもも、のみもの！」

「……よく噛んで、ちゃんと合間にお水も飲んでちょうだいね？」

満面の笑みで放たれた空の言葉に、雪乃はそっと冷えたお茶を差し出したのだった。

そんなサツマイモの収穫から、数日後。

その日、米田家の庭先では空と明良が一緒に遊んでいた。

祖母の美枝と一緒に遊びに来た明良は、祖父が山で拾ったのだという楓の種を持ってきていて、空に見せてくれた。

「……これ、ほんとにたね？」

明良が箱に入れて持ってきた楓の種を、空は一つ持って不思議そうに日にかざした。

手に取ったそれは、見た目だけなら空も知る楓の種の形をしていた。

昆虫の羽のような、あるいはプロペラのような薄緑の羽の根元が膨らんで種が入っていて、それが二つ繋がっている。落としたらくるくると回りそうな、そんな形状だ。

しかしその大きさは、空が知るものよりも随分と大きい。

空は自分の顔と同じくらい幅のある大きなプロペラ状の種を、両手で持ってくるくると回してみた。

「そら、これはじめて？」

「う、うん……」

楓の種というものについて、理科などで学んだのか一般的な姿は空も知っている。しかし前世でも今世でも実物とは特に縁は無かった気がする。とりあえず、この種にしては巨大なプロペラとは確実に初めての出会いだ。こんな大きさのものは空の前世にはなかったと思う。

空が不思議そうに手のひらに載せて観察していると、明良も一つ手に取って立ち上がり、それをぽーんと上に高く放った。

「あ、まわった！」

放り投げられた楓の種は、くるくると回りながら落ちてくる。大きい割にちゃんとゆっくり落ちてきて、何だか不思議だ。

「やまに、こういうのいっぱいあるって。でもふってきてあたると、ちょっといたいんだってさ」

「おっきいもんね」

山奥の楓の種は随分大きいらしい。一体木々はどんな大きさなのだろう。

「こんどさ、じーちゃんがどんぐりもひろってきてくれるって。やまのはおおきいんだ」

「おおきいどんぐり……ここのは、おおきくないの？」

空の問いに明良は頷き、自分の手の親指と人差し指で大きさをいくつか示した。

「こんくらいのけっこうおおきいのから、ちっちゃいのまでいろいろ。たべられるのもあるよ」

「たべられるの⁉」

食べられる物への空の食いつきはいつだって抜群だ。

「うん、ほそながくて、あんまりおっきくないやつ。からむいて、ばーちゃんにふらいぱんで、いってもらうんだ」

「おいしい？」

「ちょっとあまくて、こ、こうばしい？　よ！」

「へぇ～！　ぼくもたべてみたい！」

空が目を輝かせてそう言うと、子供たちを眺めながら縁側でお喋りをしていた雪乃と美枝がくすりと笑った。

「空くん、食べられるドングリはなんて言うか……薄甘いだけで木の実そのままっていう感じの、すごく素朴な味なのよ？」

「そうなの？　でも、きになる！　もしかしたら、フクちゃんがすきかもだし！」

「ピピピッ！」

空もフクちゃんも美味しいご飯は毎日お腹いっぱい食べているが、それと好奇心はまた別問題だ。食べられると聞いたからには一度くらい試してみたい。

「じゃあ今度一緒に拾いに行きましょうか。そういえば、柿や栗もそろそろだったかしら？」

雪乃がそう呟くと、美枝が頷いた。

「そろそろね。またあちこち回らないとと思うと、今からちょっと憂鬱だわぁ」

美枝が面倒そうにため息を吐く。

「いつもお疲れ様。手伝うから、頑張りましょ。美味しい干し柿や、栗の甘露煮が待ってるわ」

「ほしがき？　かんろに!?」

雪乃のその言葉に食いついたのは空の方だった。空はキラキラした目で、まだ食べていない秋の味覚を求めて雪乃を見つめた。

「空も食べたい？」

「うん！」

「そっか、空くんは干し柿とか甘露煮は食べたこと無い？」

そう聞いた美枝に空は何度も頷いた。

考えてみれば、空は前世でも柿や栗といった季節の食べ物を、記憶に残るほど当たり前に食べたことがない気がするのだ。

前世の子供の頃は親がたまに買って食べさせてくれたような気がするが、大人になってからは果物などは嗜好品として生活の中での優先度は低かった気がする。

別に金が無かったわけではないと思うのだが、仕事に追われて時間が無い生活ではもっと簡単にそれなりに栄養が取れそうな物をつい選んでしまっていたように思う。

もしくはもっと単純に、スーパーの開いている時間帯に家に帰れる事が珍しかったのかもしれない。かろうじて、コンビニで売っている甘栗を剥いたものを食べたような記憶がある。

（……僕の前世って、ひょっとしてかなり可哀想だったんじゃない？　これはもう、美味しい物をいっぱい食べて、その悲しい記憶を上書きしたい……！）

空は柿や栗を全力で食べ、季節の味覚を存分に楽しむ事を改めて決意した。もうかなり季節を楽しんでいる事はとりあえずいつも通り棚に上げておく。

「おれ、くりひろいすきだなー！　ばーちゃんにくりごはんしてもらうんだ！」

「くりごはん！　くりごはん、たべたい！」

明良の言葉に空は目を輝かせて頷いた。何という魅惑の響きだろう。もう最高に秋っぽい。

そんな子供たちを微笑ましく見つめ、美枝がうん、と頷いた。

「じゃあ皆で栗拾いしたりするために、私も頑張っちゃうわね！　とりあえず柿や栗の農家さんたちの予定や意見を取りまとめて、それから交渉してだから、もうちょっと待っててね」

美枝はそう言って空の頭を撫でてくれたが、空はその言葉に首を横に傾げた。

「みえおばちゃん、こーしょーって、なにするの？」

空の知る栗拾いとは、観光農園でお金を払って栗を拾ったり、拾った栗を量り売りで買ったりするというものだ。

この田舎ではきっと違うんだろうなと予測しつつも、知らないことは聞いておきたい。

美枝は、分かるかしらと呟きながらも空の問いに答えてくれた。

「柿の木とか、栗の木ってねぇ、ずっと昔からこの村にもあるから、なんていうか……全体的には協力的？　そんな感じなんだけどねぇ。でもその分、要求がちょっと細かいのよね」

「そうそう。来年度の肥料の分配量の交渉とか、枝下ろしの時期ややり方の要望とか、新しい苗の育成本数の増減とか……そういうのを細かく交渉してくるのよね。そうなると、植物と話が出来る人じゃなきゃ交渉が出来ないから、この時期の美枝ちゃんはあちこちで引っ張りだこなのよ」

「た、たいへんそう……」

（それなんて労使交渉……うっ、頭が……っ！）

恐らく社畜だったであろう、空の前世の傷がうずき出しそうな言葉だ。

「空の為にうちの敷地にも柿の木を一本植えようかしら？」

「あら、じゃあ新しい苗の行き先として予定に入れていい？　果樹園はなかなかすぐに広げるってわけにもいかないから、一本でも引き取ってくれると交渉材料になって助かるわ」

「ええ、構わないわ。うちの裏はまだ土地に余裕があるから、林の方をちょっと開墾して、栗を植えても良いかもしれないわね」

米田家は村の東の端にある。家の敷地は塀で囲ってあるが、その向こう側は山裾の林になっていた。家の前の道はその林を通り抜け、山へと続いている。

林は木材を育てるという目的と、山との緩衝地帯としての役割を担っているのだが、端の木を切り出し、栗などに植え替えるのも悪くないと雪乃は美枝に伝えた。

それは空にとっても嬉しい話だ。

「そしたら、おうちのうらでくりひろいできる?」

「そうね、すぐには無理だけど……」

「あら、大丈夫よ。肥料を沢山用意してくれたら、私がぐんぐん育ててあげるわ!」

「ばーちゃんならすぐだよ!」

「ほんと!? やったー!」

さすが、田舎の主婦は頼もしい。何でそうなるのかさっぱりわからないが、とりあえず空の栗の木が一年でも二年でも早く育つなら大歓迎だ。

「じゃあ後で幸生さんと木を植える場所について相談しておくわね」

「ええ、よろしくね」

こうして話はまとまり、空は初めての栗拾いをわくわくと待つことになった。

そんな話をしてから、さらに数日後のこと。

「ほわぁぁ……き、いっぱい！」

「ピピッ！」

空は雪乃と一緒に先日の約束通り美枝の仕事を見学しに、東地区の栗林に来ていた。

目の前には大きな栗の木が沢山生えている。

「いっぱいあるなー！　たのしみだな、そら！」

「えへへ、いっぱいひろおうね！」

「俺んちも栗ご飯にしてもらおうっと」

明良や、結衣と武志、フクちゃんも一緒だ。明良は美枝についてきて、結衣と武志は空がお願いして誘ってもらったのだ。

「武志くん、栗はちょっと寝かせた方が美味しいわよ」

「そうなの？　じゃあ今日は栗ご飯はダメかぁ」

「そんな!?」

今日は栗ご飯が食べられると思っていた空も、その事実に驚愕し肩を落とした。

その頭を雪乃が笑いながら撫で、三日くらいの我慢だと宥める。

「その代わりに、あとで甘柿を少し分けてもらいましょ。それなら今日食べられるし、きっと美味しいわ」

「うん！」

代わりを提案されてすぐに空のやる気は上向いた。

今日は東地区の端にあるこの栗林と、そこから少し離れた場所で柿を育てている農家を回る予定だった。

まずは広い栗林を見学に来ているのだが、その場所は山へと続く丘を切り開いたような緩やかな傾斜がある土地だった。

下はよく手入れされた草地になっていて、背の低い草が辺りを覆っている。空はキョロキョロと辺りを見回してみたが、どこにも栗は落ちていなかった。

「くり、おちてないね？」

「まだばーちゃんが、こうしょーしてるからかな？」

明良によれば、交渉が終わるまでは栗の実は一つも落ちてこないらしい。

木を見上げれば、確かにどの木にも黄緑色のうにのような実が沢山くっついている。空は写真ではない、本物の栗の木にちょっと感動した。

「こうしょーってどんなことするの？」

「見に行ってみる？」

「うん！」

雪乃の提案に空はすぐに食いつき、一行は栗林の奥にある、一際大きな栗の木の所に向かった。

「あの一番大きい木が、ここで一番古い、栗の木の長老ね」

どうやらその長老が村人との交渉を担当しているらしい。

大きな栗の木の根元には、美枝と、この栗林を共同で管理している近所の家の人達が何人か集まっていた。

近づいて見ると、美枝は木に手を当てて目を瞑っていた。

空たちが近くまで行くとパチリと目を開き、集まった人達に首を横に振る。

「もう少し肥料が多く欲しいって。今年はちょっと雨が多くて日照不足だったから、それを補ってくれないと困るんですって」

「そうは言ってもなぁ……肥料は他にも使うし、ここだけ増量ってわけには」

「そうだよなぁ。なるべく頑張ってみるが、多分そう多くは追加できないぞ」

おじさんたちは困ったように顔を見合わせた。要求を聞いてやりたいが、肥料の量については急には難しいと唸る。

「それなら、代わりに敷地の西の方を少し拡張できないかって。そこに植えた去年の苗が、根が上手く張れなくて育ちが遅いから心配してるみたい」

美枝が代案を伝えると、それなら出来そうだとそこにいる何人かが頷いた。

「ただ、あっちはデカい杉があるからアレを切って根を掘るのは骨だな」

「そうだなぁ……米田さんとこに頼むか？」

「あら、良いですよ」

傍に寄った雪乃がそう答えると、顔を突き合わせていたおじさんたちが振り向いた。

「おや、雪乃さん」

「こんにちは。美枝ちゃんの仕事を子供たちと見学に来たのよ。あと、栗を少し分けてもらえないかと思って」

「おお、そうなのか。どうぞゆっくり見ていってくれ。それで、杉の木と根の処理を頼んでもいいのかな」

「ええ、幸生さんに伝えておきますね。作業の日付とかは、また幸生さんと相談してちょうだい」

雪乃が快諾すると、おじさんたちは顔を綻ばせて喜んだ。

「いやあ、助かるよ。幸生さんならあっという間だからな」

幸生は村では重機のような扱いを受けているんだな、と空は納得した。確かにあのパワーと得意の地の魔法なら、木を切り倒して根っこを掘り起こすなんて朝飯前だろう。

そんな風に土地を少し広げる話がまとまり、それから苗の話になった。

「苗はなぁ……今あんまり増やす場所が無いんだよな」

「去年と一昨年に何本ずつか増やしたから、すぐにはなぁ……年老いて役目を終えた木もおらんし、今年はちっと勘弁してもらえんかな」

誰かがそう呟くと、それを聞いた木々はまるで周りの木たちと会話しているかのようにざわめいた。

新しい木を増やすのは、植物たちにとっては本能のようなものだ。だが木の寿命は長く、土地や世話をする人手には限りがある。

人と長く付き合ってきた木々は、病気や害虫から守られ、他の木々との競争が楽になった代わりに、生えて良い場所や本数はどうしても制限されてしまう。

好きなだけ増えることが出来ないのは分かっているのだが、それでも木々の間からは不満が波のように広がった。

空はそれを何となく肌で感じ、とことこと美枝に近づくと、その服の裾をくいと引っ張った。

「みえおばちゃん、ぼくんち、ぼくんちのは?」

「あ、そうだったわね。栗の木が一本欲しいのよね?」

「うん!　じぃじのおうちのうらにね、ぼくのくりのき、わけてほしいの!」

空がそう言うと、栗の木のざわめきが止まる。それが何だか木々が耳を澄ましているようだなと感じ、空は何だか嬉しくなってにこりと笑った。

「ぼくもおせわして、くりがとれたらね、くりごはんに、かんろにに、あとくりきんとんに……けーきにもしてもらうの!」

「栗を入れたお饅頭なんかも美味しいわよ」

「たべたい!」

栗の木たちの間に流れていた空気が、空の声を聞いて少し緩む。

木々たちの声を聞く美枝も思わず笑みを浮かべた。

人の手で管理された場所で人と共に生きる木々は、文句を言ったり多少抵抗したりしつつも、人に糧を与える事を本当は誇らしいと思っているのだ。

美枝のような会話が出来る者しか知らないことだが、自分たちがもたらした実りを人が喜び、大切にして、様々な料理にして美味しく食べてくれることを彼らは喜ぶ。

空があんな料理やこんなお菓子にしたいとはしゃぐ度、木々はざわめき、だんだんとソワソワし出した。

「それで良い？」

栗の木の長老に、今年は米田家の裏に新しい仲間を一本増やすのでいいかと美枝が聞くと、栗の木は是と答えた。ただし、それにはさらに追加の要望があった。

「米田家の裏に、新しい苗を植えるので良いって。ただ、この栗の木の長老が……良かったら空くんに、実を食べてほしいって言うんだけど」

「え、いいの⁉」

「大事に色んな料理にして美味しく食べられると、木は嬉しいのよ。空くんに食べて喜んでほしいって」

「やったー！　ありがとう！」

空は大喜びで栗の木の長老に駆け寄ってその太い幹にひしっと抱きついた。

すると、長老の木の太い枝がわさわさっと揺れた。

それに気付いたおじさんたちが途端に慌て出す。

「こら、ちょっと待て！　まだ早いって！」

「皆、急いで木の下から出ろ！　ほら早く！」

おじさんたちは慌てて後ろで見ていた明良たちをせき立てて、長老の木の枝の下から逃げようとした。

しかしそれを雪乃が止め、動かないように言うと全員の頭の上に結界を張った。

空はそれを木の幹に抱きついたままポカンと見ていた。空のすぐ傍には美枝がいて、困ったように笑う。

「空くん、木の幹に、しっかりくっついててね。ここは安全だから、動いちゃダメよ」

「う、うん……？」

一体何が、と空が上を見上げる間もなく、頭上の枝がさらに大きく揺れた。

次の瞬間、ドスン！　という大きな音が響いて地面まで揺れる。

「ひゃうっ⁉」

「ホピッ⁉」

空がビクリと跳ね、肩にいたフクちゃんも一瞬浮き上がる。

一体何がと振り向こうとすると、それより先にさらにドスンドスンと音が響いて地面が続けて揺れた。

「な、なに？」

ビクビクと木にしがみつく空の頭を、すぐ隣で幹に身を寄せていた美枝が優しく撫でる。

「栗の実が落ちてきてるのよ」

「く、くり？　こんなおっきいおと？」

「長老の木がつける実は、数はそんなに多くないんだけど、すごく大きいのよね……」

またドスンドスンと音が続き、空は恐る恐る振り向いた。そしてすぐに振り向いたことを後悔した。

(何か……すごく大きいウニが落ちてる！　バカみたいに大きいのが……！)

あんなのが当たったら絶対に無事では済まない、と空は震えあがった。

空はそれっきり、音が完全に止むまで木の幹に蝉のように張り付いて離れなかった。


「お……おっきい……」

しばらくして音が止んでから、空たちはそっと動き出した。

辺りを見回せば、長老の周りには空よりも大きいかもしれないような栗のイガが、ごろごろと落ちている。

長老はあまり実を付けないと美枝は言ったが、それでも十数個はありそうだ。

しかも何と、周りの普通の大きさの栗の木も、皆一度に実を落としていた。栗林の地面を覆う草むらは栗のイガで埋め尽くされんばかりだ。

おじさんたちは皆困ったように顔を見合わせ、それから仕方ない、と笑い合った。

「可愛い子らが来たから、栗の木たちも張り切っちまったんだな」

「人手を呼んでくるから、適当に好きに拾っててくれ。落ちたもんは早く拾わないと虫がついちまうからな」

そう言って何人かが慌てて走って散って行く。

それを見送ってから、空たちは改めて巨大な栗の実と向き合った。

空は目の前の巨大なイガをよく観察してみた。針の一本一本が鉄筋のように太い。

痛そうだなぁと思いながらくるりと反対側に回ると、そこはぱっくりと口を開けていて、ぎゅっと詰まった茶色い栗の頭が見えた。

「あ、くり、はいってる！」

「大きいわねぇ」

針の先まで入れると一メートルくらいありそうなイガの中に、空の頭より大きそうな栗の実が幾つも入っているようだ。

空がそれを眺めていると軍手をした雪乃がその割れ目の縁に手を掛けた。

「えっ」

「よいしょっと」

空が目を丸くしているのも気にせず、雪乃はぐいと力任せに引っ張って、口をさらに開く。すると中からゴロゴロと栗の実が転がり出てきた。

「ば、ばぁば、て、いたくないの⁉」

「大丈夫よ。丈夫な軍手をしてるし、魔法で体を守っているから平気なのよ」

確かに、雪乃の体にはどこにもトゲが刺さっていない。

それでもちょっと心配になってしまう思いきりの良さだった。

「空も、その草鞋があるから多分素手でも痛くないわよ」

「わらじ……すごいね」

相変わらず草鞋の防御力は全く理屈がわからないがすごい。

空はそう思いながら足下に転がってきた栗の実を拾……おうとして、重くて諦めた。一際大きなパツンパツンに膨らんだ栗の実は、空にはまだ持ち上げられなかった。

「ばぁば……これ、おもたい」

「あら。じゃあばぁばが拾っておくわね」

「うん……」

空が諦めて頷く横で、武志と結衣と明良が三人で栗のイガを両脇から引っ張って中をこじ開けている。

三人とも、栗のイガはどうにかして刺さらないようにしているらしい。

「そら、ほら、すっごいでっかいよ！」

「ちょうろーのくり、すごいね！」

「栗ご飯何回分かなぁ」

それぞれが己の頭より大きな栗を持って大はしゃぎだ。

茹でても火が通るかどうか怪しい大きさだが、きっと魔法でどうにかするのだろう。

空は自分もやっぱり栗拾いに挑戦したくなって、まだ転がっていた小さめの栗を見つけ、コレなら拾えるだろうかと手を掛けた。

「うん、しょ」

しかし持とうとすると、その栗は随分と軽かった。

「あれ？　かるい……あ、あなあいてる！」

軽い事を訝しんでよく見れば、反対側に大きな穴が開いて中身が三分の一くらいえぐられてなくなっている。

今落ちてきたのを拾ったばかりなのに、虫でもいたのかと空が不思議に思って周りを見ると、そこに一羽の白い鳥の姿が。

「ケピッ」

いつの間に空の肩から移動して地面に下りたのか、フクちゃんがしきりに嘴を自分の首元の羽にこすりつけている。

その嘴には薄黄色い粉や欠片のようなものがくっついていて、心なしかその体が少々大きく、そして丸くなっているように見えた。

「……フクちゃん？」

「ホピッ？」

フクちゃんは可愛く首を傾げると、ふいと視線を逸らした。

「きょうのおやつ、おもちにしてもらって、フクちゃんとわけっこしようかな？」

「ホピピッ!?」

フクちゃんが必死で首を横に振る。

「じゃあ、かってにあなあけちゃだめー」

「ホピ……」

「ぼくもひろうから、たべるのはそのあとね！」

「ピピッ！」

勝手に食べない、と二人で約束して、また栗拾いに戻る。

怒ったけれど、フクちゃんが盗み食いするほどに栗の実が好きらしいと分かった事は、ちょっと嬉しかった。

「おうちのうらでくりひろい、たのしみだね！」

「ホピピッ！」


長老の栗の実を拾い終え、普通の栗の実拾いも少しばかり手伝い、空たちはお礼に普通の栗の実も沢山貰って栗林をあとにした。

今年はここの畑の交渉がすんなり済み楽ができたとおじさんたちは上機嫌で、お土産を沢山持たせてくれたのだ。

長老の栗の実は美味しいのだが大きすぎて外にも売れないし、調理も手間が掛かるので意外と人気が無いらしい。雪乃が魔法で料理出来るということで、全て持たせてもらって空はホクホクだ。

明良たちが拾った分も雪乃が預かり、後で各家に配るということになった。

フクちゃんがつまみ食いして穴が開いた栗も、ちゃんと残さず貰ってきている。

「フクちゃんは魔素が沢山入った、新鮮な木の実が好きなのかもね」

「つまみぐい、おいしいよなー」

「ホピッ！」

明良がそう言うとフクちゃんも同意するように鳴き声を上げた。

空はそれにはちょっと同意しかねる。味見で一口食べたらもっと食べたくなって我慢出来なくなりそうだからだ。

「ぼく、あじみより、ぜんぶがいいなぁ」

「ぜんぶはおおいよ！」

「あはは、そらちゃんっぽい！」

「空、食いしん坊だもんな」

皆で笑い合って歩いていると、あっという間に次の目的地に到着した。

「こんにちはー」

さっそく美枝が先に入っていって、皆は少し外で待つ。

待っていると老夫婦とその息子らしき人達が美枝と何やら話しながら外に出てきた。

「こんにちは、柿田さん」

「おう、こんにちは米田さん。今日は見学だって？」

「ええ。子供たちに美枝ちゃんの仕事を見せたくて」

「そりゃいいな。ゆっくりしてってくれ。今年の柿は結構出来が良いんだ」

子供たちは元気よくおねがいしますと声を揃えた。

ぞろぞろと家の裏手に回ると、そこは柿の木が沢山並んでいる果樹園になっていた。

「わぁ……いっぱいなってる！」

あまり背が高くなりすぎないよう、ほどほどに調整された柿の木が沢山植えられ、そこに鈴生りに実がなっている。緑の葉に熟した柿の色が映えて綺麗だ。

「子供らは、ちっとここで待っててな。柿の木は交渉がすまねぇと、知らん相手には実を投げつけてくるんだ」

「え、そんなもったいない」

空が思わず呟くと、ぶは、と大人たちが噴き出す。

「確かにもったいないわねぇ」

美枝もくすくすと笑いながら一番近い木に気にせず近寄り、その幹に手を当てた。

「久しぶりねぇ。今年はどう？　うん？　あらそうなの、良いわね」

美枝は友人と世間話でもするように、柿の木としばしお喋りを楽しむ。

柿田家の人々はその傍に立って、美枝と柿の木のお喋りを少し心配そうに見守っていた。

やがて話が終わった美枝が振り向き、柿の木の要望を彼らに伝えた。

「今年はそんなに調子は悪くないから、肥料とかはいつも通りで良いって。枝の剪定とかも任せるって言ってるわ」

「そりゃあ良かった。後は？」

「あとは苗を一本か二本増やしたいのと……今年もお酒が飲みたいって」

「……やっぱりそれか」

「相変わらずねぇ」

その最後の要求に大人たちは困ったような呆れたようなため息を吐いた。

「かきのき……おさけのむの？」

空が雪乃を見上げると、雪乃もまた困ったような笑顔を見せた。

「そうなのよ。最初は誰かが柿の木の近くで地面にこぼしたとか、そういうきっかけだったらしいんだけど、味を覚えたらすっかり気に入っちゃって……毎年柿の木はお酒を要求するから困ってるのよ。植物は同じ種類で繋がってるから、全部の柿が欲しがるし」

柿の木との交渉は美枝を間に挟んで、おちょこいっぱいで、いや少なすぎる、酒も安くないんだ、最低でもぐい飲みは欲しい、などという量のやり取りになっている。

見回せば、ここの果樹園には数十本の柿の木が生えている。この木全部に酒を振る舞うのは大変そうだと空でも思う。

「やよいおねえちゃんみたいだね」

「うちのじーちゃんも、おさけすきだよ」

「うちのおとーさんも！」

「美味しいのかなぁ」

子供たちが話をしている間に、ようやく柿の木との交渉は終わったらしい。

「じゃあぐい飲みに七分目で、苗を二本、雪乃ちゃんちにってことで」

そういう話になったようだ。

「ただし、酒は収穫の後だぞ。熟れ具合や味が変わっちまうからな」

柿田の言葉に空はそういうものなのかと驚いた。しかしその変わってしまった後の味もちょっと気になる。

「あじかわったら、おいしくない？」

「美味しいらしいわよ。でもお酒の香りがするから好みがあるかしら……空は、もうちょっと大きくなってからね」

「はぁい」

二十歳までとはいわないが、まだ駄目らしい。空はちょっと残念そうに頷いた。


柿の実の収穫は普通だった。

多分、空が今までに見た村の植物の中で一番普通だった気がする。

美枝へのお礼と子供たちへのお裾分けにと、柿田家の家族が何種類かある柿の木から採り頃の実を選んで収穫してくれたのだが。

その収穫方法は、実が沢山なっている枝を枝先ごとバサバサと大きな鋏で切り落としていくだけだった。簡単な剪定を兼ねているのでこれで構わないらしい。

並べられた柿の実はそれぞれ大きさや形が少しずつ違う。それを空が不思議そうに観察していると、柿田夫妻が枝から実を切り離すついでにその違いや食べ方を説明してくれた。

「これは渋柿で、干し柿用だな。こうして、紐を結ぶ場所を残して枝から切り離すんだ」

一際大ぶりの柿の実は、ヘタとくっついた枝を少し残して切り落とされ。

「こっちも渋柿ね。でもこれは、ここのヘタの部分に強いお酒にひたした綿を載せて密封しておくと、一週間くらいで甘くなるからね」

「へぇえ、すごい！」

平たい柿はヘタのすぐ際で、枝から切り離される。

「うちで作ってる甘柿はこれだな。色もちょうどいいから、多分すぐ食べられるぞ」

最後は、丸っこい小さめの柿をそう言って沢山分けてもらって、空は満面の笑みを浮かべてお礼を言った。

「かきって、いろいろあるんだねぇ」

「おれ、あまいのすきだなー」

「わたしほしたのがいいな！」

「俺は干したのは、ちょっと甘すぎて苦手かも」

子供たちの好みもそれぞれ色々だ。

「白和えやサラダなんかも美味いぞ」

「たべたい！」

まだ木の上にいた柿田家の息子に知らない食べ方を提案されて、空は即座に目を輝かせて反応した。そのあまりの素早さに周りから笑いが起こった。

「しばらく楽しめるわね」

「うん！　あ、ばぁば、これおうちにおくれないかな？」

空が東京の実家に送りたいと言うと、雪乃は多分大丈夫だと頷いた。

「硬めの甘柿と、漬けた柿を少し送って、後は干し柿が出来てからまた送りましょうね」

「うん！」

頷いて見上げた柿の木は、あっという間に木一本分の収穫が終えられ身軽になっていた。

するとと軽くなった枝が何だか不自然にゆさゆさと揺れる。それを見た柿田家のおじさんが慌てて家から酒瓶とぐい飲みを持って戻ってきた。

「ったく、催促が早い……」

ブツブツ言いながらも約束通りぐい飲みに酒が注がれ、それが木の根元にぱしゃりとこぼされる。

木は、それを根から味わっているのか揺れるのを止めて静かになった。

「さて、じゃあそろそろ帰りましょうか」

「そうね、柿田さん、どうもありがとう」

「いやいや、こちらこそ。美枝さん、来年も頼むよ」

木が落ち着いたところまで見てから、雪乃と美枝が柿を分けてしまい込み、帰り支度を済ませた。

「収穫や干し柿作りが追いつかなかったら、町内なんだからいつでも呼んでくださいね」

「ああ、その時はお願いします」

そう言って二人は子供たちを促し帰ろうとしたのだが。

「うひゃっ⁉」

「ホピピッ⁉　ホピッ！」

「うわわっ、なにすんだよ！」

「やだー、かみのけひっぱらないで！」

「あっ、こら、結衣を離せよ！」

大人がちょっと目を離した隙に、子供たちは酒をもらった柿の木に絡まれ、木の枝に捕まえられていた。

空は枝が胴体に絡んで持ち上げられてばたばたと大慌てしているし、明良はリュックを取られそうになって引っ張り合いをしている。

結衣のツインテールに絡んだ木の枝を武志がぐいぐいと引っ張って、止めさせようと必死になっていた。

フクちゃんが空を助けようと木の枝をしきりに突いているが、あまり効果が無いらしい。持ち上げられたままゆらゆら揺られて、空は目を回しそうだ。

「こらー！　子供らに何しとる！　酔っ払って子供に絡むなんて、もう飲ませねぇぞ⁉」

柿田のおじさんが大声で怒鳴り、空を揺らしていた木の枝をわしっと捕まえた。

木はハッとしたように動きを止め、空をゆっくり下ろし、他の子に絡んでいた枝も引っ込めた。

「空、大丈夫？」

「だ、だいじょぶ……」

「すまんなぁ、どうも酔っ払っちまったみたいで」

柿田家の家族が頭を下げると、柿の木も我に返ったように枝をシュンと下げて何となく済まなそうに見えた。

そんな謝罪を受け、空たちはどうにか敷地を出て家路についた。空は帰り道を歩きながら、びっくりした、とため息を吐いた。

酔っ払って鬱陶しい絡み方をする人は多くいるが、まさか柿の木もそんな風になるなんて。

お酒ってちょっと怖いなぁ、前世の自分はどんなだったろう、とふと考えて。

(お酒……飲み会……接待……うっ、頭が……)

嫌な思い出が蘇りそうになって、空はブルブルと頭を振ってそれを振り払った。

(僕はお酒……大きくなってもあんまり飲まないでおこうかな)

お酒より、美味しいご飯が良い、と思い直した出来事だった。

幕間　秋の味覚お届け便

空の実家、杉山家が住む東京の郊外にも、秋の色が濃くなってきた頃。

紗雪は休日を利用して子供たちの衣服の衣替えをしていた。

秋冬物をタンスの奥や収納から引っ張り出し、子供たちにも手伝わせて、体に当てたり着せてみたりしてサイズが合わなくなったものを避けつつ、夏物と入れ替えるのだ。

「えー、コレもうダメ？　一応着れるんじゃない？」

「裾と袖が短くなりすぎよ。背中もきつくない？」

「ちょっときついかな？」

樹が着てみせた一昨年買った上着は、裾も袖も大分短くなってしまっていた。成長期なので仕方がない。紗雪はその上着を脱がせて、お下がりをしまっておく段ボール箱に入れておいた。

「樹の服は陸に下ろせるけど……今着せるにはまだちょっと大きいのよねぇ」

長男の樹と、末の双子の空と陸の間には年の差があるので、お下がりの服をすぐに着られるわけではない。間に小雪がいるからそのお下がりなら丁度良いサイズなのだが、女の子らしい色柄の服が多いので陸は嫌がる気がした。

樹がもっと小さかった頃の服は田舎に行く空に大分持たせてしまったので、足りない分は買う必要があるだろう。

紗雪は側に置いたメモに、樹の上着と陸の冬服、と書き足した。

「うーん、子供ってどんどん大きくなるから色々物入りね。またダンジョンでお小遣い稼いでこようかな……」

夏頃に東京ダンジョンに行ったきり、まだ紗雪は二回目のダンジョンに挑戦出来ていない。すぐに子供たちが夏休みに入ったりしたため、なかなか一人になれる日が少なかったせいだ。

前回稼いだ分は一回焼肉をしたっきりでまだ使っていないから、それを使って子供の服を揃えても良いかもしれない。

しかし旅費にしようと思って取ってあるお金なので、使ったら少し補填しておきたい気もした。

「それなら子供たちのコートとか冬服、うちの親に少し頼んでも良いかな？　何か買ってやりたいってしょっちゅう言ってるからさ」

紗雪が悩んでいると隆之がそう提案してきた。

「良いの？　助かるけど……」

「空の療養のことでうちの実家は何もしてやれなかったから、何かしたいらしいよ」

「じゃあ甘えさせてもらっても良いかな……今度子供たち連れて会いに行かなくちゃね」

「きっと喜ぶよ」

隆之の両親は同じ東京都内に住んでいて、たまに子供たちを連れて遊びに行ったり、向こうが訪ねてきたりしている。隆之とよく似た穏やかな気質の父方の祖父母に子供たちも懐いていて、良好な関係を築いていた。

いつ行こうか、などと話をしながら服の仕分けを進めていると、紗雪はふと何か魔素が多いものが家のすぐ傍に来たことに気付いて顔を上げた。

杉山家の玄関の前で止まったその気配に、前にも来た宅配便だと紗雪は少し考えて気がついた。

玄関に出ようと立ち上がると同時に家のインターホンが音を鳴らす。

「はーい」

返事をして玄関に急ぎ、ドアを開けるとやはりそこには一匹の狸がちょこんとお座りをしていた。

夏にスイカを届けてくれたのも狸だった。魔法の産物なのであの時と同じ存在ではないだろうが、首に木で出来た絵札を掛けているところも同じだ。

紗雪が玄関に出てくると、狸が口を開いて今日は男性の声で喋った。

『杉山紗雪さんでお間違えないですか？』

「ええ」

『米田雪乃様より、ご自宅配達指定のお荷物が届いております』

「ありがとう。ここに置いてくださいな」

『かしこまりました。お荷物は二個口です。ご利用ありがとうございました』

狸がペコリと頭を下げると、その姿がゆらりとぶれて空気に溶けるようにほどけて消える。消えた後に残ったのは大きさの異なる段ボール箱が二つだった。

「今日は沢山ねぇ。中は何かしら」

「まま、まま！　そら？　そらから？」

気配を感じたのか、駆けて来た陸が玄関から顔を出す。

「多分ね。さ、開けるのは中でね。荷物が大きいからお部屋で待っててちょうだい」

「はーい！」

陸は良い子のお返事をしてパタパタと居間に駆け戻っていった。

「よいしょ」

重たい箱二つを一度にひょいと持ち上げ、紗雪も玄関を通って片手でドアを閉める。

そのまま居間にいき、部屋の真ん中で箱を下ろすとその大きさに隆之が目を丸くした。

「実家からかい？　随分大きい箱だけど」

「ええ。何かしらね？」

箱の一つはミカン箱くらいだが、もう一つはその倍くらいある。

子供たちも寄ってきて皆興味津々で箱を見つめた。

「さて、じゃあ開けるわね」

紗雪はまず小さい方の箱に手を掛けた。パカリと開くと、中には透明な袋に詰められた橙色の丸いものがぎっしり入っていた。

「あ、柿ね！」

それはヘタを上に向けて綺麗に並んだ柿だった。渋柿を焼酎で渋抜きしたものだ。ヘタの上には焼酎にひたした綿が載っている。

「柿かぁ。美味しそうだね」

「くだもの？　おいしい？」

「ええ、美味しいわよ」

「やったぁ、私くだものすき！」

果物が好きな小雪が跳び上がって喜ぶ。沢山あるので、しばらくは楽しめそうだった。

箱の中身は全てが同じ柿ではなく、少しだけ甘柿も入っている。その雪乃の気遣いが何となく嬉しくて、紗雪は笑みを浮かべた。

「甘柿もあるから、これを先に食べようね。こっちの袋のが美味しくなるにはもう一週間くらいかかるから、それまで我慢してね」

渋抜きが終わる目安の日付が箱に書いてあったので、渋柿を食べるのはそれからになるだろう。それを聞いて少し残念そうにする小雪を宥めながら、紗雪はもう一つの大きな箱に手を掛けた。

パカリと開けて中を覗き込むと、大きな箱の中身は何だかとても茶色かった。

「えーと、サツマイモと……」

箱の三分の一ほどに大きなサツマイモがぎっちりと詰められている。その残りの三分の二のスペースには表面に光沢のある、つるりと丸い大きな物が入っていた。

「あ、これ、栗ね！」

大人の頭より大きいような巨大な塊を一つ取り出し、紗雪は大喜びで声をあげた。

「この大きさは長老のね！　嬉しい、母さんが茹でてくれたこの栗、私大好きだった……あら？　皆、どうしたの？」

紗雪が手に持っているそれを見て、家族全員がぽかんと口を開けている。

「紗雪、それ……何だい？」

「え、何って……栗よ？　皆食べたことあるわよね？」

確か一昨年くらいに、スーパーで栗を買って栗ご飯を作ったことがあったはずだと紗雪は記憶を辿った。炊き込みご飯は子供たちも喜んで食べるので、季節の食材でたまに作るのだ。

しかし子供たちと隆之は、栗ご飯に入っていた至って普通のサイズの栗を思い浮かべて一斉に叫んだ。

「それが栗⁉　嘘だろう⁉」

「デカすぎ‼」

「くりじゃないよ⁉」

「くり、おっきーい！」

ありえないくらい大きな栗を手に持って、紗雪は首を傾げる。

「ええ……？　でも、栗よ、これ。美味しいのよ？」

「これが栗……嘘だと言ってくれ……！」

以前食べたスイカも驚くほど大きかったが、栽培物なら品種によっては作れるだろうという範囲だった。だがこの栗は隆之の常識にある物とあまりに違っていた。

これが当たり前にある土地とは、一体どんなところなのか。

生まれも育ちも東京で、東京から出たことがほとんど無かった隆之は、もしかして空をとんでもないところにやってしまったのではと、その栗を見て今更ながらそれに思い至ったのだった。

巨大な栗は箱の中に四つほどぎゅっと詰め込まれていた。

手紙にはもう火を通してあると書いてあったので、紗雪はそれをズバンと包丁で半分に割り、硬い皮をわしわしと手で剥いて、中身を適当に細かく切って皿に盛って皆に出した。

食べやすい大きさの四角いブロック状にされた栗を前に、隆之はじめ家族は複雑そうな顔で、手を伸ばそうか悩んだ。

「美味しいわよ？　長老の栗は大きくて調理がとっても大変なんだけど、すごく甘いの」

紗雪はフォークで刺してパクリと口に運ぶ。

「うん、美味しい……懐かしい味！」

口に入れた途端に栗の香りが鼻に抜け、噛むとほろりと崩れて優しいけれどしっかりとした甘みが口の中に広がった。笑みを浮かべた紗雪を見て、家族も恐る恐る手を出して、そして驚く。

「甘い……美味しい……」

「デカいけどちゃんと栗の味がする……」

「ホントにくりだぁ」

「おいしいね！」

ニコニコしている陸以外は、まだどこか疑わしい顔をして栗を食べている。確かに栗の味がするし美味しいのだが、薄黄色いブロック状というのが、まだ理解を拒否するのだ。

「こんな大きい栗、普通に木になってるのかい？」

「ええ。でもここまで大きな実を付ける木は、村でも稀よ」

「そっか……」

紗雪の返事に隆之はホッと息を吐いて栗を口に運んだ。

「まま、これ、そらがとったの？」

「そうよー。頑張って拾ったんですって！　お芋も、空とお祖父ちゃんが一生懸命芋掘りしたんですってよ！」

「そら、すごい！」

陸は無邪気にはしゃいだが、隆之はこの大きさの栗が入るイガを想像してちょっとぞっとしてブルブルと頭を振った。

「これの残りは栗ご飯にして、あとは甘露煮とか冷凍とかにして、お正月にも食べられるようにしようかな。お芋も送ってくれたから、合わせたら栗きんとんが出来るわね」

「くりごはん、やったー！」

「栗きんとん！　俺それ食べたい！」

「私モンブランがいいなー！」

「えー、そんなお洒落なのママ作れるかなぁ？　あ、でもレシピ調べて、母さんにも送ってあげようかな」

栗を使った料理やお菓子のレパートリーが増えたら、雪乃や空が喜ぶかもしれない。紗雪はそう考え、それからふと良い事を思いついたと顔を上げた。

「そうだ、隆之の実家に行く時は、この栗とお芋をお土産に持って行こうか？　いっぱいあるし」

「え……い、いや、うちは芋だけでいい、かな」

「そう？　栗はいらないの？」

美味しい物をお裾分けしたいという紗雪に、隆之は悩む。こんな巨大な栗を持って行ったら、多分自分の両親も自分と同じように困惑するんじゃないかと隆之は考えたのだ。

しかし確かに味はとても良かったので、姿さえ見えなければどうだろうと思いなおした。

「大きすぎて多分食べきれないから……小さく切ったのを少しお裾分けする方が喜ばれるかも」

「そっか、この皮、火が通っててもちょっと硬いもんね。お義父さんたちじゃ切れないかもしれないわね」

じゃあタッパーに入れていこう、と言いながら紗雪は席を立つと、楽しそうにもう一つ栗を真っ二つにして甘露煮の準備を始めた。

そんな物を軽々と真っ二つにする妻の強さを頼もしく思うと同時に、隆之は空の事が心配になった。

「空……会ったらすごく強くなってたらどうしよう」

巨大な栗のイガを真っ二つにするような幼児にいつの間にかなっていたりして……。

そんな事を想像し、いやいやまさかまだ早いだろうとそれを否定し。

「僕も……体、鍛えようかな」

幼い息子に誇れない父親でありたくはない、と隆之は密かにそんな決意をした。

隆之こそが恐らくこの家で一番空と似たような感覚を持っていて、田舎の驚きに共感出来るだろう事は、遠く離れた二人はまだ知らないのだった。

四　水たまりの向こう側

秋の稲刈りや柿の収穫が終わると、村の田んぼや畑から何だか色が減って寂しくなった。

秋晴れの青空は高く美しいのだが、空としてはやはり半年間散歩の楽しみにしていた田んぼがハゲになったというのは少し残念だった。

それでも、体力作りを兼ねた日課の散歩を止めるわけではない。季節は足早に移り変わっているが、ここ数日は天気が良くカラリと暑い日が続いていてお散歩日和だ。

冬になると外に出る機会が減るからとヤナにも促され、空は毎日飽きずに散歩に出ている。

空の力のコントロールの方は相変わらずあまり上手くはならず、たまに何かを壊してはしょんぼりと落ち込む事を繰り返していたが、それ以外はとても元気だった。


今日も空は草鞋を履き、甚平の上にパーカーを着て外に出る準備を整えた。

そろそろ甚平は涼しすぎるのだが、善三特製のスーパー草鞋を履いていると特に寒さを感じないので、三日に一回くらいは甚平で出かけている。着物や作務衣ですごす事の多い幸生とお揃いな感じがして、空はその格好がお気に入りなのだ。

「空、今日はどこまで行く？」

「うーんと……たんぼ？」

「空は田んぼが好きだな。飽きぬのか？」

「たんぼのわきの、あきのおはなみるの！」

最近田んぼの用水路沿いの低い土手やあぜ道に、真っ赤な彼岸花が出てきたのだ。見慣れぬその花は秋の田舎に良く似合い、眺めても飽きない。

空の言葉にヤナも頷き、二人は連れだって家の門を出ようとした——ところで、玄関が開き、雪乃が顔を出した。

「空、忘れ物！　今日はお日様が眩しいから、帽子を被っていって！」

その言葉にヤナが先に足を止めて振り向く。今日は二人はまだ手を繋いでいなかった。いつも門を出る直前に繋ぐのだ。

空は雪乃の声に反応が遅れ、動き出していた体がそのまま一歩、外に出る。ほんの一歩だが、しかしその一歩はどこにも触れずに空を切った。

「え？」

空はパチリと瞬いて、自分の足が水たまりにスッと入ったのを見た。

さっきまで確かにそこになかったはずの水たまりを、それと認識する前に空の体がゆらりと傾き、世界がぐるりと回る。

「空っ⁉」

「え？　あっ、空⁉」

雪乃の声で異変を察知したヤナが振り向き、手を伸ばす。

しかしあとほんの少しというところでその手は宙を掻き、空を掴まえる事は叶わなかった。

とぷん、と微かな水音を残して、空の体がかき消える。あとに残ったのは、手を伸ばしたまま何もない地面を見つめるヤナと、慌ててどこかに向かった雪乃の姿だけだった。


水たまりに落ちるとどうなるのか。

空はヤナにその怖さを教えてもらってから、何度か想像してみたことがある。

けれど実際に落ちてみると、その想像のどれもと違う、と空はどこか冷静な、半ば止まったような思考の端でそう思った。

水たまりの中は水の中という感じはしなかった。ビックリして思わず息を止めたけれど、それが続かなくなっても別に水が口に入ってきたりはしなかったし、息も苦しくはない。

体は浮かず緩やかにどこかに向かって落ちている。その速度が思いのほかゆっくりなので、何だか不思議であまり怖くない。

周囲は明るく、けれど白っぽいもやのようなものに覆われて、はっきりとした何かが見えるというわけではなかった。まるで生温い雲の中をゆっくりと落ちていくような、そんな感じがした。

ただ、どこからか自分を窺うような沢山の気配や、極微かな、くすくす、きゃっきゃと笑いはしゃぐ声が聞こえる気がする。

気のせいかと思うような微かな声は少しばかり不気味だが、遠すぎて害をなすものかどうかの判別も難しい。それゆえか、あまり恐怖は感じなかった。

空がそんなに怖いと感じていないのは、首元に小さく温かく、けれど頼もしい相棒がいるからというのもある。

空が水たまりに落ちた瞬間、いつもの通り肩の上にいたフクちゃんは置いて行かれまいと空のパーカーのフードにしっかりと噛みつき、一緒に水たまりを潜って付いてきてくれた。

少しだけ体を大きくして空の首元により添い、その温かさで安心感を与えてくれている。

空はフクちゃんに片手で触れ、どこへともなくゆっくりと落ちていく自分と、その周りにしっかりと視線を回して確かめる。

(どこに行くんだろう……ヤナちゃんは、確かこういうのは人じゃない誰かのいたずらだって言ってた……)

すぐに迎えが行くから大丈夫だとも言ってくれた。それを信じて、空は少しばかりの怖さと心細さでせり上がってきそうな涙をぐっと堪えて、膝を抱えるように体を小さく丸めた。

どのくらいそうして耐えていたのか、長いような短いような時間の後、周囲の景色が不意に変化した。

周りのもやがチカチカと光り、段々と明るくなる。

「まぶし……」

「ホピッ!」

臨戦態勢のフクちゃんがふわりと体を膨らませ、武者震いのように体を震わせる。

次の瞬間、空は唐突にポンとどこかに放り出されたのを感じた。

「ひゃっ⁉」

トン、とお尻と足が同時に地面に着く。身を縮めていた空はビックリしてさらに縮こまったが、それ以上の衝撃は来ない。

「……？」

肩にいるフクちゃんを確かめながら、空は恐る恐る目を開けた。

辺りはさっき居た場所よりもずっと薄暗い。空気はひやりと涼しく、さわさわと風や葉ずれのような音がする。

「ここ……もり？　ど、どこ？」

「ピ……」

空は頭上にそびえる高い木々と、その隙間からさす木漏れ日というには少しばかり少ない光を見上げ、困惑した。

足下を見るがそこには地面しかなく、周りを見ても草や低木しかない。

立ち上がろうとするとふらりと体が傾き、空は近くにあった木に手をついて転ぶのを免れた。

立ち上がってみると、地面は随分と斜めで、ここが平地ではないことは一目瞭然だった。

「ここ……やま？　やまって……ふぇ」

見知らぬ場所に放り出され、そこが深い森であり、恐らく山だという事実に空の心が不安で塗りつぶされそうになる。

「ピッ、ピピッ！」

励ますようにフクちゃんが高く鳴いて、空に体を擦り付けた。

「フクちゃん……」

途方に暮れながらも、相棒の励ましを受けて涙を堪える。空はしばらく考え、それからヤナの教えてくれたことをよく思い出そうと頭の中で繰り返し、そして顔を上げた。

「ヤナちゃん、ばぁば、じぃじ……たすけてー！」

とりあえず、名前を呼べ、という教えに従って……空は大きな声で助けを求めることにした。

空の声は静かな森にゆっくりと広がっていった。


「えっと……あとは、なるべく、うごかないんだっけ？」

「ピッ！」

迷子になった時の心得は、多分そうだったはずだと空は考え、周囲を見回してみる。空が落ちてきたここは、どうやら森の中にポカリと出来た丸い草地のような場所だった。

直径が五メートルくらいの円形で、足下は短い雑草が覆っている。周囲には低木が繁ったりしているので、ポカリと空いた空間に何となく作為的なものを感じてしまう。

空はその草地の端に立っていて、さっき手をついた木は見上げればとても大きい。幹の中に空の体がすっぽり入るどころか、幸生が二人くらいいないと腕が回らなそうな太さだった。

「やま……ここ、おくだったら、どうしよう」

山奥には怖いものが色々いるらしいことは、日常的に漏れ聞く話から想像できる。村人なら何とかなるような場所でも、空ではどうかわからない。

頼みの綱のフクちゃんと足下の草鞋をちらりと見て、それから空は大きな木の下にちょこんと座り込んだ。

立てた膝とお腹の間に、鳩くらいの大きさになったフクちゃんがもそりと乗り込んでくる。

「フクちゃん……にわとりくらいがいいな」

もう少し大きくなることをリクエストすると、フクちゃんはふわりと羽を膨らませ、むくりと大きくなった。

「ありがと！」

「ホピピッ！」

大きくなったフクちゃんの体は温かく、抱きしめると空を安心させてくれる。

温かく柔らかな羽に顔を埋めて息を吸うと、何だかお日様のような、あるいは乾いた穀物のような香りが微かにした。

そっとその羽の中に手を這わせると……中身の肉は残念ながら意外と硬い。

硬い肉をむにむにと摘まみながら、空は気を紛らわせるように食べ物の事を考えた。

（フクちゃんの唐揚げは、硬そうだな……唐揚げのお肉はやっぱり鶏がいいな……）

空が現実逃避にそんなひどい事を考えている事も知らず、フクちゃんは空を安心させようとピッピッと鳴いては首を擦り付ける。

「フクちゃんがいて、よかった」

「ピピッ！」

そう言って空が呟くと、フクちゃんも嬉しそうに高く鳴いた。

そんな風に一人と一羽がほわほわ和んだ空気を出して気を紛らわせていると、不意にすぐ傍でガサガサと木が揺れる音がした。空は座ったままビクリと体を震わせ、恐る恐る音のする方に顔を向けた。

音は空がいる小さな草地の外から聞こえてくる。身を低くして、木々の合間からそっと音のする方を見ると、大きな虫が一匹、近くの木に止まっているのが見えた。

「ひぇ……」

空は思わず小さな声を漏らしたが、慌てて口をパッと手で塞いだ。

虫の大きさは、多分夏に遭遇したカブトムシより少し小さいくらいに見えた。全体的に細長くて触角が長い虫だ。空は知らなかったが、それはカミキリ虫の一種だった。知っていたところで近づきたいとは絶対に思わなかっただろうが。

空が気付かれないよう息を殺して観察していると、今度は突然そのカミキリ虫の姿がかき消えた。

（えっ⁉）

びっくりして目を見張っていると、木々の間で何かもっと大きな物がごそりと動く。

空はそれを視界に入れた途端、さっと身を伏せてじりじりと木の陰に戻り、フクちゃんを抱えて身を丸めた。

（よ、よく見えなかったけど……多分、カエルだった！）

空が見たのはカエルっぽい姿の、軽自動車くらいの大きさに見える何かだった。それがもしゃもしゃとさっき木に止まっていた大きな虫を大きな口で食べていたのだ。

ひょっとしたらアレが大王アマガエルというやつだろうかと考え、空は身を震わせた。たとえアレが村人に容易く狩られ空の雨合羽になるようなカエルだとしても、今はただ恐怖だ。

（じぃじ、ばぁば……早く助けに来てぇ！）

半泣きの空が心の中で叫んだ途端、その願いが通じたのか草地の真ん中が突然ピカッと光った。

「わっ⁉」

「ピッ？」

驚いた空とフクちゃんが声をあげる。

一瞬の強い光はすぐに消え、一体何がと空が息を呑んで見つめていると、今度はさっき光った場所の少し上がチカチカと光り出した。

今度の光は一瞬ではなく、眩しくもないが不思議な形をしていた。

草地の上部二メートルほどの場所に丸い光が現れ、それが徐々に薄く伸びて板のように広がって行く。光る丸い板が浮いているような感じだ。そしてその板は光る二重の円と、その間を埋める記号のような文字のようなもので出来ていた。

（これは……魔法陣ってやつ？　え、魔法っぽくてかっこいいけど、何が……）

空は何が起こるのかわからず、できるだけ後ろに下がって木に背中を押しつけた。

魔法陣らしきものは、光りながら直径一メートル半くらいに広がったところでそれ以上大きくならなくなった。もう少し近くで見ようか、でも怖い、と空が逡巡していると、その下方から突然にゅっと人の腕が出た。

「……てって！　まだ準備が！　わ、おわぁっ⁉」

腕の次は肩が出て、頭が出て、そしてずるりと全身が出てきてどしゃっと地面に落ちた。

空はびっくりして、ぴっ！　とフクちゃんのような声を出して固まってしまった。

魔法陣から出てきたのは黒っぽい服装の男の人で、受け身も取らず地に落ちたせいで小さく呻いている。

「いって……いきなり蹴落とすとか……」

空はブツブツと呟かれた声を聞き、少し警戒を緩めた。相手はまだ地に伏して顔は見えないが、その姿にも声にも覚えがある気がしたからだ。

「あーくそ！」

空がじっと見守っていると、男はヤケを起こしたようにガバリと起きて立ち上がり、素早く周囲を見回した。そして、木の根元にうずくまる空と目が合う。

「……」

「……おにいちゃん？」

それは春の田植えで空に黒毛魔牛の肉十キロをもたらし、ついこの間の稲刈りのヌシ狩りでもち米を収穫（?）していた、伊山良夫だった。

「ええと……米田さんちの孫の……名前何だっけ?」

「そらです……こっちはフクちゃん」

空が小さな声で答えると、良夫は空とフクちゃんね、と呟いてからはぁ～と盛大なため息を吐いた。

「すぐ見つかったたし、無事そうで良かった……怪我は?」

「だ、だいじょぶ!」

「良かったぁ……これで俺が米田さんたちに半殺しにされずにすむ……」

良夫は空の前まで来るとしゃがみ込み、その体に怪我がなさそうなことを目視でも確かめると、安心したようにまたため息を吐いた。

「おにいちゃん、ぼくのこと、むかえきてくれたの?」

全く関係のない良夫が何故迎えに来たのか、と不思議に思いながら聞くと、良夫はうん、と頷いた。

「俺は今週の怪異当番で……ってもわかんねーかな。えーと、村人や子供たちに何か変な事とか困った事があった時に、探知したとこに飛ばされる役なんだけど……まぁ、とりあえずお迎えだよ。動かずに待っててくれて助かった」

そんな当番があるのか……と空は遠い目になった。そう言われて思い出せば、何か変なもののいたずらに遭っても、そういうものを見張る役目の大人がいるとヤナも言っていた気がする。きっとそれだな、と空は納得し、本当に見張ってもらえていた事がわかって安心した。

「さて、対象の無事を確認したとこで……ここ、どこだ？　あと、声小さいけど本当に大丈夫か？」

空の無事を確かめた良夫はまた立ち上がって辺りを見回す。周囲は巨木が立ち並ぶ森で、景色はそれらに遮られて見ることができない。

「おにいちゃんもわかんない？　あんね、さっきおっきなむしと、かえるがいたの……」

空が小さな声でそう言うと、良夫はカエルね、と呟き木々の向こうに視線を向けた。

「カエルは近くにいるが……アレは餌を感知する範囲は広くないから大丈夫だよ。それより景色が見えねーとなぁ。とりあえず奥山じゃなさそうだけど……木でも登るか……っ!?」

木々を見上げてそう呟いた良夫は、次の瞬間何かを感じてバッと振り向いた。その動作に空はビクッとして身を縮めた。

良夫が振り向いたのは自分が落ちてきた草地の中心だ。彼はそこをじっと見て、警戒している。草地には何も変化がないように空には見えていたのだが、しばらくすると良夫がふと警戒を緩めたのがわかった。

一体何が、と不思議に思って空が目を凝らすと、草地の中心に何か白い物があるのが見えた。その白い物は小さな丸いピンポン球のように見えた。しかし見ているうちにそれはムクムクと大きくなって、そしてポン、と可愛い音を立てて真ん中から弾けた。

「わっ……きのこ？」

弾けた丸い玉からでてきたのは、丸みを帯びたかさにフリルのついた細長い柄を持つ、真っ白なキノコだった。

それを見た良夫は体から力を抜き、一つ頷いた。

「良かった……ここはコケモリ様の森の入り口っぽいな。お呼びみたいだ」

「コケモリさま……？」

「そう。まだ会ったことないか？」

問われて頷き、それから空は考える。確か随分前にその名を聞いたことがある気がした。記憶の中から一生懸命その名前を引っ張り出す。

「まえに……やよいおねえちゃんが、あいにこいって、いわれたっていってた？」

「ああ……んで、まだ行ってなかったのか？」

「うん。ぼく、からだよわかったから」

それでか、と良夫は納得して頷くと、着ていた黒いパーカーのポケットから十センチ四方くらいの紙を取り出し、さらにペンを出して何かを書き付ける。

「コケモリ様が呼んだって事は、会うまで山から下りれないだろうから……伝言しとくな」

伝言が書かれた紙は二つ折りにされ、そこに良夫がフッと息を吹きかけると、紙は勝手に折りたたまれて折り紙の鶴の形になった。

「わぁ……」

「米田家の、雪乃さんとこに」

そう言って良夫が摘まんだ手を離すと、鶴がふわりと飛び立つ。木々の隙間を抜けて上へと昇った鶴はあっという間に見えなくなった。

「これでよし。じゃあ、行くか……ええと」

良夫は歩き出そうと一歩足を出してからふと立ち止まり、空を振り返ってその姿を足下から頭まで眺めた。

「小さいな……今、何歳？」

「さんさい！」

「そっか……じゃあ、山歩きは無理だな。ほら、おんぶしてやるよ」

空のサイズを見て、一緒に歩くのは効率が悪いし無理だろうと良夫は判断したらしい。空に背を向けてしゃがみ込み、後ろ手に腕を広げてくれた。

空はそれに目を見開き、自分の中の良夫の印象を新たにした。

実力はこの前の稲狩りで見てすごいと純粋に思っていたのだが、性格的には自分の祖母に悪態をつきつつも敵わない、今時のだるそうな若者という印象を持っていたのだ。

けれどこうして小さな子に躊躇わず背を差し出してくれる優しさを、良夫はちゃんと持っている。加えて、空のおだてに乗って頑張ってくれたり、面倒くさそうにしながらも村の当番をちゃんとこなして空を迎えに来てくれたりしているのだ。段々ただの良い人に見えてきた。

この村の人はやっぱり皆優しい、とありがたく思いながら、空は負ぶってもらう前に腕に抱えていたフクちゃんを差し出した。

「あの……フクちゃんもいい？」

「ん、ああ。それ、普通の鳥？」

「ううん、みけいしからかえった、しゅごちょー？　ちいさくなれるよ！」

「お、いいな、当たり引いたんだ？　珍しいな」

空がそう言うと、良夫は珍しそうにフクちゃんを眺め、それからいいよと頷いた。

フクちゃんは体を元のサイズに戻して空のパーカーのフードに潜り込み、空と一緒に良夫の背に乗せてもらった。

良夫は空を背負ってよいしょと立ち上がると、草地の真ん中にひょこんと立ったままの白いキノコへと近づき、それを片足でぷぎゅっと踏み潰した。

ぽふ、と軽い音と共にキノコから胞子がふわりと散り、それが風があるわけでもないのに森の奥へと飛んで行く。細い筋のようにたなびいた胞子はすぐに見えなくなってしまったが、良夫はそれが飛んでいった方向へと足を進めた。

空は良夫の肩越しに木々の間を覗いて声を上げた。

「わぁ、きのこはえた！」

薄暗い森の地面にぽつりぽつりと明かりが灯ったかのように、胞子が飛んでいった先で白いキノコが間隔を空けて次々に姿を現す。

「ああ。こいつが案内してくれるからな」

良夫は森の奥を見て、道案内のキノコが途切れずに続くことを確かめてから足を踏み出した。

トン、トン、と木の根を蹴るような軽快な歩調で、良夫は森を進んで行く。

薄暗い森は一人と一羽だけだと気味が悪く心細いばかりだったが、一人ではなくなった途端に空は景色を見る余裕を取り戻しつつあった。パーカーの中からはフクちゃんがピ、ピ、と鳴く声が微かに聞こえている。

行き先を示すキノコは大分先まで生えているようで、時間が経つにつれて少しずつキノコが大きくなってきたように見える。それを不思議に思っていると、もうちょいだな、と良夫が呟いた。

「もうちょいなの？」

「ああ。この道標のキノコが大きくなってきたからな。これがもう倍くらいにデカくなると、コケモリ様の住処だ」

「ふぅん……ね、おにいちゃん。コケモリさまって、なに？」

空が問うと、良夫はううん、と唸って少し考え込む。

「何って聞かれると困るな……何だろアレ。うーん……多分、キノコ？」

「きのこ……？」

「何つーか、まぁこの辺の山神っぽいのの一柱なんだけど……悪いもんじゃない。人が好きで、昔から村と仲が良い。山の恵みを分けてくれたり、山を統治して悪いもんが入り込まないように守ってくれてたりする、そういう何かかな……わかるか？」

「んと……いいかんじの、たぶんかみさま？」

「あー、そういう感じ」

神様がキノコだというのは不思議だったが、空は何となく納得できるような気もした。

空の乏しい前世の記憶の中で、世界で一番大きな生き物はキノコだという話を聞いたことがあったように思うのだ。森や山を一つ呑み込むほどに菌糸を広げ、群体を造るような存在に、魔素が宿ったなら。

それが意思を持つというのは何とも不思議な事だと思うが、そんな大きなものなら神と呼ばれても不思議ではないのかもしれない、という気もした。

「ぼく……たべられるきのこがすきだなぁ」

「まぁ、普通そうだろうな」

緩い会話を交わしつつ、進むごとに森は段々と深くなる。

道案内のキノコはさらに大きく育ち、今はもう五十センチくらいはありそうになってきた。

「きのこ、おおきい……」

「ああ、そろそろだ。ほら、周り見てみな。生えてるの、木じゃなくなってるだろ」

良夫はそう言って足を止めた。

驚いて空が上を見上げると、いつの間にか木々や葉が見えなくなっている。

「ひょえ……」

木々の代わりにそびえ立っていたのは、なんと同じくらい巨大なキノコだった。

「あれ……みんなきのこ？」

「ああ。こっからだと柄と裏のヒダしか見えないな。あっちに、もうちょい小さいのがあるぞ」

言われて右の奥を見れば、確かにもう少し小さいサイズのキノコから、低木のように低めの、それでも一メートルから二メートルくらいはありそうなキノコがひしめき合って生えている。

キノコたちは、色や形も色々だ。白い柄に赤いかさの絵本に出てきそうなものから、かさが網目になっている優美なもの、茶色くて艶のある細身のものや、何だか全体的に紫色のものなど、さまざまな種類があるようだった。

「きのこ……いっぱいだぁ」

何となく不気味だな、と思っていると、不意に良夫がぴょんと跳ねた。

驚いて下を見れば、いつの間にか足下にまでキノコが生えてきている。良夫は少しずつ大きくなるキノコの上に飛び乗り、ぼよんぼよんと揺れるそれらを器用に渡って奥を目指す。

道案内の白いキノコはいつの間にか群れに呑み込まれるようにして姿を消し、気付けば足下も周りも色とりどりのキノコでいっぱいだ。

良夫はさほど迷いもせず、背が低めのキノコが重なり合って造った道のような場所を進んでいった。

「よっと」

やがてそのキノコの道は唐突に終わりを迎えた。

最後の段差を掛け声と共に飛び越え、良夫は円形の大きな広場のようなところに降り立つ。ざわざわと風もないのにどこからかざわめきが聞こえ、良夫は注意深く周囲を見回しながら広場の奥を目指した。

今来た道の真正面の突き当たり、その広場の奥には、一際巨大なキノコがまるで建物のようにそびえ立っていた。見上げていると首が痛くなりそうな大きさに、空の口はもう開きっぱなしだ。

広場を進むと、その巨大なキノコの手前に一メートルくらいの高さの可愛いキノコが生えているのが目に入った。白い斑点のある赤いかさは丸く形良く、白い柄が真っ直ぐ伸びている。

さらにその少し前方には、まるで門柱のようにそっくり同じ形の細長く茶色いキノコが左右に一本ずつ立っている。そしてその二本のキノコの間に、上が平らで全体が白いキノコが下から順に重なり合うように生え、赤いキノコの舞台に続く階段のようなものを作り出していた。

良夫はその前まで行くと、しゃがみ込んで空をゆっくりと下ろした。

背中から下りた空は、足下の地面が少しばかりむにゅりと沈み、何だか不思議な感触がする事に気がついた。

（ひょっとして、これも大きなキノコ？）

広場を造るようなキノコとは、一体どのくらい大きいのだろう。

そんな事を考えていると、立ち上がった良夫が辺りを見回し、口を開いた。

「コケモリ様。いるんだろ？」

どこか苛立たしげな口調で良夫が問いかける。するとすぐに辺りの空気がゆらりと揺らぐ。

『いるとも、いるとも。よう来たな』

どこかから、まるで子供のもののような、随分と可愛い声が聞こえた。

近くから聞こえるようにも、遠くから響いたようにも思える、不思議な声。

その声がした途端、赤いキノコの天辺に、ぽ、と明かりが灯る。

その明かりはふわりと大きく広がり、そしてパチンと弾け、そこに声の主とおぼしき何かが現れた。それは、空が想像していたよりもずっと小さな姿をした何かだった。

現れたそれを見て、険しい顔をした良夫がキノコの階段に詰め寄る。

「よう来たなじゃねーよ！　コケモリ様、こんな小さい子無理矢理呼ぶとか、何考えてんだよ！」

『ぬっ⁉　呼んだけど、呼んだけど良い道を造ったぞ！　安全な道！　明るい、安全な道！』

「道の出口が手前過ぎんの！　三歳の子があっこからここまで歩けるわけねぇだろ！　おまけに先触れもなしで、米田さんたちめちゃくちゃ怒り狂ってたらしいぞ！」

『しっ、仕方ない！　米田のが来ないのが悪い！　仕方ない！　我、悪くない！　それに、主らのようなものがすぐ迎えに来るであろ⁉』

コケモリ様と良夫に呼ばれたそれは、自分は悪くない、と体をプルプル震わせた。良夫のような役の者が、すぐに子供の所に駆けつけるのも予想はしていたらしい。

しかし良夫は、それなら良いとは言わなかった。

「それでも、子供一人で水たまりに落とすことねぇだろ！　怖い思いさせて、可哀想じゃねぇか！」

『それは……怖い？　怖いのか？　米田の孫よ。怖かったか？』

空は唐突に声を掛けられ、驚いて目をぱちくりと瞬かせた。

実は空は全く別のことに気を取られていて、何を聞かれたのかよくわからなかった。なのでとりあえず聞き直そうと口を開いた――つもりだったのだが。

「ぼく、にものにはいってるのが、すきだな！」

「……」

『……』

良夫とコケモリ様は双方言葉を失った。コケモリ様は身の危険を感じたのか、何となく身を捩る。二人の反応を見た空は首を横に傾げた。今思っていた事がつい口から勝手に零れてしまい、空はちょっと焦って良夫を見上げた。

「あっ、えっと、しいたけのはなしじゃなかった？」

「いや……あのな、これはその……このコケモリ様は確かに椎茸に見えるが、椎茸じゃねえから。これは一応神様だからな？　……多分」

『我は椎茸ではないぞ！　ないったらないぞ！』

そう主張されて空は目を見開く。そしてもごもご体を揺らすコケモリ様をまじまじと見つめた。

コケモリ様は推定二十センチ。丸みを帯び、横に大きく広がる円形の茶色いかさに、太い白い柄。肉厚なかさの上には良い椎茸に現れるひび割れが綺麗に刻まれている。

確かに大きさは普通の椎茸より大分大きいが、全体的にはどう見ても椎茸だった。椎茸じゃないと言われても到底信じられない。

良夫と喋っているし動いているが、目も鼻も口もないただのキノコに見えるのだ。

「あっ、どんこってやつ⁉」

『違う！』

「ぼく、やいておしょうゆかけたのもすきだよ！」

『食うな！　食わないで！』

目をキラキラさせて言う幼児に、コケモリ様が身を震わせる。すると次の瞬間、白いものがひゅっと空の首元から飛び出した。

『あうっ⁉』

ビシッ、とコケモリ様に何かが当たり、椎茸が吹っ飛ぶ……かに見えたが、根元が赤いキノコにしっかりとくっついているので、ビヨンビヨンと激しく左右に揺れただけですんだ。

『痛い、痛いぞ！　何者だ⁉』

「ビッ！」

もちろん、コケモリ様に攻撃したのはフクちゃんだ。

フクちゃんはシュッと戻ってきてコケモリ様のいるキノコの上に降り立ち、体をぶわりと膨らませて身を低くし、ホピッホピッと勇ましく鳴いた。

そしてまたコケモリ様のかさをビシビシと突く。

『鳥⁉　痛っ！　いたた！』

「あー、空の守護鳥だって言ってたっけ。怒ってるなー」

良夫が棒読みで鳥の正体を教える。コケモリ様は柄をぐっと曲げてフクちゃんから逃れようとジタバタとかさを揺するが、根元がくっついているので逃げようが無い。フクちゃんの攻撃も容赦が無い。

「ビッ！　ビビビッ‼」

『わかった！　悪い！　我が悪い！　すまぬ、すまぬ！』

結局、コケモリ様がしおしおとかさをその場に伏せ、平謝りするまでフクちゃんの攻撃は続いたのだった。

「で……ええと、何で空を呼んだんだっけ？」

コケモリ様が平謝りすることしばし。

ようやく空とフクちゃんに許してもらったコケモリ様は、気を取り直してまたにゅっと柄を伸ばした。

空はといえば、フクちゃんを褒めて撫で撫でし、宥めている。

良夫にそう聞かれたコケモリ様は、空の方を見て頷いた。空には椎茸がぷるんと揺れたようにしか見えなかったが。

『おお、そうだった。用だ。もちろん用があるのだ。米田の孫よ、名を、名を聞かせよ』

「そらです！」

『空。空か。良き名だ』

「えへへ、ありがとう」

コケモリ様はしばし沈黙すると、今度は良夫の方にかさを向けた。

『奥森の翁が、予言した』

「奥森の翁？　あー、えっと、確か奥山の大樹に宿るヌシ……神様だったっけ。それが、予言？」

『米田の孫を見よと。見て、早う糸を結べと』

その言葉に良夫は眉を寄せ、難しい顔を浮かべる。空はその顔とコケモリ様を交互に見て首を傾げた。

「糸を結べってのは、契約しろって事か？」

『違う、違うぞ。我と契約するのは、幼子には無理だ。大人でも無理であろう。我は大きいゆえな』

二十センチの椎茸の姿は確かに椎茸としては大きい。

空がそんな事を思っていると、それが何となく通じたのかコケモリ様が空の方を見てブルブルと震えた。

『これは我の本体ではない！　ないのだぞ！　我はこの森、この山、その全てだ！　大きいのだ！』

「やま……」

空の脳内にきのこの山という言葉が浮かぶ。空はちょっとお腹が空き始めていた。

「それで、ええと、契約じゃないなら、糸ってのは？」

ずれた会話を良夫が軌道修正する。

『難しいことではない。些細な事だ。こうして顔を合わせ、魔力を少しばかり交換するだけだ。それで、縁の糸が結ばれる』

「縁……それがなんで必要なんだ？」

『わからぬ。わからぬが、翁は無意味な事は言わぬ。必要だというのなら、必要なのだ』

空にはその辺の事情はよくわからない。わからないと言えば、この村の全てがまだ全然わからないのだ。

ただ、コケモリ様は悪い神様ではないということなので、何か必要だというのなら別にそのくらい構わないかなと軽く考えた。

しかし良夫は難しい顔をしたまま、さらに問いかけた。

「そうは言っても、空はまだ三歳だし……大丈夫なのか？　ほんとに影響ないのか？」

『ないぞ。ない。村生まれの子は一つか二つで親が挨拶に連れてくるであろう。良夫もきたぞ。その時に我が同じように糸を結んだ」

「え、俺も？　いつ？」

「一歳か？　二歳になるかならぬかだ。良夫は大きくなったな。人の子の成長は早い」

どことなく嬉しそうな声でそう言われ、良夫は少しばかり恥ずかしそうに頭を掻いた。

『とにかく、それだ。それと同じだ。交換と言っても我が少し与えるだけだ。ほんのちょっと、我が印を付けるのだ』

「しるし……つけるとどうなるの？」

『我が空を捜しやすくなる。森や山で見つけやすくなる。我の領域に近い場所で何かあった時、菌糸を貸してやることが出来る』

「きんし」

（……手を貸してくれるって事かな……菌糸はちょっと遠慮したい表現だけど）

表現がきのこ的だ、と思いつつ、空はそのくらいならと頷いた。

難しい顔をしていた良夫も、コケモリ様が空を利用したいわけではなく、何かあったときに助けるために印を付けるだけという言葉に一応納得したらしい。

「それならまぁ……空、良いか？」

「うん。ぼく、どうしたらいいの？」

二人が納得したことに、コケモリ様はかさを左右に揺すって喜んだ。

『少し待て、少しだけ待て』

左右に揺れていたコケモリ様の動きが少しずつ細かくなる。激しく揺れる椎茸を空が面白く眺めていると、その動きはさらに細かく速くなり、椎茸がうっすらと光を帯びてゆく。

空は一体何が起きるのかとちょっとわくわくしながら見守った。


『んむむむ……ふむぅん！』


コケモリ様の気合いと共に、ぽこん、と音を立てて小さな椎茸が一つ生えた。食べるのにちょうどいい標準サイズだ。

『それを頭に。空の頭に』

「はいはい」

良夫は手を伸ばして生えてきた小さな椎茸をプチリとむしり取る。そしてそれを空の頭の天辺にそっと載せた。

空は椎茸を頭にのせられ、上を向きたい気持ちをぐっと堪えて動かずじっと待つ。

「どうかな……変な感じはしない？」

「んー……ちょっとくすぐったい？」

椎茸をのせられた頭の天辺がなんだかむずむずとしてくすぐったい。掻きたいというほどでもないのだが、そこから何かがじわっと空の中に入ろうとしているような、そんな感じがする。

『魔力が多い。多いが巡りが悪い。良すぎるところもあるな。ちと調整を手伝っておこう』

「えっ……うひゃ！」

頭の天辺からじわりと入ってきた何かが、シュルリと自分の内側を巡る感覚に、空は思わず跳び上がった。アリのように小さなものが服の下を歩いて行くような、そんなくすぐったさが全身を一瞬で通り抜けたのだ。

もぞもぞした感覚が気持ち悪く、空は思わず身を震わせて、その場でたしたしと足踏みをした。

「くすぐったい！」

『許せ。ほんのちょっとだし許せ。こら、突くでない！』

「ホピッ！」

空に何かしたと気色ばんだフクちゃんがキノコに上り、またコケモリ様をビシビシと突いてゆらゆら揺らす。

「大丈夫か？」

「うん、へいき……いまの、なぁに？」

『魔力の糸だ。細くて無害な糸！　害はないのだ！　そのうち馴染んで空のものになる！　空の魔力を導く助けをするだけだぞ！』

無害を主張するコケモリ様の言葉に、良夫は空の顔を覗き込んだ。

「コケモリ様が無害だって言うなら多分本当だろうけど……どっか調子悪かったのか？」

体が弱かったと言っていたこともあり、配慮が足りなかったかと良夫は心配してくれた。それに空は首を横に振った。

「ぼくね、げんきになって、ちからがつよくなって……それで、おはしとか、しょうじとか、いろいろこわしちゃった」

「あー、なるほど。小さい子にたまにあるやつか」

『もう心配ない！　我が調整したからもう大丈夫だぞ！　ゆっくり網ができるのだ。魔力の糸の網だ！』

「あみ？　それでだいじょぶになるの？」

『うむ！　偏りがなくなる！　偏らせやすくなる！』

よくわからない言葉に空が疑問符を脳内で浮かべていると、良夫がなるほどと言って頷いた。

「身体強化の調整がしやすくなるって事かな……本当に調整がしやすくなったかどうかは、帰ってから雪乃さんに見てもらう方がいいだろうけど」

「うん……わかった、かな？」

よくわからないが、とりあえず空は頷いておいた。そもそも身体強化というものがどういう原理なのかも、空にはまだよくわかっていないのだ。何故自分の力が急に強くなったり元に戻ったりするのかもさっぱりわかっていない。

もっと言えば、魔力の何たるかもまだぼんやりとしかわからない。

「ぼく、まりょくとか、よくわかんないんだ……」

空がそう呟くと良夫は目を見開き、少し考えてからそっと手を伸ばした。伸ばした手で載っていた椎茸を取り去ってぽいと放り投げ、空の頭を優しく撫でる。

「まだ三歳だろ？　それだけしっかりしてりゃすぐ分かるようになるさ。心配ないよ」

「うん……ありがとう！」

良夫の言葉に空は少し顔を明るくして頷いた。

「コケモリさまも、ありがとう！」

『良い。良いぞ！　これで水たまりに落としたのとあいこにしてくれ！　米田のにそう取りなしておいてくれ！』

「うん！　じぃじに、きのこひっこぬかないでって、ちゃんといっとくね！」

『ひっ！　頼む！　くれぐれも頼む！』

今更ながら米田夫妻の怒りが怖くなったのか、コケモリ様は椎茸の体をブルブルと震わせて何度も頷く。何度も頭を下げるように椎茸のかさをぴょこぴょこ動かした。

『そうだ、土産だ！　土産をやろう！　あと、我が眷属たちにも挨拶させよう！』

「おみやげ？」

空が首を傾げると、コケモリ様が突然かさをぐっと逸らして上向きに広げ、ぱふん、と胞子を振りまいた。

「ホピッ⁉」

傍にいたフクちゃんが慌ててさっと避けて空の所へ飛んでくる。

胞子はふわりと風にのり、辺りに広がって消えていく。すると、胞子が全て見えなくなったかという頃合いで、ざわざわと周囲が騒がしくなってきた。

小さな囁きや笑い声がふつふつと沸き立つように聞こえ、それがどんどん増えていく。空はちょっと怖くなってフクちゃんを抱えて辺りを見回す。すると、足下に小さなキノコが沢山生え始めている事に気がついた。

「きのこ？」

少し驚いて足を引こうとするが、気付けばぐるりと小さなキノコに囲まれていた。迂闊《うかつ》に足を出せば踏んでしまいそうだ。

仕方なくじっとして眺めていると、やがてその小さなキノコたちがぽこぽこと地面から抜け出て動き出した。

「わっ⁉」

動き出したキノコは、キャーキャーと声をあげながら空の足下に群がった。口々に何か言っているようだが、よくわからない。

空はそうっとその場にしゃがみ込み、小さなキノコたちをよく見下ろした。

『ソラ？』

『ソラ！』

『ちいさい』

『おおきい！』

『カワイイ！』

耳を澄ますと、皆空の事を見て空の話をしているらしい。空がそっと手の平を上に向けて差し出すと、小さな茶色いかさのキノコが一つ、ひょいと乗ってきた。

空が手を目の高さまで持ち上げてよく見ると、それがキノコではなく、茶色の帽子を被った小さな人形のような生き物であることが分かった。

顔は丸く、鉛筆で描いたような簡単な目鼻がついていて、ひらひらのキノコのかさを逆さまにしたワンピースに細い手足を付けたような姿をしている。

「きのこのようせいだ！」

足下に集《たか》るものたちもよくよく見れば、皆同じような姿をしていた。

被っているキノコの種類や色は様々だが、妖精っぽい感じがしてどの子も可愛い。空は何だか久しぶりにファンタジーっぽい可愛いものに会った気がして嬉しくなった。コケモリ様はただの椎茸だったので、ファンタジーから除外された。

「ようせいさん、かさがみんなちがう……おしゃれだね！」

『ほめられた！　ほめられた！』

『ソラもカワイイよ！』

『くりいろのカサがカワイイよ！』

空に褒められたキノコたちがキャッキャと喜んで跳ね回る。

『眷属よ、眷属らよ。空に土産をやってくれ』

コケモリ様がそう言うと、キノコたちは大はしゃぎでわさわさと集まり、いくつかのグループに分かれて再び散ると、距離を取って輪になって踊り始めた。

『なにがいい？』

『オイシイっていうやつ！』

『ドクがないやつ？』

『ヒトがよろこぶの！』

『たくさん、たくさん！』

楽しそうなキノコたちの踊りを、空は近くに行ってしゃがみ込んで眺める。キノコたちは口々にどんなのが良いか、おいしいのはどれかと喋ったり、ふんふんと謎の歌を歌ったりしながらぐるぐると回る。

すると、その輪の真ん中にポコポコと大きなキノコが生え始めた。

「わぁ……すごい！」

現れたキノコは輪によって違っていた。空でも多少は知っているシメジやマイタケ、ナメコなどの大きな株がむくむくと現れたり、真っ白でもっさりした塊のようなものや、丸っこいずんぐりしたものが一本ずつポコポコ生えてきたりと、色々だ。

中には、空でも知っているが食べたことのないものもあった。

「あ、これ……もしかして、まつたけ？　ぼくしってる！　たべたことないけど……」

サラリーマンのお財布には優しく無いそのキノコは、空の知識にはあるが口に入れた記憶はなかった。間近で匂いを嗅いだ経験すらなく、覚えがあるのは松茸風味のお吸い物の味くらいだ。

『はじめて？　はじめて！』

『いっぱいもってけ！　いっぱい！』

「わぁい、ありがとー！」


空とキノコたちがはしゃいでいる頃、それを眺めながらコケモリ様と良夫は少しばかり二人で内緒話をしていた。

「なぁコケモリ様。この先、村や山に何かおかしな事でもあるのか？」

コケモリ様は椎茸のかさを揺らし、少し声を潜めてさて、と呟きゆらりと傾いた。

『わからぬ。我にもわからぬ。翁が何を見たのかも我にはわからぬ。ただ……時が巡り、力が満ち、新しい風が吹けば、新しいものが生まれくる。我は、それではないかと思うておる』

「……村の周辺で、何か悪いものが生まれるってことか？」

『それはわからぬ。我らは善悪を決めぬ。定義せぬ。それは人のものだ。我らにあるのは理だけだ。あるかないか、食うか食われるか、やがて形を成し残るか否か。それだけだ』

難しい言葉に良夫は考え込む。コケモリ様はゆらゆらとかさを揺らして続けた。

『だが、我のように長く生きると、人と寄り添うと、それを理解する。理解して尊重する。だが、そういうものは多くない』

その言葉は実感としてよくわかり、良夫も頷く。

人ならざるものはこの村ではあちこちに当たり前のように存在してる。そうと知られたものも、知られないものも含めてその数はそれなりにいて、そしてその全てが人に友好的なわけではないのだ。友好的なものでも、時には相容れず争う羽目になることもよくある。

『意思を持ったものは同じく意思を持つものに惹かれる。それは理だ。我らは惹かれ合う。だが、その両者が出会った先が良き道に続くかどうかは、誰も知らぬことだ。恐らくは、翁でさえ』

「うん……難しいな」

『ゆえに、呼んだ。村に我の知らぬ子供の無きよう、我は空を呼んだ。子供は特に引っぱられやすいゆえな』

コケモリ様の意図を理解して、良夫はぺこりと頭を下げた。村の子供は皆、生まれた年にはアオギリ様に挨拶し、一歳や二歳くらいになるとコケモリ様のような近隣に住まう山神らと顔を合わせ、その加護を受けたり覚えてもらったりするのだ。

いつから始まったのか分からないような昔からの風習だが、それで助かった命が沢山あることを村人なら皆知っている。

『先の未来に、これから訪れる何かに、空が関わるかどうかはわからぬ。わからぬが、備えよと伝えよ。米田のに、それから他の村人にも』

「必ず、伝えます」

『恐れる事はない。ただ、畏れよ。備えは、今までと同じように欠かさず、これからも同じように』

「はい」

二人の視線の先では、松茸に埋もれた幼子が初めて本物の匂いを嗅いで、良いのか悪いのか分からないと笑っている。白い小鳥がキノコと一緒に追いかけっこを楽しみ、それを見てキノコたちも空もまた笑う。

人と、人ならざるものとの付き合いの理想のような姿に、コケモリ様も良夫も何だか気が抜けるような、救われるような気持ちでくすりと笑った。


山ほど貰ったお土産のキノコは、全て良夫が腰に着けていた魔法鞄にどうにかこうにか収まった。こんなに食べられるのか、と良夫は心配したのだが空は満面の笑みで言い放った。

「だいじょぶ！　きのこは、ぜろかろりー！」

「か、かろりぃ？」

カロリーという概念はまだこの村まで輸入されていないらしい。

「ばいばーい！」

「ホピピッ！」

『またねソラ！』

『またね！』

『またこい！』

コケモリ様にお礼を言って、キノコたちに別れを告げ、空はまた良夫に負ぶわれてコケモリ様の森を後にした。

帰り道は行きより早かった。コケモリ様が地面に新たなキノコをポコポコと生やし、それで輪を作って森の入り口まで道を繋げてくれたのだ。

一メートル半ほどの円を描いて生えたキノコは皆椎茸で、空は椎茸は貰わなかった……と物欲しそうな目で見て、『駄目だ、駄目だぞ！　造ったばかりの道を壊すな！』と怒られたりしたが、とりあえず無事に二人はコケモリ様の森を出る事が出来た。

最初に落ちてきた草地に出た事を確かめると、良夫はまた空を背負った。コケモリ様の山から村までは少し距離があるらしい。急がないと、空の家族が心配してるだろうと良夫は軽快に山道を下って行く。

山道を下る時に速度を出すと空が酔うかもしれないと速さは小走り程度だ。獣道のような細い道を進みながら、良夫はふと思い出したように顔を上げて空に声を掛けた。

「なぁ、空。お前、東京から来たんだろ？」

「うん、そうだよ」

「東京ってさ、どんなとこだ？　俺、この村からほとんど出たこと無いんだ」

良夫の言葉に空はううん、と考え込む。この村と東京は何だか色々違いすぎて、どう説明したら良いのか悩んだからだ。

「うんと……ひとがいっぱいで、たてものがいっぱいで、おうちははこみたいで……あと、はたけとか、たんぼとか、ないみたい？」

「へぇ……どこで食べ物作ってるのかな」

「まちのはじっこかなぁ。よくわかんない」

空の行動範囲はマンションと病院、たまに紗雪と行った近所のスーパーがせいぜいで、生まれ故郷と言っても知っている事はごく僅かだ。そう考えると、僅か半年ほど過ごしただけのこの魔砕村の事の方がもうずっと詳しくなっているのにふと気付く。

「ぼく……あんまりとうきょーのこと、しらないや……」

「まだ子供だもんな。体、悪かったんだっけ？」

「うん。まそすくないから、ぼく、ごさいになれないかもって、おいしゃさんいってた」

「ごさい……だからここに来たのか。そんなに魔素が少ないのか？」

「わかんない……でもここね、いきがらくだし、あったかいよ。ぼく、ここすきだよ！」

空がそう言って頷くと、良夫はそうか、と小さく呟いた。そのまましばらく沈黙した後、良夫はまた口を開いた。

「……俺も、この村は好きだけどな。けど、ここでこのままやってけんのかなぁって、ちょっと思ってるんだ。強くなったって、いつまで経ってもうちのばあさんにすら勝てねぇしな……」

「ぼくのばぁばも、つよいよ！」

「あー、米田さんちも夫婦してバカみたいに強いもんな……。ほんと、村の年寄りあんなんばっかだからなぁ」

魔砕村に限らず、田舎に行けば行くほど若者より年寄りの方が強いというのは、実はこの世界ではよくある話だった。長く生き残り、その分だけ魔素を多く吸収し、経験を積んだ者の方がどうしたって強いのだ。

ただ、時には若い頃から規格外の強さを見せる例外もいて、そういう者が出てくると触発されてその世代が皆実力者揃いになったりもする。この村ではそれが幸生の世代だった。

しかしそのせいで、その子供たちの世代は少しばかり自信が無く、気が弱い者が増えてしまった。紗雪のように、村を愛しながらも村の外へと向かう者も多かった。

その影響は良夫ら若者の世代にもまだ尾を引いているのだ。

「俺んちは村の雑貨屋でさ。昔は塩物屋で、行商……ってわかるかな。外に出て村の物を売って、代わりに塩なんかを仕入れてくる役目の家だったんだ。遠くまでの旅は危険が多かったから、一族皆強かったらしい」

良夫はまるで独り言のように、自分の家の話を語って聞かせた。

三歳児に何を喋っているのかと思わなくも無いが、何となく、自分の知らぬ遠い場所から来た子供に、聞いてほしいような気がしたのだ。

「いまはちがうの？」

「店はやってるよ。でも、隣村の向こうまで列車が通ったろ？　アレのおかげで行商はもうしなくて良くなっちまったんだ。今はもう、隣村まで買い付けの人が来るんだ」

便利になったよな、と呟く良夫の声には嬉しさはなく、どこか寂しそうだった。

「おにいちゃん、ぎょーしょー、したかったの？」

「うん……多分な。列車が来るまで、祖父さんや祖母さんが中心でしてたんだ。親父やお袋は店番しながら、行商の難しさや楽しさを俺にも沢山教えてくれて。だから俺も、行商で遠くに行ってみたかった……」

過去形で語られた夢に、空は内心で首を傾げる。ヌシと戦っていた良夫は、空の目から見れば十分な強者だった。自分の力で夢を叶える事が出来る人にちゃんと見える。

空はふと、今も自分の中にうっすらと残る前世の記憶について思い返した。

きっと空の前世の人も、どこかに行きたくて、でもどこにも行けないと思っていた青年だった。

箱に囲まれたような場所で暮らし、終わらない仕事に押しつぶされて、暗い窓の外を眺めて……テレビの映像や話でしか知らない田舎への憧れだけを募らせて。

そんな微かな記憶にたまに引きずられながらも、空は今こうして憧れの田舎にいる。

どうしてあの頃は、どこにも行けないと思い込んでいたんだろうと今なら思える気がした。

……まぁ、ここは別の意味でその憧れを打ち砕くような田舎だし、空はまだ幼児なので一人ではどこにも行けないのだが。

それでも、空の心はあの頃と違って自由だ。

空は子供の無邪気さを装って、小さな手で良夫の背中をぽふりと叩いた。

「おにいちゃん。じゃあ、いったらいいんじゃない？」

「え？」

「ぎょうしょうじゃなきゃ、とおくいっちゃだめなの？」

「行商じゃ無きゃ……」

その言葉に良夫が思わず足を止める。空は気にせずさらに口を開いた。

「そういうの、りょこうっていうんでしょ？　ぼく、うみ、みたことないんだ。おにいちゃん、あ
る？」

「いや、ないな……」

「ぼくね、げんきになって、おおきくなったら、いろんなとこいってみたいよ。おにいちゃんは？」

空の問いに、良夫は素直に頷いた。

「……うん。俺も、行ってみたいな」

「ぼくのまま、こんどあいにきてくれるの。ここに、ぼくのかぞくつれて、かえるって。おにい
ちゃんも、とおくいっても、かえってきたらいいとおもう」

「帰る……そっか、帰るか。行って、帰ってきたらいいのか」

「うん！」

旅行になるのか、行商や修行になるのか、それはきっとその先で考えたら良いのだ。

空もきっと、大きくなったら旅行もするし、食べ歩きや、まだ見ぬ食材を探して冒険もする。

「ぼくもね、おいしいものさがしにいくんだ！　うみのおさかなとか、じぃじとばぁばにおみやげにするの！」

「良いな、海の魚。この村に海の物は干物くらいしか入ってこないからな……」

「まほうで、どーにかならない？」

「なるかもな……そういうの考えるのも楽しそうだな」

良い付与のされた魔法鞄があれば、色々な物を外から持ってくることは可能だろうと思う。ただ生ものまで運べる物となるとそれなりの道具が必要なので、素材から集めて誰かに依頼する必要がある。

今までそれが行われていなかったのは、輸送効率や利益率の悪い物は自然と輸入品から除外されてしまうからだ。

そんな事を考えず、ただ村にない物や村の人が喜ぶ物を自分で探しに行くのは楽しそうだ、と良夫は思った。

「ざっかやさんにおさかながならんだら、ばぁばにかってもらうね！」

「うん……その時はよろしくな」

良夫は振り向かぬまま空に頷き、また歩き出す。

その足取りはさっきまでよりも軽いように思われて、空は少し嬉しくなった。

村の若者にもそれなりの悩みがあるらしい。

空は自分の頭に手を伸ばし、コケモリ様が縁の糸を結んでくれたという場所を何となく撫でた。

空だって、きっといずれ悩む時がくるだろう。外を目指して出かける日もあるかもしれない。

でも、帰る場所はきっともう、この村だ。

今日のように一つ一つこの土地と繋がる縁を増やして、どこに行ってもきっとここに帰ってくるのだ。

空はそんないつかを思って、にこりと微笑んだ。

「ぼく……おうちかえったら、しいたけやいてもらおっと！」

「えぇぇ……つよ……」


二人が山から村に戻ったのは、昼を少し過ぎた頃だった。

空を背負った良夫が村から山に入る道の登り口辺りに来ると、その周囲で何やら騒ぎが起きている事に気がついた。

何かと思いつつそのまま近づくと、騒ぎの中心はこれから討ち入りかと思うような物々しい格好をした幸生と雪乃の二人だった。二人とも、たすき掛けした着物に袴と手甲などを身につけ、頭には鉢金を巻いている。二人ともその格好に素手だが、武器が無い時こそ本気であると知られた幸生に、武器など必要としない雪乃のコンビだ。

悪い予感しかしない良夫は慌てて走って、騒動の中心に空を連れて乗り込んだ。

二人は空がなかなか帰ってこない事に業を煮やし山に入ろうとしていたのだが、あまりにも不穏な気配を漂わせていたため和義や善三、美枝などの友人やご近所さんに必死で止められていたのだ。

空がコケモリ様の所に行ったのは良夫からの連絡で分かっていたため、古くから村と付き合いのある山神を害されては困ると皆が必死で説得していた。そこに間一髪で空と良夫が帰ってきたというわけだ。

「もっ、戻りましたっ！」

「じぃじ、ばぁば、ただいま！」

「……空⁉」

「空！　ああ、良かった……！」

良夫の背からブンブンと手を振って空が呼びかけると、幸生も雪乃もすぐに空に気付いて走り寄ってきた。

背から下ろしてもらうと、すぐに雪乃が空を抱き上げて優しく抱きしめた。

「空、怪我はない？　怖くなかった？」

心配して涙目の雪乃に、空は元気よく頷いた。

「だいじょぶ！　びっくりしたし、ちょっとこわかったけど、フクちゃんもいたし！　あとすぐおにいちゃんがきてくれたから、へいきだったよ！」

「良かった……もう少しでコケモリ様の山を氷漬けにするところだったわ……」

「更地だった」

孫が関係すると理性を失いかねない夫婦の言葉に、周囲の人は皆冷や汗をかいた。

「コケモリさまも、しいたけ……じゃない、やさしかったよ！　おみやげいっぱいもらったの！」

空は慌ててコケモリ様の弁護をした。少し違う感想が交じったが、嘘ではない。二人に取りなしておくと約束したので、空はいっぱいキノコを貰ったと説明した。

その空の様子に雪乃は少し機嫌を直したが、それでもまだ少しばかり腹が立つらしい。

「空に優しくしてなかったら、むしって炭火焼きにしてるところだわ、まったくもう……！」

物騒な雪乃の言葉に、幸生もうんうんと頷く。

空が戻ってきて本当に良かった、良夫が連絡をくれて助かった……と周りの人は心から思った。

怪異当番だった良夫をさっさと行けと蹴り出したのは良夫の祖母のトワだったらしいが、本当に良い仕事をしてくれた、と皆が感謝する。

そんなやり取りをしていると、空のお腹が不意にキュゥ～と可愛い音を立てた。

そういえばそろそろ昼食の時間だし、今日は朝食後の散歩の時に攫われたため、十時のおやつも食べていない。

「ばぁば、おなかすいた……」

「大変、すぐに帰ってお昼にしましょ！」

「うむ！」

米田夫妻は周りにいた皆に一応礼を言うと、帰ろうと良夫に顔を向けた。

「良夫くん、良かったらうちでお昼食べていってちょうだい。大した物は無いけど」

「え、いえ……でも」

「礼だ。寄ってけ」

幸生にもそう言われ、良夫は少し迷ったが、空から預かった大量の土産のキノコのことを思い出して頷いた。

「じゃあ皆さん、失礼しますね。お騒がせしました」

止めてくれた人達に雪乃がそう言って挨拶すると、良いから早く帰って昼飯を食べさせてやれと皆快く見送ってくれた。

米田夫妻と空、良夫が連れだって帰る様子を見送りながら、皆が胸を撫で下ろしたのは言うまでもない。

「やべぇな、ありゃ。空が無事で良かったな……」

「まったくだ。良夫が当番で助かったぜ」

「雪乃ちゃんも、割と過激だから……」

空に関しては皆でくれぐれも気をつけよう、と村人たちは認識を新たにしたのだった。

「空！　空、無事だったか！」

家の近くまで戻ってくると、通りの向こうから声が聞こえた。

「ヤナちゃん！」

「空！」

ヤナは大急ぎで走ってくると、空の前にしゃがみ込んでその体や頬をパタパタと触って無事かどうかを確かめた。それから顔をくしゃりと歪め、泣きそうな顔で空をそっと抱き寄せた。

「空、すまんかった……！　ヤナが油断していたばっかりに、水たまりに落とすなど……空を怖い目に遭わせてしまうなんて！」

「だいじょぶだよ、ヤナちゃん！　ヤナちゃんのせいじゃないよ！」

空が一生懸命宥めるが、ヤナはひどく落ち込んだ様子で首を横に振った。

「いや、ヤナがしっかり手を繋いでおれば……ヤナがもっと強ければ……家付きでなければ、あの椎茸を八つ裂きにしに行けたのに！」

ここにも過激派がいた、と空は思ったがどうにか顔には出さなかった。しかし後ろにいる良夫はかなり引いている。

「こ、コケモリさま、やさしかったし、きのこのようせいさんたちとあそんで、たのしかったよ！」

「そうか？　それなら良いが……いや、だが次は、ヤナの目が黒いうちは無断で空を攫わせたりせぬからな！」

「ヤナちゃん、よろしくね！」

空がそう言ってヤナの首に手を回して抱きつくと、ヤナも嬉しそうに空を優しく抱きしめた。

すると空のお腹から、またキュルル、と可愛い音が鳴る。

「腹が減っておるのか？」

「うん。きょうおやつたべてないもん……」

「それは大変だ！　雪乃、帰るぞ！　ヤナも手伝うから、早く空にご飯を食べさせるのだぞ！」

「ええ、そうしましょ！」

慌てて駆け出す米田家一行を思わず見送り、良夫は帰りたいなぁととても思った。

しかし招かれたのに逃げるのも失礼かと迷ってしまう。仕方なく一行の後を追いながら、あの過激派な祖父母や家守に囲まれて平気な顔をしている空を、良夫はちょっと尊敬したのだった。


さて、そんな訳で昼食だ。

米田家に帰ってから、良夫が出してくれたお土産のキノコを使って、雪乃はさっと作れる料理を色々と用意してくれた。

マイタケの天ぷら、色々なキノコの味噌汁、シメジなどの炒め物。それと。

「まつたけごはん！」

刻んだ松茸をたっぷり入れた、混ぜご飯。

炊き込むには時間が足りなかったので、出汁でさっと煮て火を通した松茸を炊いてあったご飯に加えたものだが、空は大喜びだった。

空を迎えに行ってくれたお礼にと、食卓にはもちろん良夫も招かれている。

「いただきまっす！」

「いただきます……」

「はい、どうぞ」

「きっと美味いぞ！　空、たんと食え！」

「うむ」

空はさっそくご飯を口に運んだ。嗅いだことの無い、けれど不快では無い不思議な香りがふわりと立ちこめる。

「おいしい！　なんかいいにおい！」

「そう？　良かったわ。良夫くんも、沢山貰ったから、沢山食べてね」

「あ、はい。美味しいです」

きのこ汁を一口啜り、良夫が顔を綻ばせて頷いた。

色々な種類のキノコがたっぷり入り、ナスや油揚げも加わって、具沢山でとても美味しい。

空はマイタケの天ぷらをシャクシャクと食べ、ご飯を食べ、きのこ汁に入ったつるっとしたキノコやシャキシャキするキノコを楽しみ、ご飯をお代わりし、バター醤油で味付けられた炒め物を食べて、ご飯を食べた。

大人と同じ量以上のご飯が小さな体にするすると吸い込まれて行く様に、隣にいる良夫がちょっと引いた顔をしているがそんな事には気付かない。

何を食べても美味しいし、キノコはゼロカロリーなのでいくら食べても良いのだ。もっとも、たとえ高カロリーだったとしても空は何一つ遠慮などしなかっただろうが。

一通り味わってご飯を二回お代わりしたところで、空はふと顔を上げた。

「ばぁば、ぼく、しいたけのやいたの、たべたいな！」

「え……マジだったのか」

コケモリ様に会った後に椎茸を食べたいと言う空の図太さに良夫はちょっと怯え、同時に思わずまた尊敬した。この図太さを見習いたい、とつい思ってしまう。

「あら、せっかく松茸を沢山貰ったのに、松茸じゃなくて良いの?」

「それはまたにする! いまはコケモ……しいたけがいい!」

「わかったわ。椎茸ならご近所さんに分けてもらったのが沢山あるからちょうどいいわね。良夫くんも食べる?」

「い……いただきます」

とりあえず良夫は、多少でも見習うために自分も挑戦してみることにした。

村で栽培している椎茸は、肉厚で味が良いのは知っている。もちろんコケモリ様とは無関係の、普通の椎茸だ。

採り頃を一日でもずらすと逃げ出していなくなる、という特性があるが、ごく普通の椎茸だった。

「炭火はちょっと時間がかかるから、また今度ね」

柄を切られ、逆さにされて焼かれていく椎茸を見て空はわくわくし、良夫は何となく目を逸らす。

遠い山で、コケモリ様が身震いをしているような気がしたが……焼いて醤油を垂らした椎茸は美味しかった。


キノコ尽くしの昼食を終えた後。

空は大きなあくびを一つすると、電池が切れたようにくたりとテーブルに突っ伏して動かなくなってしまった。ヤナが慌てて持ち上げてみると、すやすやと安らかな寝息が聞こえている。ただのいつもの散歩が急に大騒動に変わってしまって疲れたのだろう。

布団を敷いて空を寝かしつけ、幸生たちは良夫に、山で何があったのか詳しく話を聞いた。

「そう……コケモリ様が、そんなことを」

「害意はなく、ただ何かに備えるために早く縁を結ばねばと焦れたみたいでした」

「それにしたって、もう少し呼び方というものがあるのだぞ！　けしからんのだ！」

目の前で空を水たまりに攫われたヤナがプンプンと怒る。

その気持ちがよくわかる雪乃もうんうんと頷いた。

「どうも、あの道で呼ぶのを子供が怖がるとか思ってなかったらしくて……小鳥に突かれて謝ってましたよ」

「そうなの？　成り立ちが人じゃないとそういう機微に疎いことはあるけど……長い付き合いなのに、困ったものねぇ」

「たまにめちゃくちゃ喜ぶ子供もいるらしいんで……そういうのもあるのかも」

確かに村の子供の中には水たまりに落ちるのが好きで、わざと踏み込んで遊ぶ猛者も稀にいたりする。

しかし都会育ちの空と、そういう例外を同じと思わないでほしいところだ。

だが良夫はどうか穏便に、と頭を下げた。

「縁を結ぶのも早い方が良かったらしいですし……その、コケモリ様も反省していたので、出来れば穏便にお願いします」

「わかったわ。文句を言いに押しかけたりするのは止めておくわ」

確かに、縁を結んだことで空の今後の危険が減ったり、力の調節が上手くいく可能性があると聞けば、誰もがそれ以上は怒れなかった。

「コケモリ様ってひょっとして、今までも山の守りだけじゃなく、子供たちの力の調節なんかにも手を貸してくれてたのかしら？」

「そういうの、米田さんたちも知らないんですか？」

「うちで子供を連れて行ったのなんて、紗雪だけだもの。紗雪の時はそんな話は出なかったと思うんだけど……もう三十年くらい前だし忘れちゃったわねぇ」

もうそんなにも時間が経ったのだと苦笑する雪乃に、良夫も納得して頷いた。

「村は、意外と色んなものに守られておるからな。そうと知られぬ事もあるのかもしれないぞ」

ヤナのように範囲の狭い守り神もいれば、それよりもっと力が強く、友好的ではあっても得体の知れないものもいるのだ。

「それにしても、備えよ……か」

「その話も、後で村内で回しておかないといけないわね」

何を警戒し、何を備えたらいいのかもはっきりしないが、無視するわけにはいかない。

外を見れば山の上空にゆっくりと雲が広がりはじめている。

「……午後は雨ね」

雪乃が呟いた言葉は、どことなく重くなった部屋の空気の中、静かに響いた。

五　隣村へ行く

山が少しずつ纏う色を変えはじめた、そんな頃。

朝晩は随分と涼しくなったが、幸い秋晴れが続いて気温は安定していた。

そんな日を見計らって、雪乃は朝食の席で空に声を掛けた。

「おでかけ？」

「ええ、お隣の村に、空の冬物の服を見に行きましょう」

雪乃の提案に空は首を傾げた。空は春にここに来た当初から比べるともう十センチ以上背が伸びている。けれど田舎に来る時に兄の樹のお下がりを色々と持ってきていたので、すぐに何か必要というわけでもないと思っていたのだ。

「おさがりのふく、あるよ？」

「でもあんまり沢山じゃないでしょう？　少し買い足して、それから今ある服にも何か魔法を付与してもらおうと思って」

「まほう！　ふよ！」

それはちょっと心躍る提案だ。

「出来上がった布物に魔法を掛けるのが得意なお店が、隣村にあるのよ」

「できてるの……できてないのにもかける？」

「そうね。強い魔法を付与する時は、材料の段階から掛けるわね」

村では服一つとっても、材料を作ったり狩ってくる者、糸を紡ぐ者、布を織る者、服を作る者、そして最後に魔法を掛ける者と、専業の家や得意とする人がいるらしく、細かく分業になっているのだという。

「何でも全部を一人では出来ないし、出来ても大変でしょう？　だから皆でちょっとずつ頑張るの」

そうして作られた村の製品は丈夫で強く、ここでの生活に当然適している。

最近は外から入ってくる既製品も増えたが、それらもある程度の付与を施してから着るのが当然らしい。

「物に魔法を掛けるのって、色々あって、得意不得意がけっこうあるのよねぇ」

「ばぁばは、ふよ、とくいじゃない？」

「そうなのよ。魔力の質とか色々関係するんだけど……ばぁばの魔法は物に掛けてもどうしても長持ちしないのよ」

「そうなんだ……ふしぎ！」

「ふふ、不思議ね」

空は村人が物を作っているところをまだあまり見たことがない。空が知る職人は善三くらいだが、彼が作業をしているところもまだ見せてもらったことはなかった。

幸生は農作業や力仕事以外は全く不得意らしく、雪乃は料理は得意だがそれ以外は冬にたまに編み物をするくらいだと教えてくれた。

だから幸生や自分が着る服は、他所で作ってもらって付与もしてもらうのだという。

「この辺の人が着ると、付与なしの服はすぐ破れちゃうのよ」

「じぃじもすぐやぶりそう……」

「もちろん、あっという間よ！」

そう言って笑い合った後、空はふとこの前から時々考えていた事を、一つ思い出した。

「あんね、ばぁば……まえにもらった、かぶとむしのつの、あるよね？」

「ええ、あるわよ。押し入れに入れてあるわ」

そう、空は夏にカブトムシに攫われた時、フクちゃんが倒したそのあとに残った角をもらって持っているのだ。勇馬が拾って、謝りに来た時に空の物だと渡してくれたからだ。

しかし自分の身長と同じくらいある巨大な角を当然ながら空は持て余し、押し入れにしまったまま一度も出したことはなかった。

「あれでね、ぼく、つくりたいのがあるの」

「あら、何かしら。カブトムシの角は鎌よりも刀なんかに向いてるんだけど……」

ちょっと空には早いのではないかと思いつつ、雪乃は寝室の押し入れに向かい、そこからカブトムシの角を持ってきてくれた。

「はい。持ってきたわよ」

「ありがと、ばぁば！」

空の前にどさりと角が置かれる。改めてみてもやっぱり長く太くて、空は夏の騒動を思い出してちょっと身震いした。その前ではフクちゃんが自分が倒したカブトムシの角を見ながらうろうろし、どことなく自慢げに胸を張る。

「空はこれで何を作りたいの？」

雪乃が問いかけると、空は黒光りする角をじっと見つめ、その天辺を指さした。

「あんね、ここの、ふたつになってるとこ、ここにごむみたいなのつけて、どんぐりとかとばしたいの！」

「ここにゴム？　それで、ドングリを？」

「うん！　ぐーってひっぱったら、ぱちんてなるでしょ！」

空が身振り手振りで説明すると、雪乃も納得いったらしくてなるほどと頷いた。

「投石器みたいなものを作りたいって事なのね？」

「とーせきき……うん、そう。そういうの、やってみたい！」

パチンコとかスリングショットとか、もうちょっと別の言い方があるような気がしたが、とりあえず意図は伝わったので空は頷いておいた。

「じゃあそういう加工が得意なお店も隣村にあるから、行ったらお願いしましょうね」

「うん！」

空は最近ちょっと考えていたのだ。

先日コケモリ様に魔力の調整とやらをしてもらってから、空は無闇に物を壊すような事が確かにほとんど無くなった。逆に、ちょっと固い箱の蓋を開けたいなどと思えば無意識で力が強くなって上手に開けられるようになったりと、細かい調整が急に上手くなったのだ。

そうなると嬉しくなってコケモリ様をちょっと見直したのだが、同時に少し物足りなくもなった。力が少しばかり強くなっても、相変わらず空はこの村では無力な存在に変わりはない。傍にはいつもフクちゃんがいるし、水たまりに落ちるような事が無ければ家の近くからは離れないのだから心配は少ないのだが、それでも何か自分自身にもう少し安心できる要素が欲しいと思ったのだ。

かといって鎌だの剣だのといった刃物はまだかえって危ない気がする。

空でも扱えそうで、ついでに何かの訓練にもなりそうな物はないかと色々考えて、その結果、スリングショットに行きついたという訳だった。

「ぼくね、どんぐりいれる、ちっちゃいいれものもほしい」

「そうね、じゃあそれも探しておくわね。ドングリも拾いに行かなくちゃね」

「うん！」

孫が食べ物以外の物を強請るのが珍しくて、嬉しくなった雪乃は二つ返事で請け負ってくれた。

そんな訳で、空はカブトムシの角を持って隣村にお出かけすることが決まったのだ。

そして、お出かけの日。

キヨちゃんが引っ張るバスに乗ってやって来た隣の魔狩村は、魔砕村とはまた違った造りの村だった。

山間にある村の敷地は広く、その中心には住宅や村の施設が密集していて、それを高い壁がぐるりと囲んで守っているのだ。

もちろん田んぼも畑も沢山あるのだが、それらの多くは壁の外に造られていた。有事の際には壁の中で籠城出来るように備えた村らしい。壁の外側には何と壕《ほり》もあり、そこに架けられた橋も上げられるようだ。

近隣の村からの避難も想定に入れているということで、そこそこ大きな病院や色々な商店、外から来る人のための宿泊施設などもあるらしい。

空はバスの中から高い壁や壕、跳ね橋を物珍しく眺め、そして壁の中の賑やかな様子に目を見張った。

通りは魔砕村よりも広く、家々は土地の節約のためか縦に長い造りの物が多い。宿や役場、商店も縦に長かった。

大体の建物が平屋かせいぜい二階建ての魔砕村とはそこも違っていた。

低い山を一つ越えただけなのに随分と色々と違っていて、空には見るもの全てが物珍しい。

しかし目当てのお店について早々に、空はほんの少しだけ後悔した。

女性の買い物は長い、という普遍の法則を、雪乃と買い物を始めた途端身をもって知る事となったのだ。

（都市伝説だと思ってた……）

そう思っていたということは、空の前世の誰かは多分モテない男だったのかもしれないということなのだが、そこからはとりあえず目を逸らしておく。

「これなんかどうかしら？」

「よく似合うけど、もう少し大きくしたらどう？　子供なんてすぐ大きくなるでしょ」

「そうね、じゃあこれの一つ大きいのにするわ。付与はどうしようかしら」

「防寒着だし、軽い防御と耐水あたりかね。斑熊の毛皮を裏打ちしてるから地の防御力も結構あるし、暖かいから防寒はいらないと思うよ」

「防御も草鞋がすごくてあんまり必要なさそうなんだけど……でも念のためお願いしようかしら」

雪乃は空の服をあれこれと買ってはそれに付与する魔法について、服屋のお店の人と相談を重ねていた。

この店に並んでいるのは外から来た既製品の洋服と、それを真似てこの村で作られた洋服だ。子供服も種類が多く、雪乃はその中から主にこの村で作られた丈夫な物を選んで手に取っている。空に服を当てては首を傾げたり頷いたり、店のおばさんと相談したりと忙しい。

持ってきた何枚かのお下がりの服は最初に出して、生地が丈夫になる魔法の付与を頼んである。しかしそれ以外の新しい服には色々拘りたいらしく、なかなか話が先に進まないのだ。

服自体を丈夫にするような魔法や、体温の調節を助ける魔法、風邪などをひいたりしないよう健康を保つ魔法などなど……色々詰め込もうと一生懸命な雪乃を止める術を空は持たない。空に出来るのは大人しく服を当てられる台座になることだけだ。

(よく眠れる暖かいパジャマはちょっと嬉しい……)

魔法が掛かっていなくても空は毎日よく眠っているので、それが必要なのかどうかはいまいちわからないが。

魔法の付与はすぐにこの場でするものではないらしく、後で作業して終わったら届けてくれるのだという。そうなるとその作業を見ることが出来るわけでもなく、空の興味を引くことはなくなってしまった。

早々に買い物に飽きた空は、今日も静かにお供してくれていたフクちゃんを膝に乗せてもみもみしながら、二人の話が終わるのを良い子で待った。

しかし雪乃と店のおばさんの長い相談は、空のお腹がぎゅるるる、と鳴りだすまで続く事となったのだった。


「美味しい?」

「うん!」

空はお椀に取り分けてもらった親子丼をもりもり頬張りながら笑顔で頷いた。

まだお昼には少し早い時間だったが、雪乃は空を連れて村にある食堂で食事を取ることにした。

空の為に頼んだのは大盛りの親子丼と、汁代わりのラーメンだ。空はそれをニコニコと嬉しそうに交互に食べていく。もう外で箸やスプーンを使ってもへし折ったりしないのが嬉しくて、食が進む。

フクちゃんにはあんまり味が染みこんでいなさそうな米を何粒かあげた。さすがにフクちゃんに鶏肉と卵はどうかと思ったのでその部分は避けておく。

雪乃は自分が頼んだ山菜ソバをさっさと食べ終え、空のお椀にお代わりを盛ったりとせっせと世話を焼いてくれる。それを見て食堂のおばさんが笑顔で話しかけてきた。

「雪乃さん、お孫さん？　可愛いねぇ」

「ええ、そうなの。療養のために預かってるのよ」

「そらです！」

「元気だねぇ。うちのご飯はどうだい？」

「すごくおいしい！　ばぁばのごはんとおんなじくらい！」

空がそう言うと雪乃もおばさんも笑みを浮かべた。

「よく食べてくれて嬉しいよ。良かったらこのお稲荷さんもどうぞ」

「ありがとう！」

「あら、良いの？　どうもありがとう」

空は大きな五目のいなり寿司を二つおまけしてもらい、喜んでそれもペロリと平らげた。子供ってお得だ、といなり寿司を食べながらしみじみと思う。

さて、お腹がいっぱいになって元気が出たところで、次は空が頼んだ用事だ。

ちょっと眠くなった目を擦りつつ、空は雪乃と一緒に村の鍛冶屋のような店にやって来た。

「わぁ……どうぐ、いっぱい」

店に入るなり、空は壁を見上げてぽかんと口を開けた。

店の壁には一面に、鍬や鎌、鋤などの農具から、鉈やのこぎり、斧や包丁まで、色々な刃物や道具が所狭しと並んでいたからだ。壁から吊されているものもあれば、中が見えるようにガラスを張った木箱の中に並んだ、精密な工具や刃物もある。

店の奥は工房へと繋がっているようで、そちらからカンカンと何かを叩く音がしてくる。

その手前のカウンターには厳ついおじさんが立っていて、何か小さな物を磨く作業をしていた。

「こんにちは、槌山《つちやま》さん」

「いらっしゃい……って、米田さんか。こないだの大鎌はまだ出来てねぇよ」

槌山と呼ばれたおじさんは視線を上げて雪乃の顔を見ると、笑いながら首を横に振った。

「あら、それは幸生さんか和義さんが受け取りに来ると思うわ。私は別の用事なの」

「そりゃ珍しい。包丁でも欠けたかい？」

「違うのよ。この子、うちの孫で空って言うんだけどね」

「こんにちは、そらです！」

空が挨拶すると槌山は厳つい顔を意外にも人懐っこくくしゃりと崩して、よろしくなと笑って言った。

「空が作ってほしい物があるんですって。材料はこれなんだけど……」

よいしょ、と雪乃が背負っていたナップサックからにゅっとカブトムシの角を取り出す。

いつ見ても物理法則を無視した光景だが、空ももう慣れてそれを見守った。

槌山はカウンターに置かれたそれを見て感心したように頷いた。

「こりゃあ立派な角だな。大物だったろうに……坊主が狩ったのかい？」

「ううん、ぼくのしゅごちょーの、フクちゃんがたおしたんだよ」

「そりゃすごいな！」

槌山は空が指さした、その肩にのる小鳥を不思議そうに見てそれからまた角に視線を戻した。

「じゃあこれで何か作りたいって話なんだな。刀……はまだ早いと思うがどうすっかな。鎌はクワガタの方が良いしな。これだと、長めの鉈とか小太刀なんかも子供には人気だぞ」

槌山の提案に空は首を横に振り、雪乃が角の上の部分を指さした。

「まだ大きな刃物は早すぎるわ。そうじゃなくて、この上の部分で投石器を作りたいらしいのよ」

「投石器？　どんな感じのもんだ？」

「この二股の先にゴムみたいな何か伸びる素材の紐を掛けてもらって、それでドングリとかを飛ばしたいんですって」

雪乃が空の希望を説明すると、槌山はしばらく考えて納得したように頷いた。

「この分かれてるとこの下で切り取って、上を使う訳か。珍しいな」

「みんな、ここどうするの？」

「バラして一つずつ小刀にしたり、角を丸ごと使って、刺叉《さすまた》とか二股の槍みたいなのを作るのが多いかな。いらねぇって捨てちまう子も多いよ」

空はそれを想像してみて、やはり首を横に振った。

一体どんな魔法でこの角を刃物にするのかはちょっと知りたいが、それでもやはりまだ早い気がする。大きな刃物など前世でも持ったことがないのだから、せめてもう少し大きくなってから挑戦したかった。

「やっぱり、ぱちんってなるほうがいい」

空が言うと、槌山も頷いてくれた。

「じゃあそうしてやるよ。まだ手も小さいから持てる大きさに本体を加工して、握りを付けて、あとゴムじゃ素材として弱いから……ナガアシ大イナゴの足の腱を加工したやつを紐にするかな」

(名前を聞くだけで遭いたくなくなるイナゴだ……)

「それ、のびる?」

「うんと伸びるし、反動も強い。あと丈夫だぞ」

「じゃあ、それで……あとね、ここのごむのまんなかに、どんぐりあてるとこ、つけてほしいです」

ゴムの中心に革か何かで弾を支える為の部品を付けてほしい。

それを身振り手振りで懸命に説明すると、槌山は空の希望を取り入れて簡単な絵を描いて見せてくれた。

「こんな感じか?」

「うん!」

「お願いできるかしら？」

雪乃が聞くと槌山は大丈夫だと言って頷き、空の頭をわしゃわしゃと撫でる。

「二、三日ありゃ出来るな。仕上がったらバス便で送るから、何か直してほしいところがあったらまた来るか、連絡して送ってくれ」

村のバスは定期的に魔狩村と魔砕村を巡回しているので、配達も請け負ったりしてくれるのだ。

「ありがとう。お幾らかしら？」

「金は……まぁ加工賃と、ちびっと腱がいるくらいだからな。大した額じゃないが後で計算しとく。次にこっちに来たときに払ってくれりゃいいから」

「良いの？　じゃあお願いするわね」

「おねがいします！」

「おう、任せときな！」

槌山に見送られ、ブンブンと手を振って空はお店を後にした。

並んでいた道具はどれも丁寧に作られていて、美しく、かっこよかった。

いつかもう少し大きくなったら、ここでもっと違う道具を作ってもらえたらいいなと空は思う。

「じぃじのくわも、ここの？」

「ええ、そうよ。この前じぃじが壊した、和義さんの大鎌もね」

鎌江ちゃんもこの工房生まれだったらしい。今作られているという新しい鎌にもやっぱり名前が付けられるのだろうか。

「ぼくもおっきくなったら、くわつくってもらお」

「あら、くわでいいの？」

「うん！　じぃじとおそろい！　はたけで、おいしいおやさいつくる！」

「良いわねぇ、楽しみね」

「うん！」

そんな話をしながら二人でさらにお店をいくつか回る。

空は本屋さんでちょっと文字の多い絵本を買ってもらい、おもちゃ屋さんではパズルを一つ買ってもらった。

空は前世の記憶がうっすら残るせいで精神年齢は少しばかり高いのだが、肉体に引きずられているせいか、遊び道具や本はまださほど難しい物を好まない。字は読めるのだが集中力が続かないし、楽しく感じないのだ。

本当は図鑑なんかを買ってもらえば知識も増えるし良いのではと思うのだが、空はまだこの世界の現実を一度には知りたくなかった。心臓に悪いので、出来れば小出しにしてほしい。

（……僕は神童とかは目指さないから、絵本で良いのだ）

子供でいられるうちは全力で子供でいよう、と空はにこにこしながら絵本を受け取った。

魔砕村では売っていない調味料や食材、日用品などを買い込み、今日の買い物は終わりを迎えた。

お惣菜屋さんで大きなメンチカツをおやつに買ってもらって、広場のベンチでバスを待つ。

フクちゃんは疲れたのか空のパーカーのフードの中で眠っているようだし、メンチカツは食べないだろうから起こさなかった。

揚げたてのメンチカツは衣はザクザクで肉汁がたっぷりで、とても美味しい。食べ歩く人が多いのか味付けは少しだけ濃いめで、ソースがなくても十分だった。

空は自分の顔の半分ほどもありそうなメンチカツをはふはふと頬張り、幸せそうにふにゃりと笑み崩れる。

柔らかいメンチカツを両手で持っても、もううっかりぎゅっと握って四散させる事も無かった。空は改めて力の調節をしてくれたコケモリ様に感謝しながら、メンチカツに齧り付いた。

「おいひい……」

「良かったわ。それでお家まで持ちそう？」

「うん、だいじょぶ！」

空の体の燃費の悪さを雪乃はよく知っていて、こうしてこまめに間食をさせてくれる。

空を預かってから確実にエンゲル係数が跳ね上がっただろうに、全く気にした様子もなく好きなだけ食べさせてくれるのだ。

それに加え、今日も空の為に色々とお金を使ってくれて、空はそのことに感謝すると同時に、少しばかり申し訳なく思う。

「ばぁば……ぼく、いっぱいたべて、こまらない？」

「全然困らないわ。よく食べて、空は良い子ね！」

「でも……ばぁばに、いろいろかってもらっちゃった」

　空がそう言うと雪乃は目を丸くして、それから声を上げて笑った。

「空ったら、そんな心配してたの？　もう、本当に良い子ねぇ！」

　孫に懐の心配をされていたと知った雪乃はくすくすと笑い、それから財布を出して中に入っていたお札を一枚見せてくれた。

　それは空の知らないお札だった。空の知る日本銀行券よりもカラフルで、ぱっと見た印象は他所の国のお金のようだ。

　額面は壱万円と書いてあるが、アオギリ様を思わせる龍が描かれていた。東京でちらっと見たことのあるものともまた違う気がする。

「これはこの地域で使えるお金なんだけど……村から依頼されたお仕事をしたり、農作物を納品したりすると役場からもらえるのよ」

　なんと、この村周辺には独自の地域通貨が流通しているらしい。

「じぃじとばぁばは強いから、頼まれる仕事がいっぱいあるんだけど……二人だとあんまりお金使わなくって。だからいっぱい余ってて、もっと使ってくれってよく言われてるのよ。空が来てくれて、使い道が増えて嬉しいくらいだわ」

　米田家は何年も夫婦二人だけだったし、自分たちで野菜も作っているし、作っていない作物や果物などの入手は物々交換で済ませてしまう。そのため生活費は大してかからなかったらしい。それ以外の費用といえば、せいぜい東京の紗雪宛に米や荷物を送るくらいにしか使わなかったという。

「ままがもってたのと、ちがう?」

「違うわね。ママが使ってるお金はここではそのまま使えないのよ」

「なんでちがうの?」

「一緒にしようっていう話はあったんだけど……なんて言えばわかりやすいかしら。都会と田舎では、色々すごく違いすぎて……一緒に出来ないっていうのが正しいのかしらね?」

空に分かるかどうかは置いておいて、雪乃が説明してくれたところによると。

そもそも物の価値が都会と田舎では違いすぎるため、通貨での取引が色々と難しいらしい。

田舎民にとって都会の物で魅力的な品はさほど多くなく、都会民にとっては田舎の豊富な魔素を含んだ様々な産品は喉から手が出るほど欲しい。

そこに大きな齟齬《そご》があるため、都会の金を流通させても田舎民はそれを使わない。

そうするとただの紙切れになってしまうので受け取りを拒否されるなどということもあって、統一する事ができなかったのだという。

結局、都会と田舎間の商売は、様々な嗜好品や調味料などを主として田舎でもかろうじて求められる物との物々交換に近くなっているらしい。

そしてそれとはまた別に、田舎での労働や生産物の価値を共通化してわかりやすく管理する為に、独自の地域通貨が造られた、ということらしかった。

「むずかしい……」

「空なら、ちゃんとそのうち分かるわ」

理屈は理解しているのだが、世界観を理解するのが空には少々難しいのだ。

とりあえず、外から来た人は広場の片隅にある両替所で地域通貨を手に入れるのだという事は理解した。

さっきからその建物に時々、ちょっとイキがった感じの若者たちが吸い込まれては出て行くというのを繰り返している。多分アレが外から来た人達なのだろう。

彼らは一様に、この辺りではちょっと見ない大げさな防護服っぽい服やプロテクターを身につけ、かっこいい剣や槍などの武器を持っていた。

「あのひとたちが、そとのひと？」

「そうね。探索者とか冒険者とかって自称する人達ね、多分」

「じしょう……むらにきて、なにするの？」

空の質問に雪乃は困ったように笑う。

「この辺の物はそこらに落ちてる石ころでも魔素を沢山含んでいて、都会に持って行くとそれなりに価値があるのよ。そういうのを持って帰って、お金を稼ぎたいのね」

「もってかえって……そういうの、いいの？」

空はビックリしたが、仕方ないのだと雪乃は頷いた。

貿易の均衡を考えると、魔素資源の取引量は大体毎年一定で、都会からの要請があっても急激に増やしたりはできない。そこで例外的に、都会から来た探索者などが個人の裁量で手に入れた物を持ち帰る分は許可する、という取り決めになっているのだ。

その為、近年都会では田舎に行って活動出来る探索者を増やそうと、若者たちを冒険に誘う様々な施策やキャンペーンが盛んに考えられているらしい。

「勝手にその辺の物を持って行くような真似をされたら困るでしょう？　だから外の人が入って良い場所をちゃんと決めて、勝手に木を切らないとかそういう決まりを守ってもらって、そこで手に入れた物なら持って帰ってもいいってことにしてるのよ」

その地域には帰らずの山だとか試練の谷だとかいうかっこ良さそうな名前を付けて、若者たちをそれとなく誘導しているらしい。

実際は周辺に比べて弱い動物や植物しかいない場所を選んで、さらにキャンプが出来るように結界付き広場や水場を造ってあげたりと整備した、大変優しい場所らしいが。

それでも都会の人にはやはり危険なので、ライセンスで村への出入り自体をきちんと管理し、さらに決まりを破れないようにする精神誘導をこっそり掛けているのだと雪乃は教えてくれた。

そういう配慮をした上で村人たちは、一生懸命己を鍛えて都会からやって来た若者たちの冒険を温かく見守っているのだ。

「まぁ、村にとっては、特に何もない山の草を刈ってくれたり、ちょっとした害獣を駆除してくれたり、石を拾って山道を歩きやすくしてくれたりするから……」

外から来るちょっとしたお手伝いさんとして受け入れられているらしい。

動物などは腐るので村で買い取りしたり駆除代金を払い、それ以外の石や草などは個人が持って帰る事を許されている。もちろん、村にとってさほど価値のあるものは最初から落ちてはいないし、彼らは村人が使うような魔法の鞄は持っていないので、何か手に入れても持ち帰る事が出来る量はたかが知れている。

「そんな物でも、都会に持って行くと良いお金になるらしいわよ」

都会って面白いわね、と雪乃は笑う。

空はそれに頷きながら、ちょっと遠い目で彼らを見つめた。

（夢があるってこれか……いや、夢、あるの？）

お手伝いをして、ゴミを拾って帰っただけで金になるなら……ある意味夢があるのかもしれない。

メンチカツの最後の一口を大事に味わい、空は去って行く若者たちの背を見送った。

空は気付いていなかった。

子供たちが拾って宝物にしている身化石や、カブトムシの角、秋になるとその辺に落ちているドングリなども。

それらには彼らが拾う石ころよりずっと価値があり、都会に持って行くと多分かなりのお金になることに。

けれど今のところ都会に帰る予定のない空にとっては、特に関係のない話なのだった。

六　秋のお客様

秋も大分深まり、少しずつ天候が崩れる日が増えてきた。

村の冬支度は着々と進み、村の倉庫や家々の倉はどこも冬用の保存食で一杯になりつつあった。

米田家の裏の倉も例外ではなく、分配された米や夏や秋に収穫した芋やかぼちゃ、雪乃が作った漬物やジャム、婦人会で作って分けられた干物など、様々な食材が溢れている。

空は時々雪乃にくっついて倉を覗いては、その充実ぶりに嬉しそうな笑みを浮かべた。食べる物が一杯あるって素晴らしい、とにこにこご満悦だ。

さて、そんな風に村の備蓄がたっぷり増える頃、村を訪れるものたちがいた。


空はその日軽い鼻風邪をひいていて、念のため日課の散歩もお休みして家でのんびりしていた。

気温が急に下がったせいかくしゃみと鼻水が出て、朝からどうもすっきりしないのだ。

はっきりした熱もないし寝ているほどの体調でもないので囲炉裏に火を入れてもらって、暖かな部屋で絵本を読んだり、積み木やパズルをしたりと家の中で出来る遊びをする。

積み木は幸生が村の木工職人に端材で作ってもらって、プレゼントしてくれた物だ。

色々な形の積み木でトンネルや家を作って、フクちゃんが通れるかどうか試してもらうのが空の最近のお気に入りの遊びだ。フクちゃんの羽やお尻が引っかかって崩れてしまうこともあるが、それはそれで面白い。

フクちゃんも嫌がらず付き合ってくれるので、空は家の中で退屈しないで済んでいた。

囲炉裏の部屋でそんな事をして遊んでいると、不意にカラカラ、と玄関の扉が開く音が聞こえた。

「ごめんくださいー」

次いで、小さな挨拶の声。少し高い、女性の声のように空には聞こえた。

空は顔を上げて部屋を見回し、雪乃もヤナも部屋にいない事を確かめると、代わりに声を上げた。

「はーい！　ばぁばー、おきゃくさんだよー！」

「はいはい、ありがとう空。どなたー？」

空の声に雪乃が台所から顔を出し、パタパタと部屋を出て玄関へと歩いて行く。

客と顔を合わせた途端、嬉しそうな声が上がった。

「あら、猫宮さん！　こんにちは、久しぶりねぇ。もうそんな時期？」

「こんにちは、雪乃さん。今年はちょっと早めたんさね」

雪乃と客の親しげなやり取りに、空は気になって障子を開けてちょっとだけ顔を出した。

しかし見えるのは雪乃の背だけで、お客さんの姿は見えない。

背の低い人なのかなと思って見ていると台所からヤナもやって来て、雪乃の隣に並ぶと二人に声を掛けた。

「今年も来たのか、猫の。うちにはいらぬと毎年言っておろうに」

「おやおや、相変わらず心の狭い家守だこと！」

ヤナの軽口に、相手はケラケラと笑い声をあげた。

空は我慢出来ずに部屋から出て玄関に向かった。ヤナの後ろからひょいと顔を出すと、玄関とお客の姿がようやく目に入った。

「あら？　可愛い子がおるね！　雪乃さんの子かい？」

「ふふふ、まさか！　紗雪の子なのよ。空っていうの。空？」

雪乃が空に挨拶を促しているのは、頭の隅でかろうじて理解できた。しかし空には目の前の存在が理解できなかった。

「空？　どうした？」

ヤナに顔を覗き込まれ、のろのろとそちらに視線を向ける。それからもう一度客に視線を戻し、空はパクリと口を開いた。

「ね、ねこ……しゃべってる！」

その言葉に雪乃たちは不思議そうに顔を見合わせた。

猫宮さんと呼ばれた客は、その名の通り（？）猫の姿をしていた。体はちょっとふっくら丸めで、けれどきりっとした小顔の、綺麗な猫だ。濃い灰色の縞模様が背中や頭の上の方まで綺麗に描かれ、顔の大半やお腹、そして足先の毛は真っ白で、見るからにふわりとして柔らかそうだった。

後ろ足で立ち上がり、流暢な言葉で喋り、背にはすらりとした二本の尻尾が揺れている。

「都会の猫は喋らぬのか？　この辺の猫は年頃になると皆うるさく喋るぞ？」

ヤナの言葉に空は一瞬気が遠くなる。しかしぐっと堪えて、自分に言い聞かせた。

（ね、猫くらいで驚いちゃ、多分ダメなんだ……ヤモリも龍も河童もいて、キノコだって喋るんだから……！　ね、猫なんて、きっと普通なんだ……！）

すうっと深呼吸をして、気を取り直すと空はできるだけの笑顔を作った。

「こんにちは、そらです！」

「……なるほどねぇ。いやぁ、良かったさね雪乃さん、こんな可愛いお孫さんと暮らせて」

「ふふ、ありがとう、猫宮さん」

囲炉裏の傍で雪乃と猫宮が楽しそうにお喋りをしていた。

せっかくだからお茶でも、と雪乃が猫宮を招き入れたのだ。お茶として猫宮に出されたのは、作り置きして冷蔵庫に入っていた鰹出汁を薄めたもので、お茶請けは小さく割った煮干しである。

空は猫宮がそれを飲むのを雪乃の隣に座って見ながら、さっきからそわそわしっぱなしだ。

実は空は前世でも今世でも、猫や犬を飼ったことがないのだ。ペット禁止のアパートやマンション住まいしかしたことがないから、猫や犬は遠くから見るだけの存在だった。

猫が喋るという驚きから立ち直れば、あとはその柔らかく愛らしい姿がひたすら気になる。

猫宮の大きさは、空が何となくこのくらいが標準かなと思う普通の猫より少し大きめな気がした。毛は短いが毛並みは美しく整い、ふわふわと柔らかそうで触ってみたい。ピコピコと時折動く三角の耳も、ゆらゆらしている尻尾も、ちょこんと揃えられた前足の先の段差まで可愛い。

憧れのアイドルを前にした人のように空がそわそわチラチラと見ていると、すぐ隣にいるフクちゃんが何となく不満そうに体を膨らませ、ホピホピ鳴いて牽制している。

（浮気じゃないから！　ちょっと気になるだけだから！）

フクちゃんを捕まえてちょっともみもみして心を落ち着けようかと考えていると、出汁を入れたお椀から顔を上げて口元をペロリと舐めた猫宮が、不意に空の方を向いた。

「触ってみるかい？」

「えっ、いいの⁉」

人語を解す猫を撫でたいというのは、もしかしたら失礼なんじゃないかとすごく我慢していた空は、その提案に思わず飛びついた。

「背中なら構わないよ。他は勘弁しておくれ」

「うん！」

許可をもらって、猫らしい姿で座っているその背にそっと手を伸ばす。丸い背中に触れると、想像以上に柔らかくて温かかった。

「わぁ……さらさらだ！」

滑らかな毛の感触が手に気持ち良い。空は上から下に優しく滑らせるように何度も撫でた。

何度も撫でていると何か低い響きの不思議な音が聞こえて、首を傾げると猫宮がくすりと笑う。

「アタシの喉だよ。気分が良いと鳴るのさ」

「のど……これが、あの！」

空が感動していると、猫の背を撫でている手の下に何かがぎゅっと割り込んだ。

驚いて手元を見れば、フクちゃんが小さな体を手と毛の隙間に無理矢理入れようとジタバタしている。

「ビッ、ビビッ！」

「ふ、フクちゃん……ええと、フクちゃんもかわいいよ！」

浮気を咎められた男のような気持ちを味わいながら、空は慌ててフクちゃんも撫でた。

撫でながら何となく視線を感じて横を見れば、不満そうに頬を膨らませたヤナがじっと空を見ていた。

「や、ヤナちゃん？」

「……別に悔しくなどないぞ！　そんな手入れの面倒くさい毛皮など、ヤナの鱗に比べればまったく艶も足りぬしな！」

「おやおや。長生きしている癖にヤキモチと負け惜しみはみっともないよ。まぁ、仕方ないさね。アンタの鱗は夏には良いけど、やっぱり秋冬は毛皮じゃなくちゃねぇ」

「ぐっ……や、ヤナの鱗は冬でも魅力的なのだぞ！」

「ホピッ！　ホピピッ！」

そこにフクちゃんが体を鶏くらいに大きくして参戦してきた。

空は急に来てしまった人生初のモテ期に戸惑いつつ、左手でフクちゃんを抱えてもみもみし、右手で猫を撫で、背中からヤナに抱え込まれるという贅沢を束の間味わったのだった。

そんな騒ぎも一段落し。

空はおやつに栗あんが入った蒸し饅頭をもらって頬張りながら、雪乃と猫宮のお喋りにまた耳を傾けた。

「そういえば今年は早く来たって言ってたけど何かあったの？」

「いや、まだ何も。ただ、近々大きな嵐が来ると予想したんさね。やり過ごしても道が荒れりゃあ下りて来づらくなるだろう？」

「あら、台風？　時季外れだけど、たまにあるのよねぇ。気をつけなくちゃ」

「ああ、畑や果樹に気をつけた方が良い。ひげがピリピリして落ち着かなくて困るよ」

そう言って猫宮は顔を洗う仕草を見せた。空は口の中の饅頭をゴクリと呑み込み、それから雪乃に声を掛けた。

「ね、ばぁば。ねこさん、むらにすんでないの？」

「ええ、そうよ。猫宮さんは猫居村に……山の中に猫だけが住む村があってね、この辺の猫たちは普段は皆そこに住んでいるのよ」

「ねこの、むら……!?」

何という魅惑的な場所なんだろうと空は目を丸くした。

言われて考えてみれば、この村に引っ越してから空は猫を見たことがなかった気がする。

猫だけの村というのがどんな風なのか想像がつかないが、猫好きにとっては夢のような場所なのかもしれない。

「どんなふうにすんでるの？」

目を輝かせて質問する空の姿に猫宮がくすりと笑い、尻尾をゆらゆらと揺らす。

「そりゃあアタシらは猫だからね。家は風通しの良い丈夫な小屋をこの村の大工に頼んで建ててもらって、あとは割と気ままに、適当に狩りや子育てをしながら暮らしてるさ」

「へ～！　なんでずっとここにいないの？」

「そりゃあアタシらには野生の矜持ってもんがあるからね。ここいらで暮らそうっていうなら、それなりの強さが絶対に必要だ。それを失わないために外で暮らすんだよ。人に飼われて弱い猫になるのを、アタシらは良しとしないのさ」

確かに、虫や草でさえ油断出来ないこの土地で暮らそうと思ったら、強くなるか庇護されるかしかないだろう。猫たちは庇護を選ばなかったということに、空は素直に感心した。

「あと……ねこさんたち、なんでしゃべれるの？」

そう聞くとまたくすりと笑われる。

「じゃあ坊ちゃんは、何で喋れるんだい？」

「え……んと……ぱぱとままが、おしえてくれたから？」

「それと同じさ。アタシらもそういうのを、村で暮らしながら親に習うんだよ。まぁ、一族の最初の猫がどうやって喋れるようになったかは、伝わってないから知らないけどね」

「そうなんだ……」

（ファンタジーだ……！）

などと思いつつ、空は何となく納得して何度も頷いた。

「猫宮さんたちは春夏はその村で暮らして、秋になるとこの村に来るのよ」

「むらでなにするの？」

「出稼ぎってやつかね？　雪が積もれば獲物も探しにくくなるしね。村の食料庫が一杯になりゃ、鼠やら虫やらが出やすくなるから、そういうのを狩る代わりに、暖かい家に一冬置いてもらうのさ」

「えっ、じゃあ、ねこさん、もっといっぱいきてるの⁉」

「ああ。村の全員が一斉に山を下りて、あちこちの家に分かれて世話になるんだよ」

猫たちがぞろぞろと隊列を組んで山を下りてくる姿を想像し、それを見たかった、と空は残念に思った。きっとすごく可愛かったに違いないと、想像するだけで和んでしまう。

「大体、家一軒につき、一匹や二匹世話になるかね。今年生まれた子供がいる親猫なんかは、家族で面倒見てくれる馴染みの猫好きのとこに行ってるはずさ」

「ねこさんは、うちにくるの？」

空が期待を込めて尋ねると、猫宮は煮干しを囓りながら首を横に振った。

「残念ながら、今日は雪乃さんに顔見せに来ただけだよ。ここんちにはそこのトカゲがいるからねぇ」

「ヤナはヤモリだぞ！　空、この家はヤナが守っておるから、猫又なんぞ招かなくても鼠も虫もおらんのだぞ！」

「ホピピッ！」

ヤナがそう言って空をきゅっと抱きしめてゆらゆら揺らす。フクちゃんも、ふくふく担当は自分だとばかりに胸を張って高らかに鳴いた。

「ねこまた……？」

「ふふ、猫宮さんは猫居村の長老なのよ」

そういえば尻尾が二本だった。空は今更ながらそれが意味するところに気付き、思わずぽかんと口を開けた。

「まぁアタシもタダ飯もらうのは性に合わないからね。家守の邪魔はしないさ」

「今年はどこにいくの？」

「ああ、ここのお隣の、美枝さんとこに招かれてね。そこで世話になるつもりさ」

「あら……美枝ちゃんのところに？」

「アキちゃんち？　じゃあ、あいにいってもいい？」

「空〜！　猫又に惑わされてはいかん！　空にはこんなに可愛いヤナとフクがおるのに！」

「ホピピッ！」

「ど、どっちもかわいいよ！　でもあのその、ね、ねこは、きっとべつばらなんじゃない!?」

ヤナとフクちゃんに責められておかしな言い訳を必死でしていた空は、雪乃が首を傾げ、僅かに顔を曇らせたことに気付かなかった。

猫たちが村に来てから数日後。

鼻風邪もすっかり治り、空は日課の散歩を再開した。

ヤナと一緒に手を繋いで家を出て、今日もお隣さんのある方向へと向かう。

「山でも良かろうに」

「こっちがいいの！」

渋るヤナを引っ張るようにしてお隣の矢田家の前までくると、日当たりの良い石の門柱の上に目当ての姿が見えた。

「ねこみやさん、おはよー！」

「ああ、おはようさん。今日も散歩かい」

「うん！」

猫が香箱座りで日向ぼっこしている姿は和む。

猫宮が米田家を訪ねてきたあの日以来、村ではあちこちで猫の姿を見るようになった。日向ぼっこしていたり、散歩していたり、見かける度に空はほっこりと和んでいる。

米田家の周辺で一番近い猫の居る家は当然お隣の矢田家になるので、そこまで行って猫宮の姿を眺めるのが、空の散歩の新しい楽しみになった。

手を繋ぐヤナがむぅっと頬を膨らませていることや、フクちゃんが忘れられないようにと羽を頬に擦り付けてくることからそっと目を逸らし、空は日に照らされてキラキラしている猫毛を今日もニコニコと眺める。

すると、不意に横合いから、ワン！　と吠える声が聞こえた。

「えっ」

慌てて振り向くと、なんとそこに一匹の犬が立っていた。頭から背中にかけて薄茶の毛に覆われ、顔から胸、腹にかけては真っ白い、黒い瞳がつぶらな犬だ。

「……しばいぬ？　うわあ、かわいい！」

シャキッとした立ち姿と愛嬌のある顔がとても可愛くて、空は思わず満面の笑みを浮かべた。

そういえば犬を見るのも今世では初めてではないかと気づき、なおさら嬉しくなる。

空が見つめているとその柴犬はとことこと空の元にやって来て、空をじっと見るとぺこりと頭を下げた。

「こんにちは！」

「……しゃべった⁉」

ちょっと高めの男性のような声で犬に挨拶され、空は仰天した。

あわあわと周囲を見ると、ヤナが落ち着くようにと頭を撫でてくれる。

「猫が喋るのだから、犬が喋るのも普通なのだぞ？　都会では、犬も猫も喋らぬのかの？」

「う、うん、しゃべらないよ……こ、こんにちは、いぬさん。えっと、びっくりして、ごめんね？」

「いいよー。米田さんちの子だろ？　何か遠いとこから来たって聞いてたよ！」

犬は空の体に鼻先を近づけてふんふんと匂いを嗅ぎながら、気さくな口調で許してくれた。

「ぼく、そらだよ。よろしくね！」

「空ね、匂い憶えたよ！　オレは犬居村のゴロだよ。よろしくなー！」

元気の良い挨拶と、人懐っこそうな顔立ちに空の頬も緩む。半開きのゴムパッキンのような口と、そこからちょろっと出た舌が可愛い。

ゴロは尻尾をブンブンと振って、空の周りを楽しそうな足取りでぐるぐると回った。

目の前に来た茶色い背中にそっと手を伸ばすと、猫よりも硬いけれどふわりとした毛が手のひらをくすぐる。パタパタ動く丸まった尻尾が可愛くて、手を伸ばしたけれど、それはするりと躱された。

「猫どもに続いて犬らも、もう村に来ておるのか。やはり嵐か？」

「そー。長がそう言ってた！　オレら雷苦手だからさー、大急ぎで駆けて来たよ」

「いぬさんたちは、どこにいるの？　みんなのおうち？」

「オレらは田亀さんとこで世話になってるよ！」

そう言われて空はなるほどと頷いた。

田亀さんは村のバスを引く巨大な亀、キヨの飼い主だ。

確かに、魔獣使いの家だという話だったから、動物に慣れているのだろう。

「田亀さんとこは大きな小屋があるさね。猫も何匹か世話になってるよ」

猫宮が独り言のように呟くと、ゴロも頷く。

「オレらは小さいの以外は、寒くても外で良いんだけどな！　冬の間はあそこで世話になって、こうやって村の警備と、狩りの手伝いをするのさ！」

「へぇ……すごいんだねぇ！」

犬たちも冬の間は魔砕村に出稼ぎに来るということらしい。

春夏は犬だけの村で、やっぱり犬らしく暮らしているんだろうかと想像すると何だか和む。

空はその村もいつか見てみたい気持ちになった。犬好きにとっても、きっと夢のような村だろう。

「ねこむらに、いぬむらかぁ……いぬさんたちは、どんなくらししてるの？」

「オレらの暮らし？　オレらはえーと、狩りと狩りと、あと狩り……？　何かこう、野性的？　うん、野性的な暮らしってやつ、してるんじゃない？」

「やせいてき……」

それを聞いた途端、前世の動物ドキュメンタリーで見たような、ちょっとモザイクを掛けたいような野生動物の食事風景がふと脳裏を過る。

見てみたい気持ちがしゅっと消え失せ、空は思った。

（うん。犬村は止めておこう……）

そう心に刻みつつ、目の前の可愛い存在の背を撫でることは止められない。

空はその背を何度も撫でさせてもらい、おまけにピコピコ動く耳やふかふかの顎の下まで触らせてもらって、大満足でゴロと別れた。

「いぬさんのこや……みにいけないかなぁ」

呟いた声に、ヤナがちょっと頬を膨らませ、フクちゃんが体を膨らませる。するとそれを見てくふく笑っていた猫宮が爆弾を投げ込んだ。

「冬になって雪が降ると、犬らが引く橇《そり》が村を走るよ。乗せてもらったら良いさね」

「いぬぞり⁉」

「あっ、こらそんな余計な事を！　空が風邪をひいたらどうするのだぞ⁉」

ヤナが怒るが、猫宮は前足を舐めてのんびりと顔を洗った。

「あら嫌だ、体が小さいと心も小さくなるのかねぇ」

「くっ！」

「ホピ……！」

本体が小さい二匹（？）が悔しそうに唸る。

空は犬が去って行った方をじっと見つめて聞かなかった事にして、その自分を巡る謎の争いから全力で目を逸らした。まだ見ぬ冬に新しい楽しみが出来た事を喜びつつ。

七　トンボ、襲来

猫や犬たちのヒゲ予報の通り、村に季節外れの台風がやって来た。

村ではその助言に従って作物の収穫を早めたり、添え木や覆いを取り付けたり、外にあった植木鉢や農具をしまったりと数日間忙しかった。

今日はいよいよ風が吹き、雷が鳴って雨も降ってきたので皆家の中に入っている。木で出来た雨戸まできちんと閉めた家の中は昼でも夜のようで、どの家も朝から明かりを点けて過ごしている。

空はこの前隣村で買ってもらった絵本を眺めながら、不安げな顔を浮かべて閉め切られた窓の方を見た。

雨戸がガタガタと風に揺れ、激しい風雨が家に叩きつけられる音が絶え間なく聞こえている。時折雨戸の僅かな隙間から雷光が漏れ、次いでどこかに落ちたような激しい音が響いて、その度に空はビクリと首をすくめた。

「大丈夫よ、空。この家は丈夫だから」

「うん……」

「そうだぞ、空。ヤナの結界が少しだけだが風雨を弱めているし、風で木や物が飛んで来てもそれは防げるし、心配することはないのだぞ？」

「そうなの？　ヤナちゃんすごい……」

そうは言いつつもそれでも音は激しいので、その外は一体どんな状況なのだろうと思うとやはり不安になる。

「アオギリさまは、そういうのしないの？」

村全体を守るような事はしないのかと空が問うと、雪乃もヤナも首を横に振った。

「そういう事はしないのよ。これも自然の摂理だから」

「うむ。出来なくはないがやらないのだぞ。無理に嵐の道をねじ曲げるような真似をすれば、必ず後でしっぺ返しが来るのだ」

「しっぺがえし……ってどんなの？」

何だか怖くなって聞いてみると、そんなにすぐにそうと分かるものでもないとヤナは笑った。

「例えばこれから大雪になるかもしれないし、あるいは来年日照りになったりするかもしれない。もっと何年も先に思わぬ影響が出て、それがそうだと気付かないこともあるかもしれないのだぞ」

「そうね。それに、ずっと何もなく穏やかだったら、きっと私達は備え方を忘れてしまうわ。そうして出来た隙がもとで、いつかもっと大きな事故が起きたりするかもしれないわね」

それは確かにありそうで、空も納得できるたとえ話だ。

うんうんと頷くと、すぐ隣にいた幸生が手を伸ばして空の頭を優しく撫でる。

「大分昔の話だが……他所の土地で台風の通り道を土地神が曲げて逸らせたら、それが来るのを楽しみにしていた近くの土地の龍に怒鳴り込まれて、神同士で大喧嘩になって村が半壊した事があったらしい」

「え、こわ……」

そっちの方が台風より遙かに恐ろしい。

そんなしっぺ返しの可能性があるなら、台風くらい大人しく備えて迎えた方が確かにずっと良いだろう。

「今年は猫宮さんたちが教えてくれたし、ちゃんと備えてあるから大丈夫よ。だから今日は大人しくお家で遊んでましょうね」

「うん！」

そのあと空は雪乃と絵本を読み、幸生とヤナと一緒にパズルをしたりして楽しく遊んだ。

風雨の音は、いつの間にか気にならなくなっていた。


次の日。

台風は一晩で通り過ぎ、台風一過の秋晴れの下に空は満面の笑みで飛び出した。

「はれた！」

風はまだ少し強いが、歩くのに支障があるほどではない。

さっそく空はヤナと一緒に裏庭に行ってみた。

「わぁ……」

裏庭の畑は流石に結構荒れていた。

風で散った木の葉が地面を埋め尽くす勢いで広がっているし、ヤナの結界に引っかからなかった細かな枝もあちこちに落ちている。

畑には冬野菜が植えてあり、それらはまだ背が低いので被害は少ないようだが、葉に埋もれてしまっては生育に影響がありそうだ。

「片付けがいるな。空、手伝ってくれるか？　幸生らは村の見回りをせねばならぬのだぞ」

「うん！　ぼく、えだひろうね！」

「ではヤナは葉を集めよう。頼んだぞ！」

空は張り切って畑に散らばる枝を拾って回った。小さい枝が多いが、たまに大きなものもある。

しかし空は力がちょっと強くなって上手に使えるようになってきたので、何とか持ち上げたり引きずったりする事が出来た。

まだ頭でっかちな体なので枝ごとコロリと後ろにひっくり返ったり転んだりする事もあるが、泥で汚れても誰も怒ったりしない。

空は泥だらけになりながらもせっせと裏庭に落ちた枝を拾い集め、ヤナは竹の熊手で葉っぱを集めて山にしていった。

「あ、みけいし」

植木の間に挟まっていた枝を頑張って引っ張り出したとき、木の根元からコロリと身化石が転がって出てきた。

手に取ってみれば青い色の丸っこい石だったが、完全な丸ではなく、何故か所々平らになっていて、十二面体みたいにも見える面白い形をしていた。

全体の三分の一くらいが綺麗な半透明の青で、残りは黒地にぽつぽつと白い斑点が入った石だ。

「きれい……アキちゃんすきそう」

渡そうかな、と思ったけれど、まだ青い部分があまり多くないのでもう少し庭に置いておこうと、空はそれを植木の間にそっと戻した。

ここ数日、台風に備えた準備やその襲来があったので、空は明良たちに会えていない。今日も後片付けで村は忙しそうだから、きっと無理だろう。

「あしたとか、あえるといいなぁ」

そうしたら何をして遊ぼうか。

隣村の鍛冶屋さんに頼んだ投石器も出来て届いているから、早く皆に見せたい。

そんな事を考えながら、空はまた片付けのお手伝いに戻っていった。


その次の日も天気は快晴だった。

風はまだ少し残るが、穏やかで暖かい日だ。

空とヤナの頑張りによって裏庭も畑も大分綺麗に片付いたが、村の中の片付けはまだ終わっていないらしい。

川の水が増水したせいで川にかかる橋に流木などが絡みついて撤去が必要だとか、どこかのため池の土手が崩れたり、施設の屋根が壊れたりして、修復が必要だとか。

風を嫌がった果樹が勝手に移動して他の家の土地に入り込んだから戻すのを手伝ってほしいとか、畑に植えられていた白菜が逃げ出して捜していますとか。

ありふれた問題から、この田舎ならではの問題までアレコレと持ち上がり、雪乃も幸生も今日も出かける予定らしい。

朝食を食べ終えた空が二人を見送ろうと玄関で待っていると、ちょうどそこに明良が訪ねてきた。

「おはよーございまーす！　あ、そら、いた！」

「あ、アキちゃんおはよー！」

久しぶりに友達の顔が見られて、空は大喜びで迎え入れた。

明良も嬉しそうに玄関に入ると、ちょっと興奮した様子で空を外へと誘った。

「なぁそら、いっしょにじんじゃいかない？　すっごくいっぱい、ドングリがおちたんだって！」

「どんぐり？　いきたい！」

投石器が届いたばかりで使ってみたかった空は目を輝かせて頷いた。しかし頷いてからハッと気付く。神社は結構遠く、小さな子供だけでは出かけられない。しかし今日は雪乃も幸生も忙しいのだ。

「ぼくんち、じぃじもばぁばも、いそがしいかも……」

「そらのとこも？　うちもそうなんだ……」

二人で肩を落としていると、幸生たちとヤナが連れだって玄関にやって来た。

「おはよう明良くん。どうしたの、二人してしょんぼりして」

「おはよーございます……そらとでかけたかったけど、むりかなって」

「ばぁば、あんね、じんじゃにどんぐり、いっぱいなんだって」

二人の話を聞いて、大人たちはその気持ちを理解した。

バス便で届けられた投石器に空がはしゃいでいた事を、雪乃をはじめ幸生もヤナもよく知っていた。しかし米田家の庭でその弾になりそうな物は、身化石か大きなダンゴムシくらいしかない。それらを弾にして飛ばすのを空は当然ためらった。

近いうちにドングリでも拾いに行こうと空と雪乃は約束していたのだが、ちょうど良い日がないうちに台風が近づき忙しくなって、そのままだったのだ。

風が吹いて落ちたドングリを拾いに行きたいという空の希望に、ヤナが声を上げた。

「なら、ヤナが一緒に行こう」

「東地区から離れるけど大丈夫？」

「神社ならアオギリ様の守りもあるし、何事もなかろう。アオギリ様は縄張りへの侵入にも寛大なのだぞ。ヤナが子供らと入るくらい気になさらぬ」

「……何かあったら近くの安全地帯に走るか、結界を張って、人を呼べ」

「うむ、心得ておるぞ。だが大丈夫だろう。いざとなったら幸生を待つゆえ心配するな」

「じゃあ皆で出かけて、途中まで一緒に行きましょうか」

雪乃の言葉に空は大喜びで、急いで自分のおもちゃ箱のある場所へ走った。

おもちゃ箱の一番上には、絵本やぬいぐるみに交じってこの前届いたばかりのカブトムシの角の投石器が大事に入れられている。

どうやって加工したのかさっぱりわからないが、それは以前の形に近いまま二回りくらい小さくなり、持ち手には滑り止めの革紐が巻かれ、丈夫でよく伸びるゴムが取り付けられている。本当はゴムじゃないのだが、それについては忘れることにしていた。

材料はともあれ、見た目は空の知識にあったパチンコと呼ばれる投石器そのままの出来上がりだ。投石器と呼ぶには子供の玩具感が強い気がするが、今の空には十分だ。

前世でも漫画か何かで見かけて知っているというだけで実際に遊んだことはなかったので、こうして実物を手にすることが出来たのもまた嬉しい。

空の手にはまだ少し大きいのだが、力が強くなったこともあって落とす事なく持つことが出来た。

空はパタパタと駆け戻って、それを明良に差し出して見せた。

「アキちゃん、これ！　かぶとむしのつので、つくったの！」

「あ、ほんとだつののさきっぽだ！　これなにするやつ？」

「いしとか、どんぐりとか、ぱちんってやってとばすの！」

「へ～！　みてみたい！」

ゴムを引っ張って伸ばしたり弾いたりしながらはしゃぐ空に、雪乃が何かを持ってきて声をかけた。

「空、はいこれ。今日はまだ風があるから上着を着てね。あと、これは前に言ってた、ドングリを入れる籠よ」

そう言って差し出されたのは竹で編まれたとても小さな籠だった。

大きさは十センチ四方くらいで、腰に着けられるように蔓で編まれたベルトが付いている。厚みは五センチくらいだろうか。空が開け閉めしやすい形の蓋と留め金が付けられ、ちょうど手を入れやすい口の大きさになっていた。

受け取ってさっそく蓋を開けてみると、中は見えず、代わりに見たことのある七色のもやが渦を巻いていた。

「まほうのかばん⁉」

「そうよ。善三さんに作ってもらったの」

「じゃあこれ、どんぐりいっぱいはいる⁉」

「うんと入るわよ」

その言葉に空は大喜びだ。それを雪乃はニコニコと嬉しげに見つめた。

こんな小せぇのに付与とか面倒くせぇ、そんな大容量は無理だ、などと散々文句を言われたのを、善三の好きな酒を積んで無理矢理説き伏せた事は、とりあえず秘密だ。

空はそんな事情も知らず、腰に籠を着けてもらうと嬉しくてくるくるとその場で回った。自分の尻尾を追う子犬のような可愛らしい動きに、パーカーにいつの間にか入って寛いでいたフクちゃんがくるくると目を回している。

「空、そろそろ出かけるのだぞ」

「いこう、そら！」

「うん！」

明良とヤナとしっかり手を繋いで、雪乃や幸生と一緒に門の外に出る。村はあちこちから人の声や気配がして、何だかいつもより賑やかだ。

途中で矢田家に寄ると、ちょうど美枝も外に出かけようとしたところだった。

ヤナの引率で明良も神社に行くという話に、美枝はよろしくと頭を下げて雪乃と連れだって町内の手伝いに出かけて行った。

「ヤナちゃん、タケちゃんとユイもさそっていい？」

「そうだな、二人なら大丈夫かの。寄ってみるか？」

「うん、ありがとー！」

明良の提案に、皆で野沢家にも立ち寄る。

声を掛けると、武志と結衣も学校や保育所が休みで暇を持て余していたらしく、大喜びで一緒に行くと支度をして出てきた。

それから、皆で賑やかにお喋りをしながら神社を目指して進む。幸生は川の方に用があるらしく、途中の分かれ道で手を振って見送った。

空は明良と結衣に挟まれ、二人と手を繋いで歩く。神社が近くなった頃、前を歩いていた武志がふと振り向いて空に笑いかけた。

「空、すごく歩けるようになったなー」

「うん！　まいんちヤナちゃんとさんぽしてるもん！」

空はもう神社までだって、ゆっくりなら一人でも歩けるようになっていた。元気になって、友達と一緒に歩いて行ける事がとても嬉しい。

「いろんなとこ、いっしょにいけるな！」

「そらちゃん、すごいね！」

「えへへ、ありがとー！」

春にこうして同じように手を繋いで歩いた時は、ほんの近所に山菜採りに出かけただけですぐに疲れてしまっていた。神社に行く時だって、いつも誰かに背負われて向かった。

その道を、今は自分で歩いて行けるようになったのだ。

「次は走って行けるようになると良いな！」

「……それは、もうちょっとまってね」

武志の言葉に、空は笑顔で首を横に振った。

村の子供の体力には、まだまだ届かないらしい。

「そら、こっちこっち！」

神社の前の広場を通り過ぎ、参道に入るなり明良が手を離し、空を呼びながら駆けて行く。

空はそれを追いかけて、広場から神社に続く参道を外れて鎮守の杜の中に足を踏み入れた。

しかし数歩歩き出したところで空は足を止めた。神社の敷地の森などという場所に入った経験がないので、勝手に入って良いのかどうか不安になったのだ。後ろで見守っていたヤナに、森の方を指さして問いかけた。

「ヤナちゃん、ここ、はいっていいとこ？」

「大丈夫だぞ。アオギリ様は子供には甘い。入り込んで元気に遊ぶ子供を見ると、多分喜ぶぞ」

それを聞いて空は安心して走り出し、明良たちを追いかける。

鎮守の杜はこの前飛ばされたコケモリ様の森と違い、適度に木漏れ日が差して明るい。下草も刈られ、木々の間隔も適度に空いてきちんと管理されている雰囲気だ。

空は明るく乾いた美しい森を楽しく眺めながら、明良たちが呼ぶ場所まで急いだ。

「そら、ほらこれ！　ドングリ！」

近くに行くと、さっそくしゃがみ込んでいた明良がパッと立ち上がり、両手を広げて空に見せてくれた。

「わぁ……どん……ぐり？」

明良の手に載っているそれは、空が見たことのないような形をしていた。ドングリと聞いて想像するような、細長い実に丸い帽子がついた物ではなく、丸っこくてぷっくりとした形に、もしゃもしゃした帽子がついている。そして何だか大きい。実の部分だけでも空の握りこぶしより一回り小さいくらいの大きさで、帽子まで入れるとそれよりもずっと大きかった。ドングリとしては多分とても大きい気がする。

「クヌギのドングリなのだぞ」

「くぬぎ……」

一般的なクヌギのドングリがどんな物なのか空は知らないが、絶対にコレではないだろう。しかし、一番特筆すべきは、その色だ。

明良の手の上にある実は三つ。それぞれ、青と緑、赤茶色なのだが、その表面がギラギラと金属のような光沢で彩られている。

「こんなきらきらしてるの、みたことないよ」

「そうなの？　とーきょーにはないのかな」

（……ドングリはあるんじゃないかと思うけど、こんなメタリックな……クリスマスのオーナメントみたいで巨大なやつはないと思う）

驚きをどうにか呑み込んで足下を見回せば、キラキラした色とりどりのドングリが所狭しと落ちている。コレは確かに、子供たちが大喜びで拾いに来るわけだと思う。

「そらちゃん、ほらこれもめずらしいやつ！」

そう言って結衣が見せてくれたのは、何とメタリックを通り越して、完全に透き通った色ガラスのようになっているピンク色のドングリだった。もはや身化石のようだ。

「きのみとは」

「え？」

「ううん、なんでもない……きれいだね、ユイちゃん！」

思わず心の声が零れかけたが、空は気を取り直して自分も拾おうと、足下のドングリに手を伸ばした。

手に取ったドングリはやはり空の手にちょうど載って、握りこむにはちょっと大きいだろうかと思うくらいのサイズだった。

空が想定していた投石器の弾よりも大分大きいが、逆に威力があっていいかもしれない。何にぶつけるとかは想定していないが、練習するにも大きい方が的に当たりやすいだろうし。

空はそんな事を思いながら、拾ったメタリックブルーのドングリの帽子をぐいと引っ張った。可愛いけれど投げるのに邪魔だと思ったからだ。

帽子は案外簡単にぽろりと外れ、思ったより力が要らなかったことに安堵する。実の方は随分と硬そうなのだが、帽子はそうでもないらしい。

手の中に残った木の実をくるりと回して確かめたが、虫食いなどの穴は見当たらなかった。

（コレを囓る虫がいたら……ちょっと怖いな）

とりあえずこのドングリが投石器に使えるかどうかはわからないが、空は沢山拾っておくことにした。

森の中には空たち以外にも数人の子供たちがいたが、木は一本ではないらしくあちこちに散らばっている。少しくらい多く拾っても皆の取り分がなくなることは到底なさそうだ。

目についた黄色い実を拾い、その隣の赤い実を拾い、緑の実を拾い、また青い実を拾う。

空は拾ったそれらを腰に着けた魔法の竹籠にどんどん入れていった。竹籠にどのくらい入るのかわからないのでとりあえず様子を見ながら押し込んでみたのだが、次々と吸い込まれるように消えていって溢れたりしないのがとても不思議だ。

それでいて手を入れるとドングリが指に触れ、ちゃんと何が入っているのか、なんとなく感覚的に分かる気がした。

とりあえず十数個入れたところで、空は数えるのを止めてただ入れていくだけにした。非常識にたくさん入るのなら、それはそれで問題はない。

投石の練習用に使いたいので、色とか珍しさには拘らず、丸い形であれば良いと目についた物を片っ端から拾って歩く。

（そうだ。帽子がついてるのもちょっと拾って、東京に送ってもらおう）

珍しいドングリが届いたら、きっと陸たちも喜ぶに違いない。

空はそんな事を思いつつ、無心でドングリを拾った。いつの間にかパーカーから出ていたフクちゃんも、空の為にドングリをころころ転がして、せっせと持ってきてくれる。

「あ、アキラ！　ソラ！」

一生懸命ドングリを拾い集めていると、不意に後ろから声が掛けられた。

聞き覚えのある声に振り向けば、そこにいたのは勇馬とその父の圭人だった。友達と久しぶりに会えた明良も、嬉しそうにパッと立ち上がって手を振った。

「ユウマ！　ユウマもドングリひろい？」

「うん！　あとシイのみもひろいに！」

「しいのみ？」

空が首を傾げると、すぐ近くで空の為にドングリをかき集めていたヤナが神社の境内の方を指さした。

「椎の実とは、食べられるドングリの事なのだぞ。あっちの方に大きな木があるのだ」

「たべられるどんぐり！　まえにアキちゃんがいってたやつ？」

食べられる物への空の食いつきはいつもながら素晴らしい。空は途端にそわそわし出し、境内の方に視線を向けた。

「ユウちゃんもどんぐりたべるの？」

空が聞くと勇馬は首を横に振った。

「うちのニワトリのボスが、アレすきでさ。じーちゃんがひろってこいって。だからとーちゃんときたんだ！」

勇馬が父の方を振り向くと、圭人がうん、と頷く。

幼稚園が休みで退屈している勇馬に、祖父の佳鶏がボスのために椎の実を拾ってきてくれと頼み、主人が付き添って連れてきたらしい。

「片付けは良いのかの？」

「僕のとこの葡萄畑は幸いあんまり被害がなくて。それでも棚を補修したり、アレコレと世話を焼こうとしたら、葡萄たちに邪魔だと追い払われまして……」

相変わらず主人は葡萄の木々の尻（？）に敷かれているようだ。

空はヤナがかき集めてくれ、いつの間にか小山を作っていたドングリをわしわしと掴んで雑に竹籠に押し込み、蓋をしてから立ち上がった。

「ヤナちゃん、たべられるやつ、とりいこ！」

「うむ……空はぶれないな」

食べられるというのなら是非とも持って帰って味わってみたい。

空はもうちょっと大きなドングリを拾っているという武志や結衣、明良を置いて、勇馬親子と境内に向かった。

「やまのほうにはさー、とーちゃんのかおみたいに、おっきいドングリもあるんだって！」

「すごぉい……たべれる？」

「いや、それはそのままでは無理かな……砕いて灰汁抜きして、挽いて粉にすれば何とかいけるけど、そんなに美味しくないよ」

「そのままではかなり渋いのだぞ。昔は不作の年に食べたという話だが」

「じゃあいいや！」

食べられないなら、いくら大きくても空の興味の範囲外だ。

神社の境内に入ると台風の影響かあちこちに葉っぱが落ちていて、それを大和と弥生が竹箒でせっせと掃き集めているところだった。

「こんにちは！」

空が挨拶すると二人が振り向き、手を振ってくれる。

「あ、空くん久しぶり～！　なぁに、お姉さんに会いに来てくれたの？」

「ううん、どんぐりひろいにきたの！」

「なんて完璧な否定！」

空が首を横に振って否定すると、弥生が大げさに嘆いてがっくりと肩を落とした。今日は酔っていないようだが、あまり変わりがないようだ。

「こっちに来たって事は椎の実かい？」

「うん！　ひろってって、ボスにあげてもいい？」

勇馬が聞くと、大和は頷いて境内の端を指さした。

「どうせ拾わないから構わないよ。あっちの方はまだ掃いてなくて、実が沢山落ちているよ」

「ありがとう！」

「ありがとうございます」

勇馬と圭人がお礼を言って、さっそくそちらに走って行く。

「空くんは椎の実拾ってどうするの？」

「たべれるどんぐり、たべてみたい！」

「あー、なるほど。ならどうぞ。多分炒りたての熱いうちが美味しいわよ」

「ありがとう！」

弥生に手を振って、空も椎の実を拾いに走る。

勇馬に近寄ってその足下を見ると、細長いドングリが沢山落ちているのが目に入った。

「ちっちゃいね？」

「ああ、これはこんなものなのだぞ。ドングリも色々あるからな。山の奥にはさっき言ってた大人の顔くらいあるものの他にも、落ちると弾けて飛び散るドングリなんかもあるぞ。そういうのがなる木の下は、秋は危なくて通れぬのだぞ」

秋の山は上から爆弾が降ってくるのか、と空はぞっとする。

このドングリは色も地味な濃いめの茶色で細長い形をしていた。大きさは二センチ前後だろうか。さっき拾っていたものと違い、空の想像の域を出ないごく普通の姿をしていた。

「ちっちゃいのと、おおきいのと、いろいろ……ふしぎ」

「そうだね。この神社のドングリはどれも大人しくて大きさもちょうどいいから、人気なんだよ」

主人の言葉に、空はなるほどと納得して頷いた。

この田舎では、普通に見えるものとそうじゃないものの差が激しすぎて、時々空はついて行けない。それでも、普通の方が良いかと気を取り直して空は椎の実を拾い集めた。

ヤナが持っていた手ぬぐいに、細長いドングリをせっせと集めては入れていく。このドングリは虫食いがありそうだから、気をつけて確かめながら集めた。

手ぬぐいがふくらむくらいまで集まったところで、ヤナが拾う手を止め、空に声を掛けた。

「空、その辺にしておくのだぞ」

「もういいの？　もっといっぱいは？」

もう少し集めても良いのではないかと首を傾げると、ヤナは首を横に振った。

「このドングリは、あまり沢山食べると何かしらの変化があるから、少しが良いのだぞ」

「へんか……？」

「なにそれ⁉」

「食べ過ぎると、髪の毛の色が変わったり、眉毛が太くなったり、耳が尖ったりするのだ」

「えー、でもすぐなおるよ？　ボスもはねのいろがかわったりするけど、きにしてないし」

当たり前のように言う勇馬を怖々と見て、空は手に持っていたドングリをそっと勇馬に渡した。

「お、ありがとー」

勇馬はそれを手にしていた袋の中に放り込む。

「にわとり……なにいろになるの？」

「えっと……ぴんくとか？　あとトサカがのびたりするかな」

「一日くらいで直るから、ボスも周りのニワトリも気にしてないみたいだよ」

主人もそう言ったが、空はその後は勇馬の手伝いに徹し、拾ったドングリは全てボス用に渡した。

空はたとえ一日でも、見慣れないおかしな姿にはなりたくなかったので。

椎の実拾いを早めに切り上げ、空たちはまたメタリックドングリの木の傍に戻ってきた。

明良たちはまだドングリを拾ったり、拾った物を比べたりして遊んでいた。

空は皆から少しだけ距離を取り、竹籠のベルトに差して持ってきていた投石器を取り出す。

それから足下のドングリを一つ拾ってゴムの真ん中にセットして、ぎゅっと引っ張ってみる。

「んん……」

ゴムを強く引き伸ばすには結構力が必要で、空にはまだ少し固い。ドングリも大きいので、空の小さな手ではちょっとギリギリだ。

それでも手の力を強くしたい、と意識しながら引っ張ると上手く力が入ってなんとかゴムを引くことが出来た。

「えい！」

十分引けた、と思ったところでパッと手を離すと、パチンと弾かれたドングリがヒュッと飛んで行く。

カコン！　と硬い音を立てて、ドングリは斜め前方にあった木の幹に当たって跳ね返った。

「あたった！」

本当は隣の木を狙っていた事実はなかったことにして、空はぴょんとその場で跳びはねる。

「あ、そら、それさっきの？　みたいみたい！」

「なぁに？　あたらしいおもちゃ？」

明良と結衣が空の立てた音に気付いて近くに寄ってくる。

空は投石器を二人に見せて、ちょっと自慢げに微笑んだ。

「えへへ、これ、とーせきき！　いしとか、どんぐりとかぱちんってして、とばすの！」

「へ～！　やってみせて！」

結衣に言われて、空はもう一つドングリを拾って飛ばしてみた。今度はさっきよりもスムーズにゴムを引けて、目標の木の端っこをかすめてその向こうに飛んでいった。

「おもしろーい！」

「そら、おれもやってみたい！　ちょっとだけかして！」

「オレもオレも！」

「面白そうだなー。これ、何で出来てるの？」

「いいよ、アキちゃんからね！　かぶとむしのつのだよ！　まえにユウちゃんがくれたやつ！」

投石器を渡すと、さっそく明良も足下のドングリを拾って帽子を取り、弾にしてパチンと飛ばした。

明良が飛ばしたドングリは上手に前方の木の真ん中に高い音を立てて当たった。

「あたった！　えー、かんたんだし、おもしろい！」

「つぎかして！」

投石器は明良から勇馬、結衣、武志の手に順番に渡り、空ももちろん交じって、皆で何度もドングリを飛ばして遊んだ。

「カブトムシの角のてっぺんかぁ。オレ、あそこ小刀にしてもらっちゃった……もったいないことしたかな」

「らいねん、おれととりにいこーよ！」

「オレも！　オレもいくー！」

「わたしもこれほしい！」

子供たちが自分もほしいと騒ぎ出すと、話を聞いていた主人が声を掛けた。

「その部分、捨てる子も確か結構いるはずだよ。そういうのはすぐゴミにしないで取ってあることが多いんだ。細かい部品とか小さい刃物用にね。店で素材として在庫してたりするから、聞いてみたらどうかな」

「ホント⁉　とーちゃん、こんどききにいこう！」

「あはは、わかったよ。じゃあ隣村に行った時にね」

「えー、俺も父ちゃんたちに頼もう！」

「わたしのも！」

「いいな〜、おれもばーちゃんにたのんでみようかな」

子供四人分くらいの素材だったら間に合いそうだな、と空も笑顔で頷く。

多分そのあと村で流行って、足りなくなってカブトムシが狙われる事が増える気がするが。

カブトムシに心の中で手を合わせながら、空は足下のドングリを一つ拾った。

「ね、じゃあいまから、どんぐりいっぱいひろっとこ！」

空が提案すると、子供たちの目の色が変わる。

「いっぱいひろわないと、なくなったら、またらいねんだよな」

「ここの、ちょうどよさそうだよね！」

「オレまだぜんぜんひろってない……」

「これから集めれば足りるって！」

子供たちは今度は色や珍しさに拘らず、せっせとドングリを拾い始めた。

主人やヤナも手伝ってくれて、周囲からドングリが少しずつ減っていく。それでもまだまだ沢山あって、なくなることはなさそうだ。

「これが流行ると……来年辺りからこの辺の清掃が楽になって良いかもしれないなぁ」

主人がそう呟くと、ヤナがそれに頷いた。

「清掃か。ここらの担当はどの地区なのだ？」

「神社や広場は、役場勤めの人とかこの辺で店を持ってる人達が集まって、奉仕活動として綺麗にしてるんですよ。このドングリなんかは集めておいて、溜まると魔素資源の一つとして輸出に回してたんですが……倉庫を圧迫して邪魔だし、正直面倒くさがられてる作業なので、子供たちが集めて遊び道具にするのも良いかもしれませんね」

メタリックドングリは殻が非常に硬く、村の中にはこれを食べる虫も獣もいない。そのまま放置しておいても腐らず邪魔だし、数年後に一斉に芽吹かれたりしても困る。

なので子供が拾った後は掃き集めて、魔素を豊富に含んだ資源の一つとして外に売られていた。

実はこの村で採れる自然の産物は大体何でも魔素資源になってしまうのだ。

それらは都会にいけば加工されたりそのまま機械に入れられたりなどして、魔道機関のエネルギーにされる事がほとんどだ。

生活の多くの部分を魔道機関が動かすようになった都会では、いつだって魔素資源を求めていて、需要がなくなることはない。

ただし、そこで問題になるのがその対価だ。この村が必要とする外の物はさほど多くない。だが村で余っているありふれた物だからと言って、安く渡せば後々問題が出ることも明らかだ。

そのバランスを取るために、山奥にあるような魔素が多すぎるものや、そこら辺の石のようなありふれすぎたものは、輸出品としては持ち出さないという決まりになっていた。

例外は、都会から直接やって来た冒険者とか探索者とかいう人間が、自力で手に入れた場合のみだ。

それでも何か魔素資源をと都会の業者から何度も頼まれて、渋々出荷している物の一つがドングリなのだ。

ドングリは採れるのが年一回だし量にも限りがあるから、もったいぶって渡すにはちょうど良いと言えなくもなかったのだが。

「ここ数年で村の農産物の生産量も増えましたし、村で需要がある物は備蓄の古米を売るだけで十分賄えますからね。ドングリなんかはほんのおまけみたいな取引量だし、なくなっても困らないでしょう」

「良いと思うのだぞ。村に有益な物が色々あると知られれば、外から人が増える。村に出入りされると危なくて仕方ないしの」

無論、危ないのはその外の人間たちの命の方だが。

ヤナは近くに転がっていた、さっき子供たちが投石器で木に当てたらしきドングリを手に取った。

メタリックイエローの殻を裏返せば、ヒビが入って割れそうになっている。

ドングリの殻は硬いが、この辺の木の幹もとても堅い。その二つがぶつかった結果、中に空洞があるドングリが負けたらしい。

「このドングリは……確か殻が割れたら芽吹かなくなるのだったかの？」

「ええ。子供たちには、的当てに使ったらなるべく拾ってまた使うよう言っておいて……割れたのが増えたら山の黒毛魔牛の冬の餌にでもしますかね」

「うむ。それはとても良い案なのだぞ」

空が食べる肉が肥えるのは、良い事だ。

ヤナはそんな気持ちでドングリを幾つか拾い、自分の着物の袂にそっと忍ばせた。

後であの面白そうな投石器をちょっと貸してもらおうと思いつつ。

沢山のドングリを拾い集め、広場の木陰でおやつのおにぎりを分け合って食べ、また少し遊んだ後。空たちは皆で連れだって家に帰ることにした。

時間はまだ昼には少し早いという頃だ。今から帰ればお昼にちょうど良い。

子供たちの背負ったリュックや身につけた籠は色とりどりのドングリでいっぱいで、皆嬉しそうな笑顔だった。

「そら、かえりにうちによって、じーちゃんかばーちゃんに、とーせきき、みせてもいい？」

「うん、いいよー！」

「うちも帰ったら、父ちゃんたちに頼もうな」

「うん！」

「オレ、とーちゃんがとなりむらいくとき、いっしょにいくから！」

「はは、分かったよ。一緒に行こうな」

新しい玩具に子供たちは皆夢中で、お喋りしながら帰る足取りは軽い。

神社のある広場を後にし、東に延びる道をしばらく歩いたところで、武志が南に延びる細い農道を指さした。

「こっちから帰らない？　この道だと勇馬の家の方にも近いし」

皆と一緒に帰りたいという子供たちの希望を受けて、勇馬と圭人は遠回りして家を目指している。

武志の提案に皆頷き、大きな通りから砂利の細道へと入った。

稲がなくなった田んぼの中の道は見通しが良く、ずっと先までよく見える。

木陰などはないが、秋の日差しは柔らかく風もちょうどいい涼しさで、心地が良くて遠足やハイキングのような気分でいくらでも歩けそうだ。

天気が良くて良かったなと空が思っていると、不意にどこかからカーンと鐘が鳴る音がした。

「鐘⁉」

「えっ⁉」

その音にヤナと主人がハッと息を呑んで足を止める。

カーン、カーン、と鐘の音がさらに続き、二人は辺りを見回した。

「何が来た？」

「まだ何も……」

ヤナと主人のただならぬ様子に、空は不安を覚えて明良や武志の方を見た。武志も油断なく周囲を見回し、明良はぎゅっと空の手を強く握る。

「アレは、村に危険がきたっていう時に鳴るんだ」

「なったらすぐにげろって……」

「おうちにかえらなきゃ……」

「うちのとーちゃんもいるし、だいじょぶだよ……きっと」

皆で不安げに大人たちを見上げていると、鐘の音がさらに激しく響いた。

カンカンカンカン、カカン、カンカンカンカン！　と緩急を付けて叩かれた鐘に、ヤナが顔を上に向ける。

「あの合図は、虫か？」

「虫、多数、空から、ですが……あっ、あそこ⁉」

「アレか！」

ヤナと主人は上空を見上げ、北の方角にそれを見つけた。

遠く離れてもなお姿が見える、群れを成し飛んでくるものの姿を。

黒く細長い体に、長い四枚羽。日差しを受けた大きな目がキラリと輝く。

「あれは……黒槍鬼ヤンマです！　何でこんなとこまで！」

主人がそれが何であるか見極め、焦った声を上げた。

黒槍鬼ヤンマは、肉食の大型のトンボだ。村人にとってはさほど脅威となる生物ではないのだが、体が大きく凶暴で、稀に小さな子供を攫う事がある。

一匹くらいだったら、武志ほどの大きさの子供なら上手くやれば倒せるかもしれない。しかし群れとなると厄介さはぐっと増してくる。

「群れか……多いか？」

「ぱっと見でもかなりの数が見えます。子供もいるし、すぐに避難しないと」

ヤナと主人はさっと周囲に視線を走らせ、今いる場所を確かめ考えた。今いるのはちょうど東地区と南地区からほぼ同じくらい離れた田んぼのただ中だ。

大人が増えたし、問題ないと思って安全地帯のある大きな通りから外れたのは失敗だったが、悔やんでいる暇はない。

今から神社の方に戻っても安全地帯までの距離は恐らく同じくらいだし、そちらから敵が来るなら戻るのは悪手だ。近くに隠れる場所もない。ヤナは素早く判断し、子供たちを見た。

「武志、走れるか？」

「うん！」

「よし！　フク、空を乗せよ！」

「ホピピッ！」

空のフードの中からフクちゃんがパッと飛び出し、地面に下りるなりムクムクと大きくなる。道幅を考えたのか一メートル半ほどの大きさになったフクちゃんにヤナは頷き、空をさっと持ち上げてその背に乗せた。

もう少し大きくすれば他の子も乗せられるだろうが、空への魔力の負担がどのくらいかわからないので、とりあえず空だけにしておく。

「空、しっかりフクに掴まっておるのだぞ」

「う、うん！」

「沢田の、勇馬と明良を持てるか？」

「任せてください」

主人はヤナに頷き、両手を伸ばして勇馬と明良を抱え上げた。戦いに自信はなくても主人も村の男だ。幼稚園児二人を抱えて走るくらいの力は十分に持っている。

ヤナは結衣を自分の背に乗せ、そして武志に頷いた。

「行くぞ！」

ヤナの号令で、全員が走り出す。

先頭はフクちゃんで、その後を武志とヤナ、主人が続いた。

大きくなったフクちゃんの背で、空はその首筋にしっかりとしがみついて身を伏せた。フクちゃんの足は速く、そして意外にも揺れが少ない。

子供たちは皆しっかりと口を閉じて大人しい荷物に徹している。空もちらりとそれを確かめ、見習ってフクちゃんの羽毛に顔を埋めた。フクちゃんの羽毛はゆっくり楽しめないこんな時なのが惜しいくらいふわふわだった。

走る三人と一羽の足は速い。多分原付バイクくらいの速度は出ているだろう。けれど遮るもののない農道を走る姿はよく目立つ。ましてや空から見たならなおさらだ。

ヤナは走りながら後ろを確かめ、一瞬顔を曇らせた。

空を行くトンボたちは恐るべき速度で村の上空まで辿り着き、あちこちに散り始めているのが見えた。近くに来るのも間もなくだろう。

「早いな……沢田の、この先の安全地帯で、一番近いのは⁉」

「この先だと、少し東に、地蔵堂が！　そこなら！」

「よし！　フク、道の終わりで左だぞ！」

「ホピッ！」

東の地内に入ればヤナももっと力が振るえる。そこまで行けば何とかなると、ヤナも主人も武志も懸命に走った。

しかし、空から来る敵はあっという間に間近に迫ってきた。

ブゥン、という大きな羽音が上から響く。空は反射的にフクちゃんの羽毛からハッと顔を上げて、そして瞬時に後悔した。

(何あれ……デカい！　カブトムシより長い！)

空たちを追い抜くように飛んでいったのは、恐ろしいほど大きな真っ黒いトンボだった。

体の長さだけなら、空を攫ったカブトムシよりも確実に大きいだろう。日を遮って落ちた影は、まるで小型の飛行機のようだ。

実際は飛行機ほどには大きくないのだが、体が長いため小さな空から見れば随分大きく感じた。

見た目は如何にもトンボらしい形なのだが、その黒い体が恐怖を煽る。黒槍と主人は言っていたが、スッと伸びた尻尾がまさに槍のようだ。

肉食のトンボは小さな子供たちを獲物と見なしたらしい。通り過ぎたかと思うと大きく旋回し、こちらを目指して飛んでくる。

「チッ！」

結衣を背負ったヤナが舌打ちして右手を離し、指を二本立てて左から右へと滑らせ宙を薙いだ。

バチン！　と大きな音がしてトンボがぐらりと揺れ、気絶したように地面に落ちた。

「急げ！」

その隙に一瞬足を緩めていた全員がまた必死で走り出した。空はガクン、と体に衝撃を感じて慌ててフクちゃんにしがみつく。同時に胸に下げたお守り袋が、じわりと熱を帯びた気がした。

「フクちゃんっ、はや……！」

トンボに危険を感じたフクちゃんが魔力を使ってスピードを上げたのだ。空を守らねばと必死で走り、ヤナたちを置き去りにしてぐんぐんと進んで行く。

「みんなが……っ！」

「フクッ、止まるな！　お堂まで走れ！」

空は皆を置いて走るフクちゃんを止めようと一瞬考え、けれど聞こえたヤナの声にぐっと口をつぐんだ。

どう考えてもこの場で一番足手まといなのは空だからだ。空一人でも先に安全地帯に駆け込めれば、それだけ皆の負担が軽くなる。フクちゃんの背に身を伏せ、空は必死でその走りを止めたい自分を宥めた。

「ホピピッ！」

空が皆を心配する気持ちを堪えている間に、フクちゃんはあっという間に東と南の境の辻へと辿り着き、そこで突然急停止した。

「わわわっ⁉」

フクちゃんから落ちそうになって、空は慌ててその首元に縋り付いた。

完全に止まった事を確認して顔を上げれば、そこはお地蔵様の小さなお堂の前だった。お堂の中には以前にも見た優しい顔のお地蔵様が鎮座し、堂の横にはしめ縄が巻かれた大きな長い石碑が立っている。それがこの村の安全地帯の印だと、空は以前何かの折に教わって知っていた。

「おじぞうさま……あっ、みんなは⁉」

「ホピッ！」

空はフクちゃんから慌てて滑り降り、元来た道の方へ踵を返す。

しかしすぐにその前にフクちゃんが割り込んだ。

「ビビッ！」

「フクちゃん？　あ、ここからだめなの？」

「ピッ！」

空は頷くフクちゃんとお地蔵様を交互に見て、念のため一歩下がった。

フクちゃんはどうやってかこの安全地帯の結界の境を感知し、空がそこから出ようとしたのを止めたのだ。

空はまだ見えぬ皆の姿に焦りつつも、その場に必死で留まり、けれど皆の無事を確かめたいと背伸びをした。しかし不意にその空の上にさっと黒い影が差す。

「ひっ！」

空は思わずその場にしゃがみ込んだ。

「ホピッ、ホピピッ！」

フクちゃんがさっと翼を広げ、しゃがみ込んだ空をその下に隠し上空を飛ぶトンボを威嚇する。

けれどトンボは上で旋回するだけで近づいては来なかった。結界があるのが分かっているらしい。

空は顔を上げてトンボが襲ってこないのを確認すると、ぐっと歯を食いしばって立ち上がり、滲んだ涙を袖で乱雑に拭った。そしてベルトから投石器を取り出し、竹籠に手を伸ばしてドングリを

手に取った。

「あっちいけ！」

懸命に狙いを付けて思い切りゴムを引っ張り、バチンとドングリを放つ。

火事場の馬鹿力とでも言うのか、ドングリは奇跡的に上空で隙を窺うトンボの頭にバカンと当たった。

「やった！」

トンボがふらついて落ちかけ、慌てて逃げて行く。しかし一匹が飛んでいっても、またすぐに別のトンボが近づいてくる。空はこれでは皆が結界に近づけないのではないかと焦った。

その時、曲がっていて見えなかった道の先にヤナたちの姿がようやく見えた。

「あっ、みんな！　こっち！」

周囲にトンボが増えてきて手間取っているが全員無事だ。しかし子供たちはもう抱えられておらず、自分の足で必死で走っている。

ヤナが手を振ってはバチバチとトンボを蹴散らし、圭人が手から葡萄の蔦を伸ばして襲ってくるトンボをからめ捕り地面に叩きつける。

武志も自分の鎌から衝撃波を飛ばしてトンボに攻撃し、明良や勇馬、結衣は守られながら走っていた。時折結衣が炎を飛ばしたり、明良と勇馬が鎌を振ったりしているが、トンボも諦める気配がない。

「フクちゃん、むかえいって！」

「ピッ！」

空は思わずそう頼んだが、しかしフクちゃんは動かない。フクちゃんはあくまで空の守護鳥で、危険が近くにあるのにその傍から離れることはないのだ。

動かないフクちゃんを焦ったように見て、それならと空はまた投石器にドングリをあててトンボを狙った。

「あっちいけってば！」

空の放つドングリは多くが外れてどこかに飛んでいったが、幾つかはトンボに当たった。

しかしそれは的が増えているからだ。周囲から、ここに獲物がいるとトンボが集まりつつある。

それに気付いた空はぞっとして慌てて皆の方を見た。

見れば皆はついに足を止め、ヤナが結界を張って子供たちを守っている。しかし自分の縄張りから遠いここでは、十分な力が出ないのかその範囲は狭いらしく、結衣や明良は怯えたように身を寄せ合ってうずくまっていた。

「くそ、数が多いのだぞ！」

「持ちますか⁉」

「何とか助けが来るまでは持つだろう……もう少しで地蔵堂なのだが……」

ヤナはお堂の方を見て、その結界内でこちらを見ながら必死でトンボ目がけてドングリを飛ばしている空を見た。そしてその無事な姿にホッと息を吐く。

しかし次の瞬間、結界に強い衝撃を感じて思わず呻いた。一匹のトンボが体当たりしてきたのだ。

「ぶつかって壊す気か⁉」

「補強します！」

圭人が葡萄の蔓を結界に沿って這わせて広げ、補強する。しかし一際大きなトンボが飛んで来てドシリと結界にぶつかって乗り上げると、鋭い牙で齧り付いて葡萄の蔓をバリバリむしり取った。

「きゃあっ！」

「ユイっ！」

「結衣、大丈夫だから！」

「とうちゃん、オレも！　オレもやる！」

「こら、ダメだって！」

間近に迫ったトンボに恐怖に駆られた結衣が悲鳴を上げ、その体に武志と明良が慌てて抱きついて守るように包んだ。勇馬は果敢にトンボに応戦しようとして、圭人の腕に抱えられている。


空はそれをただ見ているしか出来なかった。今にも飛び出しそうな空の体を、フクちゃんが服を咥えて懸命に止めている。空は結界内から少しでも出たりしないように我慢していたが、お堂の結界にもトンボが何度か体当たりしてきている。

間近で見るトンボの大きさも、光を弾くギョロリとした目もギチギチ動く鋭い顎も、空には本当に怖い。けれど、それよりも皆が危険に晒されている事の方がずっと怖かった。

（皆が……皆が、食べられちゃう！　誰か……）

「じぃじ……ばぁば！　だれか、だれかたすけて！　みんなをたすけて！」

空は、精一杯の声で思わず叫んだ。

その次の瞬間、ドンッ、と何か大きな音が背後から突然響き、空は思わず跳び上がった。

「ひきゃっ⁉」

慌てて後ろを振り向くが、背後には何もない。ただ、お地蔵様のお堂がさっきと変わらずあるだけ――ではなかった。

「おじぞうさま……いない⁉」

なんと、さっきまで確かにお堂の中にいたはずのお地蔵様の姿がない。お堂の中は空っぽだ。

何故、どこに、と空が思う間もなく、突然頭上から何かが次々降ってきた。

バサバサと音がして空は慌てて顔を上げた。

「えっ、なに⁉　こんどはなにっ⁉」

バラバラと黒い物が降り注ぎ、結界に当たって弾き落とされて散らばって行く。

降ってきたのは何匹分もの黒い足、透き通った羽の欠片、短くなった尻尾――そして、牙を剥いて虚空を見つめるトンボの頭。

「ぴえぇぇっ⁉」

頭が近くまで転がってきて、空は震え上がってフクちゃんにしがみつく。フクちゃんはヤナたちの方に視線を向けて、ホピッと鳴いた。

「フクちゃん……？　なに？」

空も慌ててそちらを見る。すると視界に入ったのは、まだ結界を維持しているヤナとそれを守る主人、身を寄せ合う子供たち――そして、一人の見知らぬ老婆の姿だった。

「……おばあさん？」

空は老婆を見て小さく呟いた。その老婆は、紺色の地味な色柄の着物に、裾がすぼまったズボン、腰を覆う少し色褪せた赤いエプロンという古めかしい格好をしていた。

体は小柄で、白い髪を後ろで団子に結い、日に焼けた肌には深い笑い皺が刻まれている。穏やかで明るい田舎のおばあちゃんという雰囲気の見た目なのだが、その手には何故か金色に輝く長い錫杖《しゃくじょう》が握られていた。

老婆は自分の背より長いその錫杖の石突きをカン、と音高く地面に打ち付け、上空で群れるトンボたちをひたと見据える。トンボたちは何かを恐れるように距離を取っていたが、やがて焦れたように老婆に向かって襲いかかった。

「はんっ！」

老婆はそれを鼻で笑うと、錫杖をヒュンと振り抜いた。途端、トンボたちが何かにぶつかったようにドンッと弾かれ、次いでバラバラに千切れ飛ぶ。

「おれの堂の傍で子供らを襲おうなんざ、百年早いのさ！」

老婆はにこやかに笑いながら、トンボたちを次々に細切れにしていく。

「オコモリさまだ！」

「うわぁん、オコモリさまー！」

「オコモリ様、来てくれた……！」

顔を上げてその姿を見た子供たちが口々に叫ぶ。

オコモリ様、と呼ばれた聞き覚えのあるその名に、空は老婆を見て、後ろを振り向き空っぽのお堂を見て、それからまた老婆を見た。自分の耳と目を疑い、まさかと思いながら三度見くらいして、そして何となく察して諦め、静かに応援する事にした。


オコモリ様はその間にも錫杖を手に駆け回り、縦横無尽にトンボたちを蹴散らしていく。

シャン、シャン、と錫杖の輪が澄んだ金属音を響かせる度に、トンボが吹き飛び、打ち落とされ、細切れになって地に落ちた。

子供たちを背に守りその声援を受けて一歩も引かず戦うオコモリ様の姿は、どこからどう見ても老婆なのにとても強くかっこよく、美しくさえあった。

「オコモリさま、やっつけちゃって！」

「はいよ、任せときな！　ハァッ！」

結衣の声に答えたオコモリ様が気合いと共に高く跳び上がり、錫杖を天に向かって突き出す。するとその先端から強い光が放たれた。大きく広がった光は上空にいたトンボたちの多くに突き刺さり、その体を焼き焦がした。

ドサドサと落ちてくるトンボと共にオコモリ様は身軽に着地し、周囲を見回し、僅かに残ったトンボたちを睨み上げる。

トンボたちはその姿に敵わぬと恐れをなしたのか、しばらく遠巻きにしていたかと思うとやがて散り散りになって逃げて行った。

それを見送り、トンボたちが完全にいなくなるのを待ってから、オコモリ様が子供たちの方を振り向いた。

「アンタたち、もういいよ」

その言葉で、ヤナと主人がホッと息を吐き結界を解いて蔓を消す。

ヤナが結界を解いたのを見て、空はフクちゃんと共に駆けだした。

「オコモリさま……ありがとぉ～！」

結衣が泣きながら真っ先に走り出しオコモリ様に抱きつく。明良や武志、勇馬もオコモリ様に笑顔で駆け寄った。

オコモリ様は優しく結衣の背を撫で、子供たちの頭を順番に撫でて、遅くなってすまなかったねと謝った。

「ヤナちゃん！　みんな！」

空が走り寄ると、ヤナが空を抱き上げて抱きしめてくれた。

「空、怪我はないか？」

「ぼく、ぜんぜんへいき！　みんなは⁉」

ヤナの体をペタペタ触ったが、特に怪我はしていないように見える。

ただ、少し疲れた顔をしていた。

「皆無事なのだぞ。だが、さすがに肝を冷やしたな」

ヤナはそう言って空を下ろすと、オコモリ様の方を向いて頭を下げた。

「オコモリ殿、ありがとう。本当に助かった。危なかったのだぞ」

「ありがとうございました、お陰で皆無事でした」

ヤナと主人が頭を下げ、子供たちも口々に礼を言う。

「いいんだよ。間に合って良かった」

オコモリ様はそう言って首を横に振り、全員を促してお堂に向かわせた。そしてお堂の前まで来ると、疲れたようにため息を吐く。

「あちこちで一斉にトンボが襲ってきたもんだから、そりゃもう大忙しでね。おれの分体も総出で出張ってたのさ。お陰でここに気付くのが遅くなっちまって……怖い思いさせて、悪かったねぇ」

「ううん、だいじょうぶ！」

涙を拭いて笑顔を取り戻した結衣が首を横に振る。

「そこの坊やの声が聞こえて、慌てて駆けつけたんだ」

オコモリ様は空の方を見てそう言った。

「……ぼく?」

「ああ。空だったかい？　ありがとうね。坊やの声はよく聞こえたよ」

「おこもりさま……おじぞうさま?」

お堂とオコモリ様を交互に見て、空は問いかけた。

「ああ、そうさ。ここはおれのお堂でね。おれはこの村の子供の守り神なんだよ。何かあったら、ああやって近くで呼んでおくれ。まぁ、普段は大体、寝てるがね」

そう言ってパチリとウィンクをするその姿が、ゆらりと揺れて薄れて行く。

「さぁ、子供たち。しばらくここで休んでおゆき。間もなくアオギリ様がいらっしゃる。そうしたら、お家に帰れるよ」

そう言ってオコモリ様の姿は空気に解けるようにゆっくりと消えていった。空はそれをぽかんと見送り、それからお堂を振り向く。

振り返って見たお堂には、まるでずっとそこにいたかのように、いつもと変わらぬお地蔵様が鎮座していた。


お堂の傍の低い石垣に腰を下ろし、大人も子供も持っていた水筒からお茶や水を飲んで一息ついた。走り疲れた体に水分が染み渡り、誰もがホッとした顔をしている。

空は竹籠から細い竹で出来た水筒を取り出した。

上部を少しだけ斜めに切った青竹の節に穴を開けて、小さなピンのような蓋を押し込んだ昔風の水筒だ。そんな水筒を見たのが初めてで、渡されたときは随分とビックリした一品だ。

もちろんコレも善三作で、何か魔法が掛かっていて見た目よりも中身がたくさん入る上に長持ちするらしい。こんな物に何故そんな高機能を、と空としては不思議に思うのだが、中身がたくさん入っていることが今は有り難い。

「はい、ヤナちゃん」

「ヤナは後でも良いぞ?」

「だめ! いちばんがんばったもん!」

「……じゃあ遠慮無く。ありがとうな」

空がぐいと差し出すとヤナは笑って受け取り、中に入った麦茶をごくごくと美味しそうに飲んだ。

「はぁ、生き返るな」

そう言ってヤナは大きく息を吐き、空に水筒を返してくる。それを受け取って、空は次に自分の手のひらにお茶を少し出した。そしてそれを傍にいる、元の大きさに戻ったフクちゃんにそっと差し出す。

「はい、フクちゃんも」

「ホピッ!」

フクちゃんは嬉しそうにお茶をツンツンと突いて細かく嘴を動かし、上を向いてお茶を飲み込んだ。少し飲んだところでもう良いというように顔を上げて首を横に振った。

「もういいの? またほしくなったらいってね?」

最後に空が水筒に口を付ける。中のお茶は少しだけひんやりするくらいのほど良い温度で、空の喉をするすると滑り落ちていくようだった。

ごくごく飲んで、ぷはーと息を吐いて、スッキリした気分で青空を見上げる。

するとどこかからバチバチと火花が散るような音や、何かが爆発するような音、犬が吠えるけたたましい声が響いてきた。

「どうやらあちこちで駆除しておるようだな」

「……みんな、へいき？」

「多分大丈夫なのだぞ。オコモリ殿のような存在も、この村には沢山おるからな」

「そっか……」

良かった、と空は呟いた。

振り向いて皆を見ると、武志は黙って水を飲み、結衣は疲れたのかその武志に寄りかかって半ばうとうとしている。勇馬は圭人の膝の上に乗ってぎゅっと抱きついて子供らしく甘え、背中を撫でてもらっていた。

そして明良は水筒を持ったまま、一人ぼんやりしている。

「アキちゃん？」

空はその隣に行って座り、顔を覗き込んだ。

「そら……へいき？」

「うん。アキちゃんは？」

「おれもだいじょぶ……そら、さっき、すごかったな。ドングリ、あたってた」

明良は空がベルトに差している投石器を指さし、微笑んだ。あの状況の中でも、明良は空が頑張っている事を見てくれたらしい。

「ちょっとしかあたってないよ?」

「それでもあたってたよ。おれも、そういうのほしいなぁ」

「つくってもらおうよ」

「うん……」

空の言葉に頷いたが、明良の表情は冴えないままだ。

実際は投石器一つがあっても、空はトンボを前に何の役にも立っていなかった。それを考えれば力としては全く心許ない。

明良がいう「そういうの」とは、この投石器の事ではないのかもしれないと何となく空は気付いた。

「アキちゃんも、つよくなりたい?」

「……うん。おれ、まだなんにもできないや」

「えー、それ、ぼくじゃない? アキちゃんたち、かまでたたかってたもん」

一番何も出来ないのはどう考えても自分だ、と空は自分の顔を指さした。けれど明良は首を横に振り、空の肩にいるフクちゃんを見た。

「そらには、フクちゃんがいるじゃん。フクちゃんすごかったよ」

それは確かに一理ある。フクちゃんがいなかったら、空はヤナに運んでもらうしかなかっただろう。

「それ、ぼくがすごいんじゃないよ」

「でも……うーん、ちがうのかな……なんか、むずかしい」

「うん……」

強くなりたい。こんな時にそう思う明良の気持ちが、空にもよく分かった。

けれど、強いとは一体どんなことを言うんだろう？

どんな力を手に入れれば自分たちは安心して、それに満足するのだろう？

いつか、そんな事もよく考えないといけないのかもしれない。大きくなるまでには何か見つかるといいなぁ、と空はそんな風に思う。

空がそんな事を考えながら難しい顔をしていると、ふと遠くから聞き覚えのある声が聞こえた気がした。顔を上げて耳を澄ますと、微かに空の名を呼ぶ声がする。

「……ぁぁぁあっ、空ぁぁぁあぁぁぁ!!」

微かな声はたちまち叫び声になり、むしろ雄叫びに変わった。

「じぃじだ！　じぃじー！　ぼく、ここだよー！」

空も大きな声で叫び返すと、名を呼ぶ声が途切れ、それから今度は足音が聞こえた。

ズドドドドド、とでも言うようなすごい音がして、曲がった道の先からズザザッと幸生が姿を現す。そのまま幸生は凄まじい勢いと形相でお堂に向けて走ってきた。

「じぃじ！」

「空っ！」

幸生はお堂の前、空のすぐ傍で急ブレーキをかけ、草鞋の底を地に擦り付けながらどうにか足を止めた。

「空、無事か!?」

「うん！」

問われて空が元気よく頷くと、幸生は深い深いため息を吐いてその場にへなへなとしゃがみ込んだ。

空は幸生に近づき、がっくりと項垂れた頭を小さな手で撫でる。

幸生の額には汗が浮き、髪もしっとりと湿っていた。どこから走ってきたのか分からないが、幸生は空を捜し回ってくれたらしい。

空はそれを有り難く思い、幸生の太い腕にぎゅっとしがみついた。

「ヤナちゃんと、フクちゃんがまもってくれたよ。みんな、すごいがんばったよ」

「空も勇敢だったぞ」

ヤナが笑って幸生の肩を叩く。

幸生はようやく顔を上げ、手を伸ばして空の頭を優しく撫でた。

「……無事で良かった」

「ありがと、じぃじ！」

幸生はもう一度深い息を吐くと、そっと空を抱きかかえて立ち上がった。二人を見ていた主人に軽く会釈し、それから子供たちの無事を順に確かめる。

「皆無事か……俺が家まで送っていこう」

幸生がそう言うと、ヤナが首を横に振った。

「オコモリ殿が、もうすぐアオギリ様がいらっしゃると言っていたのだぞ。それからにしよう」

「そうか、アオギリ様が……では、そろそろか」

そう言って幸生は空を抱えたまま神社のある方角へ振り向いた。ここからでは遠くに鎮守の杜や広場の周囲の建物がいくつか見えるだけだ。

幸生と空がじっとその方向を見ていると、その鎮守の杜の上空に不意に光る何かが現れた。

「アオギリ様だ」

幸生が呟くと、子供たちや主人も立ち上がり傍に歩いて来て、並んで上空を見上げた。

神社と森の遙か高みに浮かんでいたのは、白銀の髪をなびかせたアオギリ様だった。上空は強い風が吹いているのか、長い髪と身に纏った白い衣がバサバサと大きく翻る。

今日のアオギリ様はいつもの簡素な鱗模様の紺色の着物ではなかった。色鮮やかな青の着物の上に、白に銀糸で刺繍が施された、狩衣のような美しい衣を纏っている。

空の目からは見えなかったが、視力の良い幸生やヤナには、アオギリ様がいつもの人懐っこい表情をかき消し、厳しい顔で村を見下ろしているのが見えた。

風に遊ぶ髪の間、頭の横から青く透き通る長い角が伸びているのも見える。

幸生もヤナも、滅多にないアオギリ様の姿に思わず息を呑んだ。

こんなに離れていてもその姿は美しく、神々しい。その神としての姿に畏怖を感じないものは、この村には恐らくいないだろう。

村の上空を飛び回るトンボたちも、顕現した龍神に恐れをなしたらしい。アオギリ様から逃げだそうと一斉に四方八方に散って、村の外を目指し飛んで行く。

しかしその飛行は村の境で何かに遮られ、トンボたちはそれ以上進めず慌てたように旋回を始めた。村の境の辺りに不可視の壁が現れ、それに当たって逃げ出すことが叶わないのだ。

ぐるぐると旋回する無数の黒いトンボの姿をアオギリ様は感情を見せぬ目でゆっくりと見回し、独り静かに呟いた。

「そなたらも自然の生み出す命であるが、この村は我の縄張りであるからな。許せとは言わぬ。ただ疾く――」

言葉が途切れ、スッと片手が上がり、美しい二本の角の間にバチバチと光と火花が散る。

『滅せよ』

唱えられた言葉は、ただ一言。

しかしその言霊は一瞬で白銀に輝く雷となって縦横に広がり、村の上空の全てを埋め尽くした。

「ひゃあっ⁉」

天を焦がすような稲妻と、それが発する凄まじい音に空は思わず幸生に抱きついた。

ドドォン、と凄まじい音が村中どころか遠い山々にまで響き渡り、空気がビリビリと震える。子供たちもお互い抱き合い、身をすくめている。

激しい閃光が一瞬で空やその場の皆の視界を奪い、クラクラと目眩がするようだ。

誰もがしばし固く目を瞑り、そしてまた開くともう全てが終わっていた。

雷は消え失せ、見上げる範囲のどこにもトンボの影はない。村を襲ったトンボたちは一匹残らず雷に打たれて焼き尽くされ、黒焦げになった体や、僅かな破片がバラバラと地に落ちて行く。

空は呆気にとられて天を見上げた。遠くから、アオギリ様の名を呼び感謝を叫ぶ沢山の声が聞こえる。

「アオギリさま、すっげぇ！」

子供たちの中で一番に叫んだのは、勇馬だった。ピョンピョン跳びはねながらアオギリ様すごいと大喜びだ。明良も武志も結衣も、興奮したようにアオギリ様の名を呼んで手を振る。

空もそれを見て、口元に両手を当てて大きく息を吸った。

「アオギリさまー、ありがとー!!」

聞こえないとは思っても、子供たちは皆口々に感謝の言葉を叫んだ。

宙に浮かんだままのアオギリ様は討ち漏らしがないか確かめるようにくるりと周囲を見回し、それからふと空たちのいる方に視線を落として手を一振りしてから、フッと姿を消した。

「……帰るか」

子供たちの興奮が収まるのを待って、幸生がそう呟く。

ヤナも主人も頷き、子供たちに帰ろうと告げた。

「あ、ちょっとまって！」

空はそう言って幸生を止め、パタパタとお堂の前に走る。

それを見た子供たちも大人たちも、皆お堂の前に行って並び、手を合わせた。

「オコモリさま、たすけてくれて、ありがとうございました！」

「ありがとうございましたー！」

皆で声を合わせて頭を下げる。

下げた頭をふわりと誰かに撫でられた気がして、空はくすりと笑ってまた顔を上げた。

「オコモリさま、かっこよかったね！」

「うん、すごいつよかったなー！」

「俺、あのシャラシャラ言うやつ使ってみたいなー」

「オレも！　オレもやってみたい！」

「オコモリさま、こんどおはなもってくるね！」

結衣の言葉を聞いて、空も今度からもっとちゃんとお参りしようと心を改める。

この村のお地蔵さまは、ただの地域信仰とか心の拠り所なんてものではなく、物理的に救いの手だったのだ。もっと普段から敬わねば後が怖い。

お供えは何が好きだろうか、などと空が考えていると、ヤナが子供たちを促した。

「さ、帰ろう。きっと雪乃も心配しているのだぞ」

「うん！　おなかすいた！」

「おれもぺこぺこ！」

「わたしもー！」

「お昼何かなぁ」

「オレたまごやきたべたい！」

皆でわいわいと何が食べたいか話しながら、お堂を後にして歩き出す。

歩きながら空がふと振り向くと、お地蔵様は何事もなかったかのようににこやかな笑顔でそこにいた。

「またあえるかな？」

空が呟くと隣を歩いていた明良が笑って頷いた。そしてそっと耳打ちしてくれる。

「ゆうがたになってもあそんでると、オコモリさまがきて、おこられるんだってさ！」

「……あいたくなったら、やってみる？」

「もうちょっと、おっきくなってからな！」

「うん！」

その内緒話を聞いて、幸生が困ったような顔をし、それを見たヤナがくすりと笑う。

「誰かさんもやったな？」

「……忘れろ」

オコモリ様はいつだって村の子供たちの守り神で、ちょっとした憧れで、子供たちの大好きなおばあちゃんなのだ。

「またね、オコモリさま！」

――手を振って帰っていった空たちを見送って。

お堂の屋根が作る影の下で、オコモリ様も石で出来た手をこっそり振っていたけれど、それは誰も知らない秘密の話だ。


皆と道の途中やそれぞれの家の前で別れて、空はようやく米田家の近くまで帰り着いた。

疲れていたので幸生に負ぶってもらってだったが。

朝食後に出かけて、今はまだやっと昼という時間帯なのに、もう一日遊び倒したというくらいに疲れた気分だった。今日も濃い一日だったと言って布団に入ってしまいたいくらいだ。

フクちゃんも疲れたのか、小さくなって空のフードに入って静かにしているので、多分一眠りしているのだろう。

空も昼寝したい気分だったが、さっきからお腹がきゅるきゅる鳴きっぱなしなので、何か食べなければ眠れそうにない。

そう思いながら祖父の肩から顔を出すと、家の門の前で雪乃がぼんやり立っているのが見えた。

「ばぁば！」

「空！」

声を上げて手を振ると雪乃が駆けてくる。

「空、無事⁉　怪我は⁉」

「だいじょぶ！」

幸生に背負われた空が元気良く返事をし、そのどこにも怪我をした様子がない事を確かめて、雪乃は深いため息を吐いた。

「良かった、空……もう、どうしたかと思って……」

「ヤナちゃんとフクちゃんが守ってくれたよ！」

「本当に良かったわ……二人とも、ありがとうね。あなたも、お疲れ様」

雪乃の労いに、ヤナと幸生が頷く。

そこで空の腹がまたきゅるきゅると自己主張した。

「あら、空、お腹空いた？」

「ぺこぺこ！」

「もうお昼だもんね……簡単な物をすぐ用意するから、ご飯にしましょう」

「うん！」

空は幸生に下ろしてもらい、お腹を押さえつつ家に入ろうとして、ふと家の周りのあちこちに立つ大きな氷の柱に気がついた。

「ばぁば……あれなぁに？」

白っぽい氷像の中には、黒く細長い何かがうっすらと透けて見える。

「ああ、あれはばぁばが落としたトンボよ。この辺にも飛んで来て、生意気にも私に襲いかかってきたから返り討ちにしたんだけど、空が心配でイライラしてついやり過ぎちゃって……」

鐘が鳴ってからすぐに家の辺りまで戻ってきた雪乃は、しかし空を迎えに行って入れ違いになったらと考えて動けず、家の前でずっと待っていたのだ。

そこにのこのこやって来て襲いかかってきた愚かなトンボに苛立ちをぶつけ、中にトンボを閉じ込めた氷像を量産していたという事らしかった。

「そのうち溶けるから、放っておきましょ。後で片付けるわ。それよりご飯ね！」

どうやら哀れなトンボは当分氷漬けのままらしい。

空はそっと目を逸らし、いそいそと家に入って行く雪乃の後を急ぎ足で追った。


お昼ご飯は、朝のうちに炊いておいたご飯の残りと、作り置きのおかずや漬物色々で簡単に済ませる事になった。

簡単とは言っても、どれも料理上手の雪乃のお手製だ。

冷やしてあった焼きナスに、菊の花の酢の物、サツマイモの甘煮や煮卵、きんぴらゴボウ。それに間引き菜とお揚げのお味噌汁もあった。

どれも鄙びた味で、ご飯と良く合ってとても美味しい。空は好き嫌いなく何でも満面の笑みを浮かべて口に運んだ。

「空、美味しい？」

「うん！」

食卓には幸生とヤナも一緒だ。ヤナは疲れたらしく、珍しく雪乃に用意してもらった柿を食べていた。ヤナは普段あまり食事をしないのだが、魔素を補充するのに、剥いただけで手を加えない果物はちょうどいいらしい。

もそもそと柿を食べるヤナは心なしか元気がない。

空は三杯目のどんぶりを空にすると、やっとお腹が落ち着いてご飯から顔を上げた。

「ヤナちゃん、げんきない？」

「ん？　ああ……ちと反省しておったのだぞ」

「はんせい？」

柿を口に放り込んで、ヤナはうむと頷いた。

「ヤナは縄張りを離れるとやはり弱い。もっと気をつけて、ちゃんと安全地帯の多い道を選ぶべきだったのに、近道に誘われてそちらを選んだりしてしまったのだぞ……気が抜けておったと反省しておったのだ」

「ヤナちゃん、みんなをまもってたよ？」

「まぁ、多少はの」

「仕方ないわ。トンボが来るなんて、誰も予想してなかったんだし」

「うむ……それに、家守が家を離れて力が落ちるのは仕方ない事だ」

雪乃と幸生もそう言って慰めたが、ヤナは難しい顔をしたままだ。

「家守とはそういうものだとは言え、やはりもう少し強くありたいのだぞ。空を水たまりに落としてしまったりもしたし……もう何年も米田家には子供がおらんかったから、ヤナはやはり気が緩んでおったのだ。空が大きく強くなるまでちゃんと守ってやれるよう、ちと頑張らねばな」

それには雪乃たちも同意して深く頷いた。

自分たちにも村で果たすべき役割があり、四六時中一緒にいてやる事が出来ないのが非常に心苦しいのだ。空を守る手立てをもっと考える必要があると、決意を新たにする。

「それにしても、あのトンボ共はどこから来たのだ？　誰か知っておるか？」

ヤナが問うと、雪乃が顔を曇らせた。

「まだはっきりとはしないけど、先日の台風のせいで、山の奥で何かあったらしいの。その影響じゃないかって話だったわ」

「山か……」

幸生が呟き、眉間に皺を寄せた。

「とんぼ、おやまにいるの？」

空が首を傾げて聞くと、雪乃が頷く。

「あのトンボは……黒槍鬼ヤンマって言うんだけど、普段はこの村から大分離れた、うんと山奥の方に棲んでいてこっちには滅多に来ないのよ。山奥の方が餌もあるし、水辺もあって、ずっと棲みやすいはずなの」

「山の奥にもコケモリ様のような山守が幾柱もいて、それぞれの縄張りを管理しておるのだぞ。本来、山の獣や虫がその範囲を越えて移動することはほとんどないのだ」

そう考えると、あの数の虫が移動してきた事の異常性が強く感じられ、空は何だか恐ろしくなった。そんな気持ちを察したのか、雪乃が優しくその頭を撫でる。

「大丈夫よ。前にも、日照りが続いて湖の水位がすごく下がったり、嵐で餌になるもっと小さな虫がいなくなったりして、村に群れが来たこともあるの。今回もそんな感じだと思うわ」

「滅多にないことだが、全くないわけでもないのだぞ」

「……何か来ても、蹴散らしてやるから大丈夫だ」

優しく頼もしい言葉に、空も笑顔を取り戻して頷く。

「けど、しばらくは外に出る時は家からあまり離れないようにしてね」

「うん！　いつものおさんぽにする！」

空は雪乃のお願いに神妙な顔つきで頷いた。むしろドングリを拾いに行った今日が例外で、いつもは家の近くだけで満足しているのだ。

今日拾ってきたドングリはまだまだ山ほどあるので、しばらくは家の庭で的当ての練習をしていれば退屈しないだろう。

「調査は出るのかの？」

「ああ……多分、俺も行くことになるだろう」

「そうね。遠出をする場合は、それが終わってからにしましょうね」

「じゃあ、ぼくおうちであそぶね。まとあてするんだ！」

空はそう言ってさっき外して居間に置いた投石器と竹かごの方に視線を向けた。

「ドングリ、沢山拾えたの？」

「うん！　あ、ばぁば、あんね、どんぐり……ちょっとりくにあげたいんだけど、だめ？」

珍しいメタリックドングリを陸に分けてあげたい、と空が言うと、雪乃は笑顔で頷いた。

「もちろん良いわよ。いつものお手紙に付けて……あ、ちょうど良く珍しい物が他にもあるわ。それも送りましょうね」

「うん！」

雪乃が言う珍しい物というのが一体何なのか、空は特に確認もせず頷いた。

的当ての的が必要かという幸生の問いに頷き、大きいのが良いか、丈夫なのが良いかという相談ですぐに頭がそちらでいっぱいになってしまったからだ。

後日、謎のメタリックドングリと雪乃が仕留めたトンボの羽の一部が東京に送られ、また杉山家で物議を醸す事など、空は知るよしもなかった。

幕間　田舎の謎お届け便

杉山家の父、隆之がその日家に帰ると何だか家族の間の空気がおかしな雰囲気だった。

紗雪は台所で機嫌が良さそうに夕飯の料理の仕上げをして、子供たちはその隣の部屋で遊んでいるらしいのだが、それがいつもより随分と静かで大人しいのだ。

「ただいまー」

「おかえりなさい。ご飯、もうすぐだから着替えてきてね」

「うん」

紗雪に返事をして、隆之は子供たちのいる部屋を覗き込んだ。

「ただいま」

「あ、ぱぱ！　ぱぱ、おかりー！　これみて！」

顔を見るなり真っ先に陸が駆けてくる。陸が見て、と差し出したのは見覚えのない丸い物だった。

金属光沢のある明るく綺麗な緑色で、陸が両手で持ってちょうど良い大きさのボールのように見える。

「綺麗だね。新しいおもちゃ？」

「そらがくれたの！」

陸は嬉しそうにそれを高く掲げて満面の笑みを見せた。

「空がくれたのか。良かったなぁ陸！」

「うん！」

見れば、部屋の隅に段ボール箱が一つ置かれ、その周りに同じような金属質の色とりどりのボールが幾つも転がっている。

青や黄色、赤、ピンク、緑と色々な色があって、紐で繋いで飾りにしても華やかで綺麗になりそうだ。

隆之はスーツを脱ぎながら、足下に転がっていた青い玉を一つ手に取って眺めた。

玉は完全な球体ではなく、ほんの少しつぶしたような微妙な楕円形だ。片側にぽちりと少しだけ飛び出した場所があって、その反対側は少し白っぽい色をしている。

子供の拳くらいの大きさのそれが一体何なのかわからず、隆之は首を傾げた。

「これ、何なんだろう？」

「どんぐり！」

「え？」

「どんぐりだって！　そらのどんぐり、きれーなの！」

隆之はその言葉に目を見開き、それからもう一度その玉をまじまじと観察した。

確かに、形だけで言うならこういうドングリがあるような気がしないでもない。しかし色も大きさも、隆之が見知ったドングリとはかけ離れている。

「これが……？」

隆之が首を傾げていると紗雪が部屋に入ってきた。

「ごはんできたわよ。あら、まだ着替えてないの？」

「あ、ゴメン、すぐ着替えるよ……紗雪、これ、ドングリって、ほんと？」

慌ててシャツを脱いで楽な服を手に取りながら、隆之は床に転がる玉を指さした。

「ええ、ドングリよ。綺麗よね。これね、村の龍神さまの神社で拾えるのよ。私も子供の頃、よく拾いに行ったわ。ほら、これは帽子付きよ」

懐かしい、と呟いて紗雪はもしゃもしゃの帽子を被ったそれを一つ手に取って隆之に見せた。確かに帽子を被ったものは、色と大きさに目を瞑ればドングリに見えない事もない。

「さ、子供たち！　ご飯だから、ドングリはいったん箱にしまってね！」

「あい！」

陸が元気よく返事をし、手にしたドングリを持って段ボール箱に近寄り、うんしょ、と中に放り込む。

「樹も小雪も、手伝ってあげて」

紗雪が声をかけると樹は頷いてぎこちなく動き出したが、小雪は嫌そうに段ボールを見て首を横に振った。

「わたし、あれやだー！　ママ、アレどっかやってよ！」

小雪はそう言って段ボール箱を指さした。

着替えを終えた隆之が、さっき自分が拾ったドングリを手にして首を傾げながら段ボールに近づく。

「何が嫌なんだい？」

「そのまるめたの、いやなの！」

小雪の言葉に隆之はドングリを箱に入れるついでに中を覗き込んだ。段ボール箱の中には幾つものドングリの他に、何か筒のような物が一つ入っている。小雪が嫌だというのはその筒のことらしい。

「これが嫌なの？」

不思議に思いながら隆之が手を伸ばすと、小雪がぴゃっと離れて台所との境まで走って行った。子供たちが怯えるようなものなのだろうかと不安を感じつつも、隆之はそれを取り出してみる。

筒は、どうやら半透明のシートをくるくると丸めている物らしかった。

黒っぽい色の線が縦横に細かく走り、重なっていてはっきりとはしないが綺麗なレースのような模様を作り出している。

触った感じは結構しっかりしていて、けれど丸める事が出来るほどの柔軟性のある不思議な素材だ。

隆之は紐で縛ってあるその筒をくるりと回して確かめたが、正体がさっぱり分からない。諦めて紗雪の方を見ると、紗雪は子供たちにおもちゃを片付けさせようと奮闘していた。

「紗雪、これ何だい？」

問いかけると、紗雪は顔を上げて隆之が持っている筒を見た。

そして少し困ったような顔で笑う。

「それねぇ、黒槍鬼ヤンマの羽なの」

「……何て？」

聞いてもよくわからなかった隆之に紗雪が紐を解いてみてと促す。隆之は何となく嫌な予感がしつつも、筒を縛っている紐をするりと引っ張って解いた。

するとだったものは、ぶるん、と大きく震えるようにその身を解し、大きく広がる。

「ひえっ⁉」

バン、と一気に広がったそれを見て、隆之は思わず持っていた手を離してしまった。

するとまだ半端に丸まっていたシートが床に落ち、べらりと伸びて広がった。

「きゃっ！」

と小雪が可愛い悲鳴を上げて部屋の引き戸の向こうに隠れる。

隆之も床に広がったその姿をじっと見下ろし、そしてそっと目を逸らした。

都会育ちのもやしのような男、と自称する隆之だが、子供の頃から外で遊ぶのは好きだったので都会で出会う事の出来る昆虫の類いには馴染みがある。

この細長い羽の形状は、そのうちのトンボのものによく似ていた。しかし大きさが桁違いだ。あまりに大きくて現実味が薄い。

「こ、これは……大きさが、あまりにもアレだけど……ひょっとして、トンボの、羽？」

「ええ。だから、そう言ったじゃない？」

紗雪は平然とその羽を掴んでひょいと持ち上げた。

重さはごく軽いらしいが、長さは紗雪の身長に近いくらいありそうだ。羽だけでこの大きさなら本体は一体どのくらいの大きさなんだと想像して、隆之は思わず背筋を震わせた。

「このトンボ、山奥にいるんだけど、この間珍しく村に来たんですって。でも無事に撃退できたって言うからほっとしちゃった。空も何ともないって」

「む、村に……」

それで紗雪も困ったような顔をしていたらしい。

手紙で無事を伝えてきたのだろうが、空は何ともないと聞いても隆之には全く安心できないような気がした。

「これは母さんが狩ったらしいんだけど……綺麗な羽が沢山採れたから、お正月飾りにって送ってくれたの」

「正月飾り⁉」

「えー！　そんなのかざらないで！　わたし、虫、イヤ！」

「俺も、そんなおっきいのちょっとキモいな……」

子供部屋が微妙な空気だったのは、樹と小雪はこの羽が気持ち悪かったかららしい。

「むし、すごいの！　そらも、どんぐりでたたかったたって！」

この場で羽を受け入れているのは陸だけのようだ。空がドングリで戦ったという話を聞いて隆之はますます青くなった。

「そんなに嫌なの？　でもこれ、すっごく縁起が良いのよ？　秋になるとその為にわざわざ山奥に狩りに行く人がいるくらいなのに」

「縁起……」

確かにトンボは古来から勝ち虫だの五穀豊穣の象徴だのと言われている。縁起という点では良いだろうと思う。

しかしこの巨大な羽を正月飾りにするという田舎の奇習に、隆之は目眩がするような気持ちがした。そしてそんな所にまだ小さな息子がいるということがまた不安になる。

「紗雪……今更だけど、田舎って、本当に空が行って大丈夫な所だったのかい……？」

「うーん、私もこれが村に来たって聞いてびっくりして心配したんだけど……でも、空はもう慣れて、これで綺麗なうちわを作ってもらって喜んでたって書いてあったし……馴染んだんじゃないかしら？」

「う、うちわ……？　空、逞しくなって……」

空は本当は別に喜んでいたわけではない。

雪乃が狩ったトンボが氷が溶けたら丸々出てきて、飾りにしても余るからいるかと差し出されたのだ。

子供たちはこういうものを遊び道具にするのが好きだから、と渡されたそれを当然ながら空は持て余し、けれど怖い思いをさせられて腹が立ったので、何か有効活用してやろうと考えた結果だった。

空はそれを善三のところに持ち込んで、トンボの羽を丸く切り取って縁を付けて丈夫にし、竹の持ち手を付けてもらったのだ。喜んだかどうかはともかくとして、確かにある意味逞しくなったと言えなくもない。

「お正月に飾った後は、私もうちわにしてもらおうかな」

「い……いいかもね」

逞しくなった息子が手に入れた素材を有効活用しているのに、その父親として自分がむやみに恐れるわけにはいかないと、隆之は頑張って微笑んだ。

都会にそれをうちわに加工してくれる店があるのかどうかは知らないが。

しかし持ち込んだ店が大騒ぎになる事だけは確実な気がして、どうせなら田舎に帰る時に持って行くように誘導しておこうと隆之は胸に刻んでおく。

それと、もう一つ。

「空に会いに行くまでに……やっぱり僕ももっと鍛えないと！」

父として、怖いから行くのを止めます、とは到底言えないのだから。

エピローグ　秋の終わり

山々が燃えるような赤や、美しい黄色に染まっている。

空は毎日それを見て歩きながら、今日が一番綺麗だと思うのに、次の日になるとやっぱりもっと綺麗だ、と感じる事を不思議に思う。

「きれいだねぇ」

と呟くと隣にいたヤナがうむと頷きつつ、少しだけ残念そうな顔をした。

「この前の台風で葉が大分散ったから、今年は少し見劣りするのだぞ」

「これで？　すごいきれいなのに……」

「いつもはもっと綺麗なのだぞ？　来年は見れると良いな」

都会育ちの空にとっては、山の紅葉はもう十分に美しかった。

空は美しい山々を眺め、今朝まだ暗い時間に出かけた幸生のことを思った。

「じぃじ、いまどのへんかなぁ」

「そろそろ大分奥についておるだろ。心配せずとも今日中には帰ってくるぞ」

幸生は今日はこの間の台風の影響や黒槍鬼ヤンマの生息域の調査のため、村人何人かで山奥に出かけているのだ。

幸生の他にも和義や良夫などもかり出されているらしい。

「夜には帰ってくる。皆、健脚だからな」

「うん」

ヤナはそう言って、足下にひらりと落ちてきた真っ赤な木の葉を一枚手に取った。

鮮やかな赤が目に眩しいような木の葉だ。ヤナはそれをくるくる回して眺めたあと風にまた流し、山の方に視線を向けた。

「紅葉も、もうすぐ終わりだ。葉が散ったらもう冬だぞ」

「ふゆかぁ……ここって、ゆき、ふる?」

「そこそこ積もるかの。その年によるが」

積もると聞いて空は嬉しそうな笑みを浮かべた。

「ぼく、つもったゆき、みたことない!」

「そうかそうか。ならヤナと……いや、ヤナは囲炉裏の傍におるから、雪乃と雪遊びするが良い」

「ヤナちゃん、さむいのだめだっけ」

「うむ。ヤナは寒いのは好かぬ」

空も東京にいた頃は寒い冬はいつにも増して体調を崩すので苦手だった。

しかし今なら大分健康になったのできっと大丈夫だろうし、外に出る時も善三特製の草鞋には全気候耐性という非常識な魔法効果が付与されているので、寒さもさほど感じないかもしれない。

「ゆき、たのしみ！　ぼくねー、かまくらっていうの、はいってみたい」

「それなら二人に頼むが良いぞ。雪乃と幸生がきっと張り切ってすごいのを作ってくれるぞ」

「ほんと？　じゃあおねがいする！　そんで、かまくらで、あったかくておいしいもの、たべるんだ！」

すごいかまくらの感動は、食い気に負ける予感しかしない。

空は楽しく美味しかった秋を振り返り、まだ見ぬ冬を思ってくふふ、と笑った。


米田家の食料庫には米を始めとした穀物の袋や、色々な芋やカボチャの類、栗や銀杏などの木の実や、干し柿やリンゴなどの日持ちのする果物が、それぞれ袋や箱に詰められてどっさりと保存されている。

そのほかにも、様々な漬物や加工品の瓶なども壁際の棚に所狭しと並んでいた。地下の氷室にも鮭などの魚が沢山保存されている。

鮭は、遡上してきたという連絡を先日受けて、幸生が川まで行って狩ってきたものだ。

空も少しだけ見学に行ったが、色々な意味ですごい漁業だった。

川の中に村の屈強な男達が位置をずらしてあちこちに並び、弾丸のような速度で遡上し突進してくる鮭を、幸生たちが熊のように素手で掬い上げて川原にはね上げていくのだ。

鮭が完全に動きを止めるまで危ないから近づかないようにと言われたが、空は頼まれても近づかなかっただろう。

そんな風に、あらゆる手段で用意された備蓄食料が米田家にはたっぷりと積み上げられ、空に食べられる日を待っているのだ。

「もうすぐ冬野菜も採れるな。空、大根を採るのは手伝うか？」

「うん！　……あ、だいこんって、なんかこわかったりする？」

元気よく返事をした後で急に不安になって問うと、ヤナは首を横に振った。

「大根は別に逃げ出したり、暴れたりはしないのだぞ」

「ほんと？　よかったぁ」

「うむ。引っこ抜くときにちょっと叫ぶだけだ。害はない」

「……そっか」

ファンタジーにそんな架空の植物があったような気がする。

（……叫び声を聞いて、死んだりしないならいっか）

空は一つ頷いて、耳栓を用意してもらおうかなと思いながらまた山を見上げた。

魔砕村に来てから半年をとうに過ぎ、空も段々と順応して図太くなりつつあるのだった。

その頃。

村から遠く離れた山奥では、調査に行った幸生たちが難しい顔で、一本の折れた大木を見上げていた。

中程より少し上から完全にへし折れた大木は、その折れた場所の周囲や上の方が黒く焼け焦げている。恐らく大きな雷が落ちたのだろう。それより下の方に残った僅かな葉はまだ緑だったが、ほぼ死んでいるのが一目で分かってしまう有様だった。

その木はこの付近の山々に数柱いる山神や、ヌシと呼ばれるような力ある存在ではなかった。しかしそのうちの一柱の子株であり、そしていずれはヌシや、それに近い力ある存在になれる可能性を秘めた精霊が宿る木だったのだ。

黒槍鬼ヤンマの生息域であるこの山は、とある山神の領域として結界で隔てられている。そのあちこちにこの木のような子が散らばり、それを維持する中継機のような役割を果たしていたはずだった。

「やっぱり、この木が折れたことが、トンボが領域から出た原因みたいですね」

周囲を確かめていた良夫が、戻ってきてそう報告した。

「この辺の結界にちょうど穴が開いたようで……ちょっとくぼんでますけど、今はかろうじて修復されてるっぽいです」

「そりゃ良かった……と言いたいところだがよ。参ったな」

修復がされている以上、新たなトンボや他の獣が村や他の山に移動する可能性は低い。しかし和義を始め、そこにいる誰もが難しい顔をしていた。

問題は、結界の穴や、死んだ木ではないのだ。

「この木には……もう中身がない」

幸生がぼそりと呟く。

木の残骸からは、力ある存在の気配はもう感じられない。あるのは、ごく僅かな力の残滓のみ。

そして、ここにいる誰もが知っていた。

器が損なわれたからといって、それですぐに死ぬような存在は、精霊とは呼ばれないのだと。

「……中身は、どこに行った？」

「……」

どこかに移動したそれが、その先で新たな器を見出したのならそれはそれで良い。

しかしそんな幸運が起こる確率を考えて、皆の顔が暗く曇る。

「すぐ村に戻るぜ。アオギリ様にご報告しなけりゃならねぇ」

和義の言葉に誰もが即座に頷いた。


「〝なりそこね〟が、出るかもしれねぇ」


ひゅう、と音を立てて風が吹き、居並ぶ暗い顔を撫でて過ぎて行く。

紅葉の終わりかけの山奥の空気は、ひどく冷たく感じられた。

Boku wa Imasugu
Zense no Kioku wo Sutetai

おまけ

ママは今すぐ
ダンジョンに行きたい 二

「え、接待ダンジョン?」

「うん……」

とある日の夕暮れ。

定時で帰ってきた杉山家の父である隆之は、紗雪の顔を見て困ったような顔で頷いた。

「まだ先の話だけど、そのうち上司と一緒に行くことになりそうなんだ」

「ダンジョンなんて……隆之さん行ったことあった?」

「学生の頃に一度か二度かなぁ。友人に誘われたんだけど、僕は魔力もそんなに多くないみたいだったし、あんまり合わなくてすぐ止めた覚えしかないよ」

隆之は役所勤めの公務員だ。

運動は嫌いではないので子供たちとは外でもよく遊ぶが、基本は頭脳労働の方が得意なのでダンジョンと無縁の生活を送ってきた。

「なんで急にダンジョンなの?」

「それが、最近流行ってるらしいんだよ。なんか……ダンジョンでモンスターを倒して強くなると、アンチエイジングに効果があるとかいう研究結果が出たとか何とか……?」

「あんち……?」

田舎育ちのせいで横文字があまり得意ではない紗雪は、聞き慣れない言葉に首を傾げた。

「要するに、強くなったら若くいられるって事らしいよ」

「ああ、そういう……うーん、まぁ、あるかもしれないわね」

自分の田舎の元気すぎる年寄りたちを思い出して紗雪は頷く。田舎では年を経てそれだけ魔素を多く吸収してきた者、経験を積んだ者の方が強く元気な傾向にある。

たまにそれが行き過ぎて、何かのきっかけで人間を辞めるような者もいたりするが……まぁそういう例外も含め、強い者は総じて若々しい。

「でも、わざわざダンジョンで危険な思いしてまで、若くいたいの？」

「そこだよね。僕もどうかと思うんだけど……まぁ、そういうわけで最近僕のとこの職場でも、若い子たちの課外活動みたいな感じで、休みの日に仲間を募ってダンジョンに挑戦するサークルみたいなのが出来たらしいんだよ。ダンジョン探索は公務員でも副業として認められているから」

紗雪は先日潜った東京春海ダンジョンで出会った若者たちを思い出して頷いた。

ああいう感じなのかなと、何となく予想がつく。

「それで、隆之もそのサークルに入ったの？」

「まさか。けど、僕の上司とその同期が何人か、最近老眼がとか、腰がとか、髪が、とか言いだして……潜ってみたいって話になったらしくてさ」

「それに巻き込まれたわけなのね？　でもそれならサークルやってる若い子に頼めば良いのに」

「年が離れすぎてて頼むのが恥ずかしいし、コンプラがどうとか言って……で、行ったことがあっていう僕にお誘いが……」

お人好しの夫が、上司の頼みを断り切れなかったという事らしい。

「それで接待でダンジョンにねぇ……都会ってやっぱり面白いわね」

紗雪たちが住むこの辺りは、都会にありながらも割と郊外に位置している。役所の仕事はそれなりに忙しいが激務というほどではなく、職場の人間関係も悪くないらしい。

仲が良いからこそのお誘いなのだろうが、参加者が上司とその同期ばかりとなれば、接待感があるのだろう。

日々の狩りや駆除は生きるために必須の戦いだった田舎とはまるで違う。

平和なその有様に少しだけ困惑しつつも、紗雪はそれもまた面白いと笑みを浮かべた。

「そういうわけで……その、今度練習に、紗雪に一緒にダンジョンに行ってもらえないかなと思って。君の田舎に行く前に僕も体を鍛えておきたかったから、ちょうど良さそうだし」

少しばかり恥ずかしそうに、隆之がそう言って頭を下げる。

紗雪はにこりと笑ってもちろん、と頷いた。

「全然構わないわ。一緒だと、楽しそうね！」

すると突然、バン、と隣の部屋への扉が開いた。そしてそこで遊んでいたはずの子供たちがなだれ込んでくる。

「俺もー！　俺もダンジョン、行ってみたい！」

「わたしもいきたーい！」

「りくも！　りくもいくー！」

「えええ!?」

大騒ぎする子供たちに、隆之も紗雪も困った顔を見合わせた。隆之としては平日に有給をとって、子供たちが学校や幼稚園に行っている間に二人で出かけるつもりだったのだ。

「ダンジョンなんて、子供が行くとこじゃないんだよ？」

「そうよ、危ない……んじゃないかしら、多分？」

都会のダンジョンに全く身の危険を感じなかった紗雪は、首を傾げつつ一応反対しておいた。

魔砕村生まれの子供なら、多分空と陸くらいの年でも平気だろうと思う。しかし自分の子供たちは、皆都会生まれなのだ。

「やだ！　りくもいく！」

両親の言葉に一番強く反発したのは末っ子の陸だった。手を振り回し、地団駄を踏んだかと思うと隆之の足にがしっとしがみついて、連れて行くまで離さないと言わんばかりだ。

「陸……どうしてそんなにダンジョンに行きたいんだい？　多分そんなに楽しいところじゃないよ？」

隆之が困惑しつつ問いかけると、陸はうーうーと唸り、もっと力を込めてしがみついた。

「だんじょん……つよくなるって、おにいちゃんいったもん！」

隆之が樹に視線を向けると、樹が頷く。

「りく、つよくなって、そらにあいにいくんだもん！　いなか、いくんだもん！」

「陸……」

陸は相変わらず外に出る度に、天気が良ければ青空を見上げてぼんやりし、それから肩を落としている。空に会いたいという気持ちを抱えて日々を過ごしている陸の言葉に、紗雪は何だか切なくなった。

隆之も同じ気持ちで、陸の頭を撫で、それから樹や小雪の顔を見る。

「陸が……空に会いたい、どうしたら会えるかって何度も言うんだ。だから、俺……強くなったら会えるんじゃないかって……」

「みんなでつよくなって、空にあったらびっくりするかなって、小雪もいったの……」

子供たちの言い分を隆之と紗雪は怒る事が出来なかった。離ればなれの家族に会いたい気持ちは、二人ももちろん一緒だからだ。

隆之はしばらく考え、それからうん、と頷いた。

「じゃあ、皆で運動したりして、一緒に強くなろう。ダンジョンは……確か子供向けの体験ダンジョンがどこかにあるらしいから、今度そこに行ってみようか」

「ぱぱ、ほんと⁉」

「やったー！」

「わぁい！」

隆之の提案に子供たちは大はしゃぎで跳ね回る。紗雪も何だか嬉しくなって笑みを浮かべた。

「じゃあ、次の休みは皆でお出かけね」

「うん。僕も初心者みたいなものだから、子供たちと一緒に一から訓練するよ」

そんな訳で、杉山家は次の休みに皆でダンジョンに出かける事となったのだった。

さて、予定通りお休みの土曜日。

杉山家の家族五人は、公共交通機関を使って家から離れた土地に来ていた。

迷子にならないよう気をつけながら駅を出れば周囲の雰囲気が急に華やかに変わり、子供連れやカップルの数がぐっと増えてすぐに施設の入り口が見えてくる。

「ここが……東京ダンジョンランド、だね」

入り口のゲートを見て、隆之が呟く。

そう、ここは東京ダンジョンランド、というテーマパークだった。ちなみに所在地は千葉だ。

朝早く出かけてきたので開園時間ちょうどくらいに目的地に着いたのだが、もうゲート前は大層賑わっていた。

「わぁ……ここがダンジョンランド⁉　なんかすげー！　お城がある！」

「かっこいいねー！」

「おしろ！　おしろ！」

ゲートの向こうに見える大きなお城の天守を見た子供たちは、もう大はしゃぎだ。

「すごーい。あそこもダンジョンなのかしら？」

「いや、あのお城はダンジョンじゃなかったんじゃないかな。中は確かレストランとか博物館とか、そういうのだった気がするよ」

そんな話をしながらゲートで入場券を買って、皆で中に入る。

貰ったパンフレットを開けば、ここには中級、初級、超初級などの幾つかのダンジョンがあるらしい。

あとはダンジョンを疑似体験出来る子供向けの施設や、複雑な魔力機関を利用したアトラクションや乗り物、ダンジョンの歴史に触れる事が出来る博物館など、色々な施設があるようだ。

隆之は事前に調べておいた知識をもとに、まずは入り口ゲートのすぐ近くにある、魔力測定所を目指す。

「えーと、ここかな？」

昔の商家のような古風な佇まいの和風建築の建物に人々が吸い込まれて行く。出てきた人は楽しそうにお喋りしながら地図を見て歩いて行ったり、ちょっとばかり肩を落としたりと色々だ。

「ここで何をするの？」

「魔力を測定してくれるんだってさ。ここのダンジョンは、超初級でも魔力が最低十はないと入れてもらえないらしいんだ」

「魔力……十？」

良くわからない単位に、紗雪は首を傾げた。村では機械で魔力を測るということも特になく、そういった指標がなかったのだ。

「紗雪は自分の魔力がどのくらいとか、知ってる？」

「えー、うーん……感覚でしか知らないわ。母さんや弥生より全然少なくて、父さんにも届かない……村の中では、多分真ん中くらいだった気がするけど」

「そっか。僕も詳しいわけじゃないけど、魔力をわかりやすく数値化してくれる機械ができたらしいんだよね。最近ようやくあちこちに広まるくらいに小型化や量産が可能になって、ここにはそれがあるんだってさ」

「へぇ……すごいのねぇ」

そんな話をしながら測定所に入ると、中は意外と広かった。入り口の正面に案内所のようなカウンターがあり、その前を通って左に向かうと大きな部屋に繋がっている。その大きな部屋の壁際には細長い機械が少しずつ間隔を空けてずらりと並んでいて、あとは一方通行の出口が一つあった。

スタッフが何人も立っていて、そのうちの一人が一家に話しかけてくれた。

「いらっしゃいませ。測定は初めてですか？」

「はい。家族全員、お願いします」

「かしこまりました。では六番の測定器にどうぞ。測定器の水晶に手を置いて十秒ほどお待ちください。終わると機械からカードが出ますので、それをダンジョンやアトラクションの利用時に証明書としてご利用いただけます」

「わかりました、ありがとう」

係員の指示に従って、ソワソワする子供たちを宥めながら六番と書かれた機械へと向かう。

近づいて見ると、確かにその縦に細長い機械には、真ん中辺りに直径十五センチくらいの丸い水晶が填まっていた。

「ここに手を置くのね？」

「うん」

「俺！　俺からやりたい！」

「えー、ずるーい！」

「りくもやる！」

子供たちが我先にと手を挙げる。

「ハイハイ、順番ね。じゃあ樹から」

「やった！」

樹は嬉しそうに水晶に手を伸ばした。樹が手を置くとすぐに水晶がチカチカと光り、やがてピー、という機械音と共に小さなカードが一枚出てくる。

上の方から出てきたそれを隆之が抜き取り、ちらりと見てから樹に手渡した。

「おにいちゃん、ね、どうだったの？」

小雪や陸が覗き込もうとするのを避けながら、樹がカードを手に取って読む。

「えーと、魔力八十、八十だって！　これ多い？」

「お、すごい……のかな？　良くわからないな」

「つぎわたしね！」

首を傾げる隆之と樹の脇をすり抜け、小雪が水晶に手を伸ばす。水晶はまた同じように光り、カードを排出した。次いで陸も同じように手を伸ばしたが、かろうじて陸でも届く位置に水晶が設置されていたのは幸いだった。

「小雪は七十二、陸は五十六……僕は九十八かぁ。多いのか少ないのかわからないけど、とりあえず皆でダンジョンに入るくらいは出来そうかな？」

「そうね。じゃあ私も……」

最後まで待っていた紗雪がそう言って水晶に触れると、水晶は今までにない強さで光を放った。

「わ、眩し……」

強い光に周りにいた人々がざわめく。案内所のスタッフもその光に驚き、周囲は騒然となった。

しかし紗雪はそんな騒ぎには気付かず、測定が終わるとぱっと手を離し、出てきたカードをひょいと手に取る。

「何か眩しかったけど、どうだった？」

「えーと、三百六十四だって。皆よりは結構多いけど、どのくらいなのかわかんないわね？」

「ママすげー！」

「すごーい、いちばんだね！」

「ままずごい！」

嬉しそうにはしゃぐ子供たちを連れて、測定が終わった杉山家は測定所をさっさとあとにした。

その次に一家がやって来たのはダンジョン体験施設だ。

子供向けに玩具の剣などを貸してくれて、幻が投影されている模擬施設内で、同じく幻の魔物を倒すのだ。

子供たちはキャッキャとはしゃいですぐに順応し、玩具の剣で魔物を退治して回った。

それを眺めながら、隆之と紗雪はこのあと利用する場所について話し合う。

「模擬体験は全然大丈夫そうだね……じゃあ、超初級ダンジョンから行ってみる？」

「そうね。三歳はさすがに早い気もするけど、私がいるから大丈夫でしょ」

その頼もしい言葉に頷き、それから隆之はふと首を傾げた。

「僕は何の武器を借りた方が良いかな」

「隆之さん、学生の頃は何使ってたの？」

「レンタルの剣だったよ」

「久しぶりなんだし、間合いに余裕がある槍なんかにしたら？」

紗雪の提案に隆之は頷く。子供たちにはダンジョンで借りられる剣か、単発の魔法が撃てる玩具のような杖を持たせようということで話が纏まった。


「ここが超初級ダンジョン……出てくる魔物は、ナメクジと鼠と小鬼だって」

「えー、ナメクジいやー！」

「小鬼！　戦ってみたい！」

「ねずみって、どんなの？」

賑やかな子供たちを連れながら、一家は超初級ダンジョンのゲートを潜った。

途中係員に陸が止められたが、魔力が記されたカードを見せると目を見開いて数秒固まってしまった。

「ど、どうぞ……」

再起動した係員に見送られて子供たちがはしゃぎながら通り過ぎる。

手にはそれぞれ子供用の剣や杖を持って嬉しそうだ。

「こら、走らなーい！」

「陸、パパと手を繋ごう」

「えー、やー」

賑やかな一家を見送った係員は、しばらくその後ろ姿を眺めた後、ガクリと肩を落とした。

「俺……あのちびっ子に魔力負けたんだけど……」

呟かれた言葉を聞いていた者は、幸い誰もいなかった。


魔力が多いと、人はどうなるのか。

魔素が世界を変えてからの短くはない歴史の中で、人類はそれに一定の答えを得ている。

生物として強くなる、ということは確かなのだと。

ただし、その強さにはそれぞれの素質や願い、訓練した内容などが含まれるので、個々人でばらつきが出る。そのばらつきの中で大抵の者に共通する、一番単純でわかりやすい効果は、一つだけ。

体が丈夫になり、堅くなる。

ただそれだけだ。しかし、それがあるとないとでは雲泥の差があるのだ。

「えーい！」

ブン、と大げさな動作で振った樹の剣が盛大な空振りをする。剣を避けた大きな鼠がパッと飛び出し、樹の足に体当たりをした。

「わわっ、このっ！」

樹が足を振ると鼠が飛ばされて転がって行く。樹は痛がる様子も見せず、転がった鼠に走り寄って剣を突き刺した。

パッと一瞬光って鼠が消えて、その場に小指の先ほどの小さな石がコロリと転がる。

「やった！」

樹はそれを見て大喜びでガッツポーズを見せた。

その横では小雪が子供用の杖を振り上げている。

「もー、なめくじキライ！　こっちきちゃだめ！」

小雪が叫ぶと、杖から氷の塊が現れナメクジに向かって飛んで行く。バシッと当たったそれはナメクジの体をパキパキと凍り付かせ、やがて完全に凍結させてしまった。

そこにとてとてと歩いて行った陸が、その氷像を棒でコンと叩く。するとナメクジは氷が割れると同時に消え失せ、後にはやはり小石が残った。

紗雪と隆之は少し後ろから、それらをニコニコと見守っていた。

「うちの子たちは皆やるなぁ」

「そうね、頼もしいわね！」

若干の親馬鹿を滲ませつつ、二人は子供たちを応援する。

隆之はこのダンジョンに入ってから一番に、一人で全ての魔物を倒して試していた。

流石に超初級ダンジョンには、大人である隆之の敵になるようなものはいなかった。

鼠などは的が小さいため槍では取り回しにくかったが、最初に足で蹴ってから突くという事を紗雪にアドバイスされてからは簡単に倒せた。

あまりにあっさり倒せたので、一通り試した後は子供たちに譲り、こうして二人で見学しているのだ。

ちなみに紗雪は、自分が普通にしていると敵が出てこないということにやっと気付いたため、体から発する魔力や気配を極力絞り、魔物たちを威圧しないよう静かに立っているだけだ。

しかしこれが意外と大変で、紗雪は久しぶりに山奥で隠密行動の訓練をしているような気持ちを味わっている。

地下二階までという狭いダンジョンなのに、いくら歩いても鼠の一匹も出てこない事でようやく何かおかしいと紗雪は気付いたのだ。

入り口に戻って係員に聞いてみたら、ダンジョンではその場所の適正よりも強い人が入ると、魔物がその気配を恐れて逃げ隠れする事があると教えてくれた。

「……ひょっとして、この前の春海ダンジョンもそうだったのかしら？」

魔力を飛ばしたことで敵が逃げてしまっていた可能性に、紗雪はようやく思い至ったというわけだ。

「もうそろそろお昼かしら……私のせいで敵がしばらく出てこなかったから、時間を無駄にしちゃったわね」

「今日はゆっくり楽しむ予定だったし、構わないよ。もう少ししたら一度出て、お昼ご飯にしようか」

「ええ……午後からは初級にしようかしらね？」

「この分ならそれでも良いんじゃないかな。紗雪はまた暇になっちゃって、申し訳ないけれど」

「子供たちが遊ぶのを見ているだけで楽しいから大丈夫よ」

目の前では、棍棒を持った小鬼を樹が元気に追い回している。時々やけくそのように振られる棍棒が樹に当たっているのだが、樹の魔力量では痛みも特に感じないらしい。着ている服の方が、汚れたり擦れたりで傷みが早くなりそうだ。

その横では鼠が陸の足に齧り付こうと歯を立てているが、身に纏った魔力が薄い障壁となってそれを拒んでいるため、歯の方が負けそうだ。ゆっくり上げた小さな足にぷぎゅっと踏み潰されて、哀れな鼠は光となった。

小雪は服が汚れるのが嫌らしく、そんな二人から慎重に距離を取って魔法を飛ばしていた。小雪は空振りも含めてもう結構な回数魔法を飛ばしているが、特に疲れた様子もない。

杉山家の子供たちは順応性が高く、どの子も将来有望そうだ。

「こんなに簡単なら、たまに子供たちを連れて遊びに来ても良いわね」

「良いかもしれないな。マンションだとどうしても体を動かすには向いてないから、思い切り遊ばせてやれないし」

そんな話をしながら、しかし自分の鍛錬はどうしよう、と隆之は少し悩む。

「やっぱり、今度二人で平日にダンジョンデートしようか？」

「良いわね！　そしたらどこに行こうかしら……隆之と二人なら、春海ダンジョンにもう一回とか、もっと別の場所もありかしら」

「子供たちを僕の実家に預けて、遠出も良いかもな……高緒山《たかおさん》ダンジョンとか」

高緒山ダンジョンは東京の外れにある天然の山を利用したダンジョン施設だ。

人工迷宮ではないため厳密にはダンジョンではないのだが、通称でそう呼ばれている。

低い山を丸ごと結界で覆ってある程度の安全を確保し、中で増える動植物を狩ったり採取することで魔素資源を得られる、東京近郊では貴重な山として知られているのだ。

「接待ダンジョンの練習もしないとだものね」

「うん。よろしくお願いします」

「任せてちょうだい！」

紗雪はとんと自分の胸を叩いて、愛する夫に明るい笑顔を向けた。

紗雪たちは知らなかった。

東京周辺で活躍する冒険者の魔力は、その大半が三十から百くらいの範囲内であることを。

魔砕村から送られてくる米や作物を日常的に食べている杉山家の家族が、他の都会の人々の基準を逸脱しつつあることも。

空が雪乃に頼んでせっせと送ってくる芋や栗を食べ、部屋に飾られた身化石やドングリやトンボの羽から滲む魔素を浴びて、子供たちの成長が著しい事も。

「これなら、田舎に行ってもすぐ馴染めそうね！」

良かったね、と紗雪と隆之は嬉しそうに微笑み合った。

知らなくても、特に問題はないのだ。

「ままー、おしっこ！」

「あら、大変！　皆、もう出て、お昼ご飯にしましょ！」

杉山家は、今日も元気で明るく、平和だった。

Boku wa Imasugu
Zense no Kioku wo Sutetai

おまけ

とある細工師の災難三

竹細工師、竹川善三の秋は忙しい。

竹細工に使う竹には、伐採に適した季節というものがある。

秋が過ぎればその適した季節になるのだが、この村は雪が降るのでそうなってからでは伐採は出来ない。

よって九月から十一月の間におおよそ一年分の竹細工用の竹を切り出さないといけないのだ。切ったら並べて陰干ししたりと、他の作業も色々と発生する。

善三が管理する竹林はそれなりに広く、太い竹から細い竹まで種類もいくつかあるので忙しいのだ。

そんなわけで、竹川善三はとにかくとても忙しいのだ。


「だから、忙しいっつってんだろ！　聞いてんのかおい？」

語気も荒くそう叫んで、善三は目の前の机に手に持っていた物をバンと叩きつけた。

かなりの勢いで叩きつけたのだが、細い二本の棒はびくともしない。

幸生は手を伸ばしてその二本の棒――子供用の竹製の箸だ――を手に取って、うむ、と頷いた。

僅かに動いたその表情が嬉しい時のものだとわかるのは、雪乃と、善三と和義くらいなものだろう。

「スプーンとフォークは？」

「ったく……ほらよ、これだ」

善三は仏頂面を崩さず、しかし脇に置いてあった小さなスプーンとフォークを渡してやった。

「……良い出来だ」

「ったりめえだ。俺が手抜きなんかするか。つーか、俺が九月から忙しくなるのはわかってんだろうがよ！　こんな細けぇもん作れとか、ねじ込んでくるなっての！」

毎日毎日竹林に通い、切り出す竹を決めて伐採する作業で忙しいのだ。

この村の竹は全て魔素で変化した魔竹なので、伐採するにもそれなりの武装や手順がいる。供え物をして間引きする許可をもらったり、襲ってくる竹を掻い潜って目当てのものだけ切り落としたり、逃げだそうとするのを囲い込んで捕まえたり、なかなか手が掛かって大変なのだ。

それなのに、そんな大変な時期の始まりに突然訪ねてきて、子供用の箸とスプーンとフォークに不壊を付与した物を作ってくれなどとねじ込んでくる幼馴染みがいるなんて。

全く、最近米田家に関わると急な頼み事で面倒くさい物を作らされたり、休みのはずが急に忙しく働く羽目になったりとろくな事が無い。

善三は自分からしょっちゅう米田家を訪ねて酒を飲んだり、意外と空を可愛がっていることは棚に上げてそんな事を思った。

しかし、幸生は善三のそんな不満などお構いなしで作ってもらったそれらをじっくり眺めると、うむ、とまた頷いた。

「お前にしか任せられないから、仕方ない」

「ぐっ……」

普段は言葉の少ない幼馴染みからの褒め言葉に、善三は思わず黙り込んだ。

「と、とにかく、俺は忙しいんだよ！　それもってさっさと帰んな！　空が待ってんだろうが！」

「ああ、ありがとう。後で、礼を持ってくる」

幸生は箸やスプーンを大切そうに腰の籠にしまうと、軽く頭を下げて善三の作業小屋を後にした。

「ったく……」

ぶつぶつと文句とも言えない文句を口の中で転がしながら、善三はまた竹を切りに行くかと愛用の鉈を手に取る。

スプーンだのフォークだの、普段作り慣れない物を竹で作るという作業のせいで時間を食ってしまった。竹よりも他の木で作った方が簡単だったろうと思うが、善三は竹細工が一番得意だし、伐採から自分でやった素材の方が魔法も付与しやすい。

なるべく長く持つ不壊などという、箸に付与するにはもったいないような効果を付けるのだから神経も使った。短い時間でいいならもっと簡単に済むというのに。

「力が不安定だってのは分かるが、ちっとアイツ過保護すぎねぇか？」

善三には息子が二人いて、もうそれぞれ結婚して独立している。一人は付与に才能があったので、善三の跡を継ぐべく敷地内に自分の家を建てて仕事を手伝っている。竹細工などの腕の方がまだ修行中なので、今は魔法付与の仕事で生計を立てつつ、ザルや籠作りの修行をしていた。

もう一人は隣の村で別の仕事をして暮らしている。

息子たちは二人とも少々結婚が遅かったので、善三にはまだ孫はいないのだ。

「俺も孫が出来たら気持ちが分かるのかねぇ……」

そんな事を呟きつつ竹林に向かった、その数日後。

「竹で器を作ってほしい」

「だから忙しいっつってんだろう！」

「そう思って、手伝いに来た」

幸生はそう言って腰にぶら下げた鉈を見せた。

どうやら竹の伐採を手伝うから時間をつくってくれということらしい。その提案に少し考え、しかし幸生だしな……と善三は悩む。

「器ってのは何だよ」

「竹の節を使った皿とか、小鉢のような器が良い。そしてまた不壊を付けてくれ」

「……そんなに空は器を壊してんのか？」

「ああ……今日も葉っぱ柄の小鉢を割って落ち込んでいた」

聞けば、まだ箸で上手く摘まめないものを食べようとする時に、うっかり器ごと箸で刺して壊してしまうことがあるのだという。

今までは箸の方が先に折れていたのだが、箸が折れなくなったので今度は器に被害が出たようだ。

それを聞くと、善三も悩まざるを得ない。

竹で簡単な器を作るだけなら容易い。そこに不壊を付与するのもまあ良い。では問題は。

「お前が手伝う方が、嫌な予感がするんだが」

「任せろ」

胸を張って頷く幸生は、善三が作ると言うまで絶対に帰らないという決意に満ちているように見えた。

「とりあえず……一度太いのを刈りに行ってみるか。アレなら皿や鉢が作れる」

「よし、すぐ行くぞ」

善三のため息と共に、二人は竹林に向かって歩き出した。

着いたのは、善三の家から少し離れた場所にある竹林だった。太く大きな孟宗魔竹が生えそろう竹林だ。竹林は善三の日々の手入れによって美しく整えられている。

そこに踏み入る前に、善三は幸生にしっかりと注意事項を伝えた。

「いいか、孟宗魔竹は繊細だ。被害妄想に取り憑かれやすく、近くを通る人間が不審な行動をすると怖がって襲いかかってくることが多い」

「……不審とは？」

「品定めなんかだな。じろじろ見て、あれを切ろうか、こっちにするか、なんて悩むとすぐに不安定になる」

「……難しい竹だな」

幸生の短い感想に、善三はうんうんと頷いた。

「だから、視線をあちこちに動かさず、ゆっくりと静かに歩く。そしてすれ違いざまに、伐採する竹を瞬時に選んで瞬時に刈り取る」

「瞬時に……刈り取る方は出来ると思うが」

「選ぶのは俺が指示する。右前方とか言うから、それだけを切れ」

「切るだけで良いのか？」

運ぶのはどうするのだという幸生に、善三は頷いた。

「運び出すのは日が落ちてからやるんだ。そうすると、この竹は大人しくしてるからな」

「なるほど」

幸生が頷いたところで、善三は幸生にここからまっすぐ行け、と歩く場所を指示した。

そこから少し距離を取って、善三も鉈を後ろ手に隠すように持って配置につく。

「行くぞ」

頷き合って、二人はゆっくりと竹林に向かって歩き出した。

善三は歩きながら、自分の行く先の両側に生える竹をざっと眺め、瞬時にどれを刈り取るかを判断した。竹細工に適しているのは生えてから四、五年ほど経った竹だ。全体の色や枝の伸び具合、節の色などで判断する。善三は熟練の判断力でそれに該当するものを選び出し、頭の中で印を付けた。

それから幸生の方を見て、幸生の行く先にあるちょうどいい竹にも目星を付けて、世間話のように声を掛けた。

「真っ直ぐ歩いて右側の二本目と、左の少し先、二本並んだ手前だな」

そう言いながら、自分の斜め前に生えている竹の根元に向かって、すれ違いざまにスッと鉈を振るう。

狙いは外れることもなく、目当ての竹はスパンと断ち割られ、少しズレてそのまま少し斜めに倒れると、他の竹に寄りかかってそこに留まった。

その向こう側にあるちょうどいい年数のものは往復して道を替えた時に刈ろう、と思いながら鉈をすっと後ろ手に隠し、また何食わぬ顔で歩きだそうとした瞬間、幸生が呟く声が聞こえた。

「あ」

嫌な予感がしてさっと振り向くと、ズザザ、と大きな音がして、幸生の前にある竹が三本、切れて倒れて行く。

善三は以前水鉄砲用の竹を切り出させた時を思い出して青くなった。あの時は細い竹だったので、今いる竹林よりもずっと竹同士の間隔が狭かったのだ。だからまとめて切れたのだと思っていたのだが。

今回は一本一本の間隔が十分広いというのに、何故か竹が複数本まとめて切れている。

善三はそれに頭を抱え、それから素早く頭を下げた。その頭上をブン、と音を立てて竹の枝が通り過ぎて行く。

立ち止まった善三に、不安を感じたすぐ傍の竹が身をしならせて襲いかかったのだ。善三は場所を替えようと、幸生の方に向かって急いだ。

「おい、幸生っ……幸生？」

竹の攻撃を掻い潜り、間を縫うように走って来た善三は、竹林の真ん中で困ったように立ち尽くす幸生を見て、自分も思わず立ち尽くした。

周囲の竹は沈黙し、立ち止まる幸生にも善三にも襲いかかってこない。

それもそのはず、幸生から半径五メートルほどの空間に生えている竹が、年数に関係なく全て切り倒されているのだ。

竹林には何故か円形にハゲが出来たようになってしまっていた。

「お前……何したらこうなるんだよ！」

「いや、その……一本切ると、何故かその両脇が切れてだな。それで、慌てたら、別のが襲いかかってきて、活きが良いから使えるかと思って切ったら、またその両脇が……」

それを二、三回繰り返しただけで、何故かハゲが出来てしまったという訳らしい。

「お前を連れてきた俺がバカだった……」

年数に関係なくまとめて伐採された仲間を嘆き、怯えるように竹林がざわめく。このままでは危ないと善三は頭痛を堪えながら、幸生の腕を掴んで脇目も振らず竹林から走って飛び出した。


その後、日が落ちるのを待って、善三は竹林から切った竹を運び出した。

幸生が切ってしまった竹は、予定した樹齢の竹も入っているが、それよりも少し若かったりするものが色々交ざっている。それでも切り倒してしまったからには有効活用しなければ申し訳ない。

幸生にも手伝わせてまとめて運び出し、大体の樹齢ごとに交じらぬように分けて乾燥へと回す。

とりあえず、空の食器は少し残っている去年の素材でさっさと作ってしまおうと善三は心に決めた。

そうでなければ幸生はまた何度でも通い詰め、今日のような悲劇を量産するに違いないからだ。

「くそ……もう頼みは聞かねぇと決めてたのに……！」

ついつい幼馴染みとその孫の存在に負け、その頼みを毎回聞いてしまう。

次こそは、と決意を新たにした善三はまだ知らない。

しばらく後に雪乃が訪ねてきて、小さな水筒や竹籠にまた無茶な付与をしろと頼み込んで来る事を。

そしてさらにその少し後に今度は空が訪ねてきて、村を襲ったトンボの羽でうちわを作ってくれと言いだし、それが来年の夏に水鉄砲の豪雷号と共にまた村で流行することを。

「次こそは、絶対受けねぇ！」

竹細工師の災難は、まだまだ続くようだ。

あとがき

こんにちは、旭です。
三巻を手に取っていただき、どうもありがとうございました！
こうして無事に続きをお届けできて嬉しい限りです。

三巻は秋編ということで、秋の味覚をアレコレと盛り込んでみました。秋は色々な食材が美味しくなって、楽しい季節ですね。

空の食欲も留まる事を知らず全開です。書きながらお腹が空きました……。

食べ物などの描写はお腹が空いている時の方が断然上手く書ける気がするのですが、その代わりにそれが食べたくて仕方なくなるのが困ったところです。

書いている最中にどうしても葡萄が食べたくなって、車で三十分の直売所に出かけたりしました。種なしで皮ごと食べられるシャキシャキした葡萄を、同じく皮ごと食べられるカボチャやモッツァレラチーズと一緒にサラダにするのが好きです。

私の好みはさておき、三巻では空もさらに成長してきて、順応力が上がってきたんじゃない？などと書きながら思っています。スルースキルが高くなっただけのような気もしますが。

でも少しずつ勇気を出せるようになってきたり、自分から色々挑戦したり、そんな話を書いていると私も一緒に少しずつ成長しているような気持ちになりますね。

毎回村の生き物やお祭り、風習などを色々と考えているのですが、今回はずっと出したかった猫や犬、オコモリ様を登場させる事が出来て楽しかったです。

強くてかっこいいお婆さんやお爺さんがとてもとても好きなので、この世に一人でも多くそういう老人キャラが増えないかなと日々考えています。老人キャラ増やしすぎと怒られる日を夢見て頑張ります。

今回も、オコモリ様の挿絵をどうしても！　というそんな私の要望を汲んでくださった編集さんとスズキさんに深い感謝を……！

それから、この本が出る頃にはもうコミカライズの連載が始まっているかと思いますが、老人や子供ばかりの漫画を苦労して描いて下さっている大島さんにも御礼を！

時折自分の本は誰向けなんだろうと考えることがあるのですが、最近は、「疲れた大人向け」を主張していきたいなと。

誰だってたまには何も考えず甘えたり、懐かしい思い出に浸ったりしたい時もありますよね。疲れた時はぜひ空と一緒に童心に帰って、そのあと美味しい物でも食べて元気を出してもらえたらと思います。

それでは、また次巻でお会いできれば幸いです！

Boku wa Imasugu
Zense no Kioku wo Sutetai

コミカライズ
第二話 試し読み

漫画 大島つむぎ
原作 星畑旭
キャラクター原案 スズキイオリ

いらっしゃい
父さん
久しぶり
ああ…
壁!?
壁が
喋った
第2話

米
この人がおじいちゃん…？
米
大きすぎて顔が見えない
ヒュ…
米
怖いけど肩に乗ってるあの袋…
ドキン…
米
ちょっとお父さん！
早くそれ下ろしちゃって！
玄関に入れないじゃないの

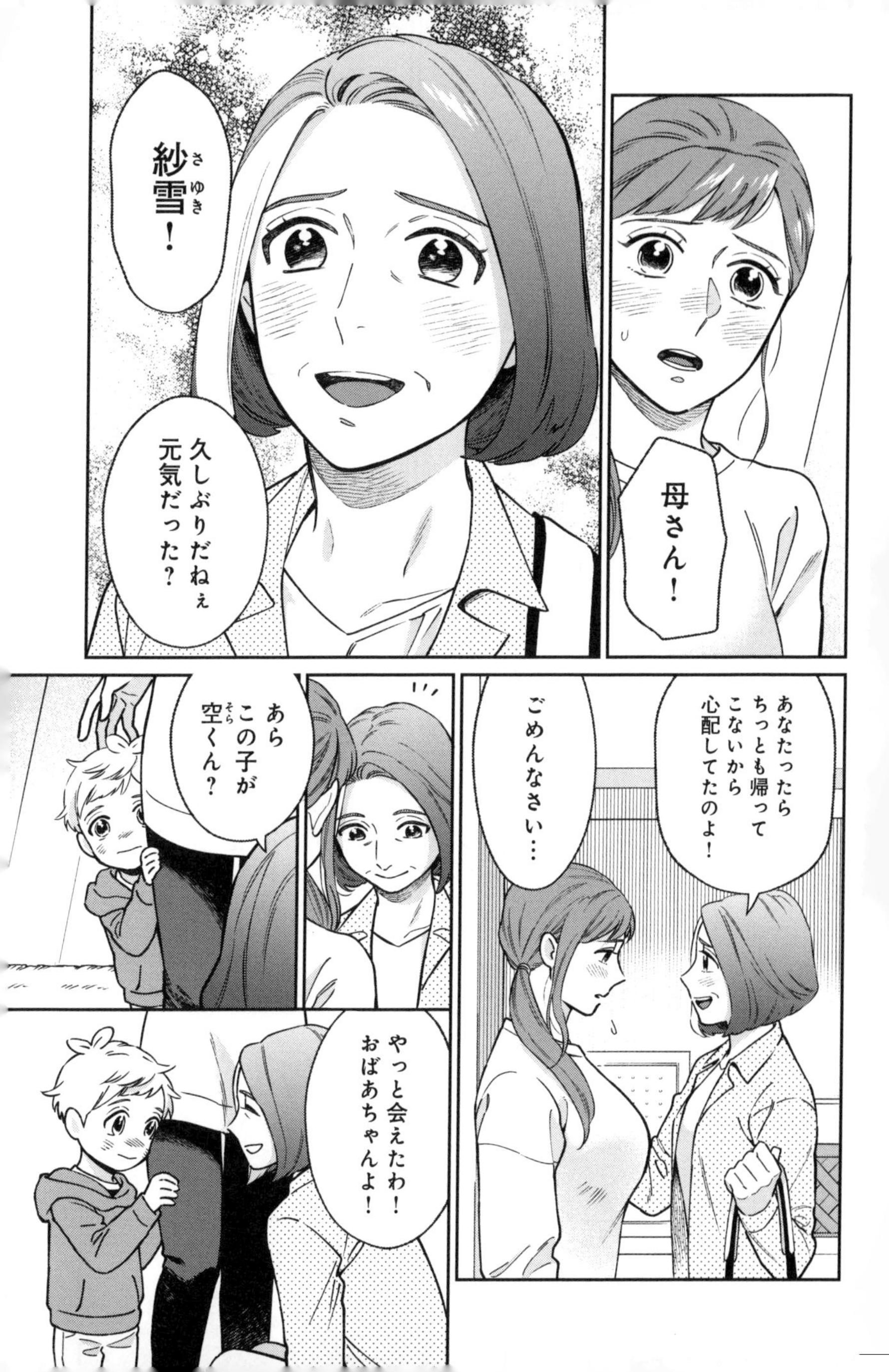
紗雪《さゆき》！
母さん！
久しぶりだねぇ
元気だった？
あなたったら
ちっとも帰って
こないから
心配してたのよ！
ごめんなさい…
あら
この子が
空《そら》くん？
やっと会えたわ！
おばあちゃんよ！

こ こんにち
は
おばあちゃん？
可愛い！
可愛いわ！ そうよ雪乃《ゆきの》おばあちゃんよ こんにちは！
空くんにお土産持ってきたわよ！
おばあちゃん
顔が見える大きさでよかった
ひょい

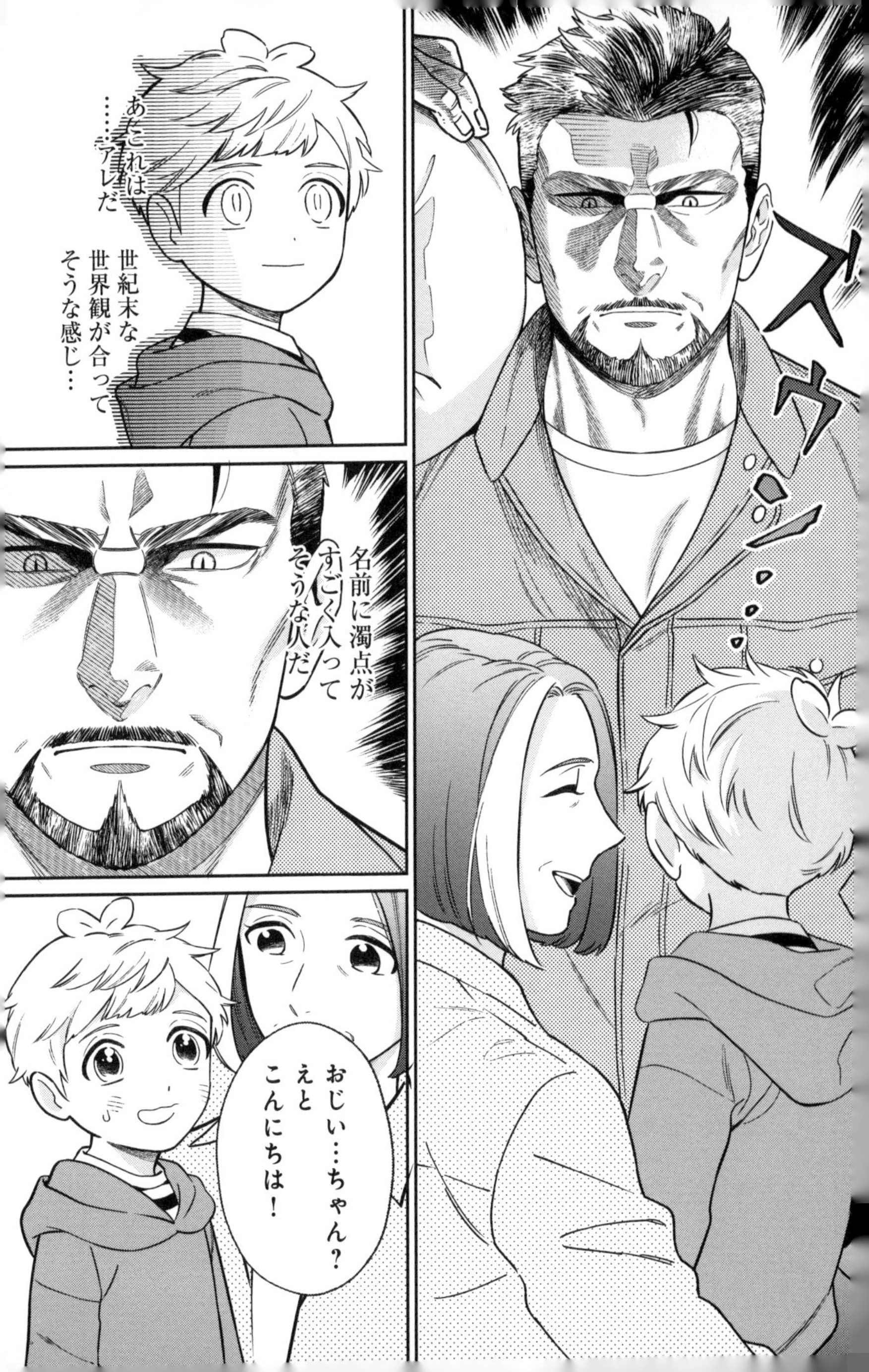
ズウン…
あ これは……アレだ
世紀末な
世界観が合って
そうな感じ…
名前に濁点が
すごく入って
そうな人だ
おじい…ちゃん？
えと
こんにちは！

まあ！
ちゃんとご挨拶できて偉いわねえ！
すごいわこの人を見て初回で泣き出さない子
はじめてよ！
だって
…おこめ担いでるんだもん！
あの米袋間違いなくお土産でしょ
米
一袋30キロもある米袋をふたつも担いで田舎から来てくれるなんて
悪い人なわけがない！
米
むしろ神!!

おじいちゃん
それ お米？
米
あんね
おじいちゃん
のおこめ
おいしいから
ぼくすごくすき
こく
おこめくれる
おじいちゃんも
すきだよ
ふぐあ
ありがとー
おじいちゃん
すきだよ
すきだよ…

まあまあ…聞いたあなた!?
なんて可愛くていい子なの!?よかったわねぇ！
空すごいわ 父さんが感動してる…
そうなの？
どうぞ上がって
いつまでそうしてるのお父さん
はっ
ほんとに魔送文もらってびっくりしたわぁ
もっと早く教えてくれたら私だけでも診《み》に来たのに

ごめんね母さん
お医者さんに体の弱い子なんだとしか言われなかったから
そういうものだと思い込んじゃってたの…
どすっ
!
ちょっと点数稼ぎしちゃお
ビクッ
ちょこん
おじいちゃん
おなまえなんていうの？

……
じじいでいい
いや そういう わけには…
ちょっと 空くんに 悪い言葉教えないで ちょうだい！
あのね この人は 幸生《ゆきお》っていうのよ 米田幸生
幸せに 生きると書く
全然 似合って ないわよね
ウッフフ
巌《いわお》とか 権蔵とか そういう 感じよね

ゆゆきおって
おばあちゃんの
おなまえと
にてるね
もう覚えて
くれたの？
嬉しいわねえ
私たちのことは
じぃじとばぁばで
いいわよ
私 小さい孫に
そう呼ばれて
みたかったの！
じぃじと
ばぁば
……うむ
ワクッ

さぁさぁ
とりあえず
空くんの診断は
あとにして
お昼にしない？
みんなでこれ
食べましょう
どんっ
朝作ってきた
ばぁば特製の
ご馳走よ！
ジー

田舎のおばあちゃんのお土産で特製だから…
わく
わく
ぼた餅とか
それともおにぎりかな
!
にこ
ひょい
ぱ
か

じゃーん
黒毛魔牛のローストビーフむすびよ！
なんっじゃこれ！
わぁ美味しそう！
肉！
すごい肉！

母さんの肉巻きおにぎり…
私これ大好きよ
にく…
にく…
肉
肉
うちの里にこれが嫌いな人間はいないわ
魔素不足なら絶対好きだと思うのよ
なんたって全部うちの里産ですからね
新鮮な魔素たっぷりよ！
いたっきます！
あ
む

う……まあ…
肉
分厚っ！
何これ！
全然薄切り
じゃなかった！
分厚いのに
柔らかくて
簡単にちぎれる
醤油と肉の
旨味が口いっぱい
広がる〜
ごはん！
何味!?
はぐっ

うっま…!
語彙力
ポーン
何これうまぁ!
はぐ
はぐ
はぐ
まあまあ美味しかったのね!
どどんっ
どんどん食べてね空くん
まだたくさんあるからね
お米にバター醤油と肉汁がしみてる…
よかったねぇ空
続きはコロナEXで!

ホピピッ！
一緒に雪合戦しようよ！
2023年発売予定！
コミカライズも連載中！

冬の魔境も楽しむ空たち。
しかし、その影で村に異変が……？
星畑旭
Asahi Hoshihata
イラスト
スズキイオリ
Iori Suzuki
僕は今すぐ前世の記憶を捨てたい。
～憧れの田舎は人外魔境でした～
4

漫画配信サイト
CORONA EX
コロナEX
TObooks
OPEN!!
詳しくはこちら！
https://to-corona-ex.com/

TOブックス
コミカライズ
連載最新話が
読める!
月額400円(税込)で
全作品が読み放題!

（宝島社刊）
『このライトノベルがすごい！2023』
単行本・ノベルズ部門
第1位
殿堂入り
詳しくは原作公式HPへ
tobooks.jp/booklove

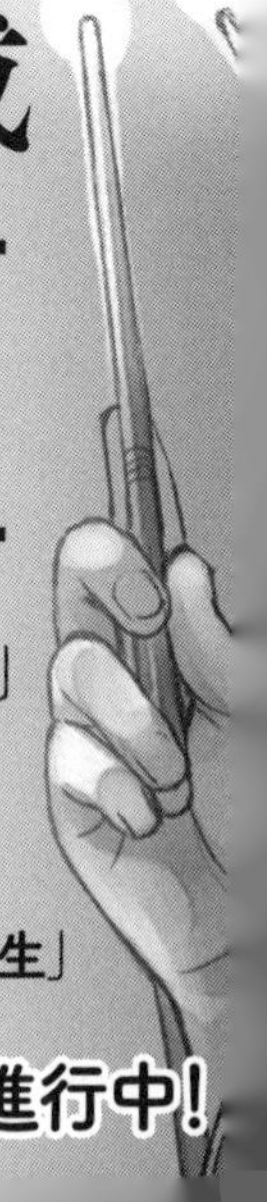

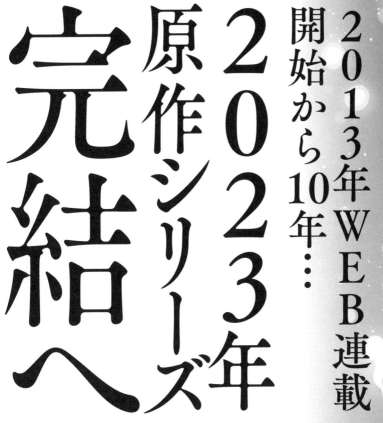

僕は今すぐ前世の記憶を捨てたい。3
～憧れの田舎は人外魔境でした～

2023年4月1日　第1刷発行

著　者　星畑旭

発行者　本田武市

発行所　TOブックス
〒150-0002
東京都渋谷区渋谷三丁目1番1号　PMO渋谷Ⅱ　11階
TEL 0120-933-772(営業フリーダイヤル)
FAX 050-3156-0508

印刷・製本　中央精版印刷株式会社

ISBN978-4-86699-815-2